HEYNE BÜCHER

SCIENCE FICTION

Herausgegeben
von Wolfgang Jeschke

Von Sydney Van Scyoc erschienen in der Reihe
HEYNE SCIENCE FICTION & FANTASY:

Kind in der Dunkelheit · 06/4111
Das blaue Lied · 06/4112
Sternenseide · 06/4164
Salzblume · 06/4372
Auftrag: Nor'Dyren · 06/4739

SYDNEY VAN SCYOC

AUFTRAG: NOR'DYREN

Roman

Deutsche Erstausgabe

Science Fiction

WILHELM HEYNE VERLAG
MÜNCHEN

HEYNE SCIENCE FICTION & FANTASY
Band 06/4739

Titel der amerikanischen Originalausgabe
ASSIGNMENT NOR'DYREN
Deutsche Übersetzung von Lore Strassl
Das Umschlagbild schuf Dieter Rottermund

Redaktion: E. Senftbauer

Printed in Germany 1990
Umschlaggestaltung: Atelier Ingrid Schütz, München
Satz: Schaber, Wels
Druck und Bindung: Elsnerdruck, Berlin

ISBN 3-453-04463-0

1. Kapitel

Tollan Bailey zeigte um 9 Uhr 55 seinen Paß am Haupttor vor, überquerte das Ostfeld zur Rampe 40/50 und rannte das Laufband zu seiner Kammer hoch — zu dem Marschbefehl, der noch weiß wie ein gestärktes Taschentuch auf der elektronischen Kritzelplatte lag, die er mit voller Absicht nie zum Kritzeln benutzte. Nein, die Order hatte sich über Nacht weder in Rauch aufgelöst, noch war sie zerschmolzen oder von der Rohrpost als annulliert zurückgezogen worden.

Also stieß er den Atem, den er bisher angehalten hatte, erleichtert aus und griff mit spitzen Fingern, genau wie tags zuvor, als der Auftrag eingegangen war, nach dem Blatt.

Auch am Wortlaut hatte sich absolut nichts verändert:

AN: Tollan Bailey, L41, C32d. Instandh. Untertech., R3

VON: Personalabteilung, CalMega Exports

Betr.: Auftrag: Nor'Dyren

Zur Einführungsüberprüfung von elektronischen Datenverarbeitungsanlagen auf Planet Nor'Dyren, Mitglied dritten Grades des Zivilisationsverbundes, haben Sie sich am 17. Februar um 16 Uhr 30 im Raumhafen Klein Kolumbus einzufinden. Die erforderlichen Papiere liegen am Schalter bereit. Abflug um 18 Uhr 12 am 17. Februar, Ankunft auf Nor'Dyren etwa am 3. März.

Aufenthalts- und Arbeitsgenehmigung gültig für zwei Monate. Der Beauftragte des Zivilisationsverbundes wird vor Ablauf automatisch Verlängerung für zwei weitere Monate stellen. Bei Ablehnung wird Beauftragter alle Formalitäten für sofortigen Rückflug erledigen, bei Genehmigung zwei Monate später.

Lebensbedingungen auf Nor'Dyren: Erdnorm; Bevölkerung: humanoid. Zivilisationsbundeskonto mit Verfügungsberechtigung wird eingerichtet — es darf nur für Ausgaben nach Vorschrift benutzt werden.

Endlich war es soweit! Jetzt erst konnte er sich wirklich freuen! Nach fünfzehn Monaten bei der CalMega — fünfzehn Monate nichts als Papierkram — endlich ein Auftrag! Richtige Arbeit, bei der er zeigen konnte, was in ihm steckte! Und es hatte ganz den Anschein, als wäre es wichtige und interessante Arbeit.

Doch etwas kam ihm merkwürdig vor. Nachdenklich widmete er sich wieder der Order, die er auf die Kritzelplatte zurückgelegt hatte. Er ging in der engen Kammer auf und ab, und immer wieder blickte er stirnrunzelnd auf das weiße Blatt.

Natürlich war es wunderbar, endlich richtige Arbeit zu bekommen, aber normalerweise müßte ein Systemingenieur dafür eingeteilt werden. Er jedoch war nur ein Instandhaltungsuntertechniker, dritte Reserve, ein armseliges Würstchen ganz unten auf der hohen Leiter, ein Mechaniker ohne Werkzeug — denn CalMega händigte seinem Personal erst nach einer Dienstzeit von mindestens achtzehn Monaten Werkzeug aus.

Weshalb also hatte CalMega ihm diesen Auftrag erteilt?

Tol zog die Brauen zusammen. Sein erster Gedanke tags zuvor war gewesen, daß Hanzan sich endlich hatte erweichen lassen und ihm die drei Jahre Praxis angerechnet hatte. Doch das hätte gleichzeitig zu einer Beförderung in die zweite Reserve führen müssen. Auf der Order stand jedoch unübersehbar R3.

Ganz abgesehen davon, daß üblicherweise auch einem R2 keine interstellaren oder interplanetaren Aufträge erteilt wurden.

Tol zuckte die Achseln und gab die Hoffnung auf eine vorzugsweise Beförderung auf. Wahrscheinlich hatte eine Sekretärin oder auch ein Computer irgendwie die Namen durcheinander gebracht, hatte Tols Namen auf der Routinebestätigung Hanzans von Tols Besuch in der Personalabteilung für die Order eingetragen, statt den eines Ingenieurs. Bestimmt hatte sich inzwischen irgendeiner der Ingenieure über das vervielfältigte Schreiben *Wir danken Ihnen für Ihr Interesse* ... gewundert und es kopfschüttelnd in den Papierkorb geworfen. Daß das Versehen vor dem 17. Februar, 18 Uhr 12 bemerkt werden würde, war glücklicherweise unwahrscheinlich — außer Tol machte selbst darauf aufmerksam.

Erneut griff Tol nach der Order und schob entschlossen das Kinn vor. Fünfzehn Monate lang hatte er untätig und ungeduldig in seiner Kammer herumgesessen und war einmal in der Woche zu Hanzan in die Personalabteilung gelaufen, um ihn geradezu um Arbeit anzuflehen.

Tol konnte es nur recht sein, daß man sich geirrt hatte. Ihm blieben zwei Wochen, sich in den Computer einzuarbeiten; danach würde er bestimmt imstande sein, einen Systemingenieur vorzutäuschen. Inzwischen konnte er seine Habseligkeiten packen, sich das nötige Handwerkzeug beschaffen, und dann würde er sich am 17. Februar auf dem Raumhafen Klein Kolumbus melden, um sich nach Nor'Dyren — Erdnorm, Bevölkerung humanoid — einzuschiffen.

Entschlossen faltete er den Marschbefehl zusammen und schob ihn in die Brusttasche. Dann holte er tief Atem und drückte auf den Knopf des kleinen Computerbildschirms, der über den Armaturen in den Schreibtisch eingelassen war.

Der Schirm leuchtete auf. »Aktiviert«, meldete eine Stimme.

»Ich möchte die Daten des Planeten ...«

Nein, lieber nicht. Er biß die Zähne zusammen. Es wäre unklug, das Computersystem wissen zu lassen, daß Tollan Bailey, R3, sich für den Planeten Nor'Dyren interessiert.

»Schon gut«, brummte er. »Vergiß es!«

Der Schirm erlosch.

Es war sicherer, sich die gewünschte Information über die Bibliothek zu verschaffen. Er würde dort nicht auffallen und kannte sich da auch aus, denn er hatte sie schon dutzendmal besucht, um beweiskräftige Unterlagen zu finden, die seinen Anspruch auf Anerkennung seiner Praktikantenzeit bestätigen würden. Er würde keine Schwierigkeiten haben, die Bibliothekarinnen abzuwimmeln, um die Kartei selbst durchgehen und das Gewünschte aus den Regalen holen zu können, und es auch, nachdem er sich informiert hatte, zurückzubringen, ohne daß jemand erfuhr, wofür er sich eigentlich interessierte.

Er verließ seine Kammer, zwängte sich durch die herumstehenden Untertechniker der R-Gruppen hindurch und trat auf das am Vormittag langsamer als zu den Stoßzeiten laufende Band.

In der Bibliothek waren die Kartentische, Schachpulte und Brettspiele beleuchtet und besetzt. In einigen der kleinen Alkoven hatten sich Diskussionsgruppen zusammengefunden, in den größeren beschäftigten sich Betriebsangehörige mit Bastel- und anderen Hobbyarbeiten. Über den Nachrichtenwandschirm huschten schnell wechselnde Bilder. In den schallgedämpften Zellen unter den hohen Fenstern gab es an Unterhaltung alles von Fernsehopern und -spielfilmen über Pop und Jhing bis Pursuo. Hinter einer durchsichtigen Wand hielt ein Vertreter des Zivilisationsbundes seinen Morgenvortrag. Freundliche Hostessen erteilten Auskunft, machten Vorschläge, berieten und servierten Erfrischungen.

Es gab sogar einige Leute, die lasen. Geschickt wich Tol vier Hostessen aus, lehnte dankend zweimal Kaffee ab und einmal ein Stimulans. Er schlich an der Computerauskunft vorbei zur Kartei in der Nähe des Nachrichtenwandschirms.

Nor'Dyren.

Er zog die richtige Lade heraus und ging sie in alphabetischer Reihenfolge durch, dann noch einmal und stirnrunzelnd ein drittes Mal, und diesmal ganz langsam.

Für Nor'Dyren gab es keine Karte!

Verstohlen holte er seinen Marschbefehl hervor, um sich zu vergewissern, ob er sich nicht vielleicht in der Schreibweise geirrt hatte.

Nein, der Planet wurde N-o-r-'-D-y-r-e-n geschrieben. Aber in der CalMega-Bibliothek gab es keine Unterlagen über ihn. Er sog die Wangen ein und kaute an ihnen. Es wäre wahrhaftig ein merkwürdiger Witz, wenn die fehlgeleitete Order zur Arbeit auf einem nichtvorhandenen Planeten aufforderte, und ein noch größerer — nur nicht für ihn —, wenn er sich am 17. Februar einschiffte und ins Nichts befördert würde.

Aber jetzt war nicht die richtige Zeit, sich solch blödsinnigen Überlegungen hinzugeben. Er konnte die Zeit besser nutzen, wenn er im Mitgliedsbuch des Zivilisationsbundes nachsah.

Er wandte der Kartei den Rücken zu und fuhr hinauf in die Lexikaabteilung. Ohne auf die blauuniformierte Bibliothekarin zu achten, suchte er in den langen Regalen, bis er endlich den dicken Wälzer im Kunststoffeinband fand. Er mußte auf einen Schemel steigen, um ihn zu erreichen, dann hob er ihn herunter und setzte sich an ein Lesetischchen.

Doch aus der knappen Seite, die Nor'Dyren gewidmet war, erfuhr er nicht viel. Es war eine weit entfernte Welt mit neunzig Prozent Ozean und nur zehn Prozent festem Land: ein Kontinent, dessen Oberfläche zu neunzig Prozent schroffer Fels und lediglich zu zehn Prozent bewohnbares Küstengebiet, Plateau und Festlandtal war. Die Bewohner waren drei verschiedene Spezies von Humanoiden, angeblich die Nachkommen Schiffbrüchiger eines uralten galaktischen Reiches. Die drei Spezies lebten in friedlicher Koexistenz und waren durch eine asexuelle Form von Interverheiratung miteinander verbunden. Der typische Haushalt bestand aus einem Erwachsenen und einem Kind jeder der drei Spezies. Nor'Dyren hatte erst vor nicht ganz einem Jahrhundert Mitgliedschaft im Zivilisationsbund beantragt. Sein einziger Exportartikel war ein besonders strapazierfähiges Leder, das für Kleidungsstücke oder als Möbelbezug verwendet werden konnte.

Und das war alles.

Tol runzelte die Stirn und bemühte sich, mehr aus den kurzen Absätzen und den paar Bildern herauszulesen.

»Darf ich Ihnen helfen, Mr. Bailey?«

Tol zuckte erschrocken zusammen und stieß gegen das Lesetischchen.

Die Bibliothekarin zupfte an ihrem Rock. »Oh, tut mir leid, ich wollte Sie nicht erschrecken. Ich dachte nur, ich könnte Ihnen vielleicht behilflich sein, weitere Nachschlagewerke zu finden.«

Tol schlug das Buch zu. »Nicht nötig, danke«, sagte er knapp.

Sie lächelte gleichmütig. »Wie Sie meinen. Sie können Ihren Abflug sicher kaum noch erwarten.«

»Ja. Es ist mal etwas anderes«, sagte er.

»Schön für Sie.« Sie strich ihren Rock glatt. »Sie wollen bestimmt viel nachlesen.« Mit einem freundlichen Kopfnicken zog sie sich zurück.

Er nickte ebenfalls und machte kehrt. Das letzte, was er wollte, war, sich mit einer neugierigen Bibliothekarin über seine Reise zu unterhalten. Woher wußte sie überhaupt davon? Er drehte sich um.

Sie war noch nicht weit entfernt. »Woher wußten Sie von meiner — Reise?«

Sie lächelte. »Aber, Mr. Bailey, es weiß doch jeder von der Ziehung. Haben Sie denn *Interne Nachrichten* nicht gelesen?«

Er versuchte, sich einen Reim auf ihre Bemerkung zu machen. »Ich schaue sie selten an«, brummte er. Reine Zeitvergeudung, fand er.

»Oh! Ich hole Ihnen ein Exemplar. Sie müssen doch den Artikel lesen, den wir über Sie verfaßt haben. Ich gehöre zur Redaktion, wissen Sie?«

Er riß ihr das Nachrichtenblatt aus der Hand und starrte ungläubig auf sein eigenes Gesicht — ein Jahr jünger, ein Jahr weniger bitter war es, und es nahm fast die ganze Titelseite ein. Er schlug das Journal auf und überflog den Leitartikel.

»Wir verschoben den Druck drei Tage, Mr. Bailey, nur damit wir das Glückstrefferprojekt noch auf die Titelseite bringen konnten. Wir wußten doch, daß jeder neugierig auf die Einzelheiten sein würde. Und es scheint eine recht interessante kleine Welt zu sein, finden Sie nicht auch?«

Er starrte sie an, während er sich bemühte, den Artikel zu verdauen.

Ein solcher Unsinn!

Er schnaubte. Jetzt hatte er also die Überraschung ›gewonnen‹; diese vierteljährliche Verrücktheit, die sich irgendein Idiot von der Personalabteilung — Hanzan, vermutlich — ausgedacht hatte, um die Betriebsangehörigen bei Laune zu halten. Während er sich eingebildet hatte, der Marschbefehl sei ein Versehen, das er auszunutzen gedachte, hatte ihn jeder hier bei CalMega um seine kostenlose Reise beneidet.

Die Bibliothekarin zog sich zurück und kehrte kurz darauf mit einem ganzen Stoß druckfrischer *Interner Nachrichten* zurück. »Genügt das für Ihre Familie, Mr. Bailey? Wenn man sich vorstellt, zwei ganze Monate auf einer fremden Welt, ja vielleicht sogar vier Monate! Oh, Sie werden viel zu erzählen haben, wenn Sie zurückkommen.« Plötzlich betrachtete sie ihn sichtlich besorgt. »Mr. Bailey, Sie sehen gar nicht ... Fühlen Sie sich nicht wohl?«

Seine Augen schienen zu brennen. Sein Kinn sackte hinab. Aber es gab keine Worte, die hätten ausdrücken können, *wie* wenig wohl er sich fühlte.

Und nun wandten sich ihm auch noch die Blicke der anderen Anwesenden an den Tischen und Regalen zu.

»Es muß die Aufregung sein«, murmelte die Bibliothekarin. »Ich kann mir vorstellen, daß Sie die ganze Nacht nicht geschlafen und Pläne geschmiedet haben.«

Das hatte er allerdings: Er hatte überlegt, wie er die erste Arbeit seit über einem Jahr so richtig ausschöpfen konnte.

Es bestand kein Zweifel, er hatte die Überraschung Hanzan zu verdanken. Er sah Hanzans Gesicht vor sich: die an schwarze Perlen erinnernden Augen, das glänzend schwarze Haar, die spöttisch gekräuselten Lippen, die honigsüße Stimme, deren Worte allzu wohl erwogen waren. Ein Dutzend *Interne Nachrichten* entglitten Tols Arm, unter den er sie geklemmt hatte, und rutschten über den Boden. Das eine übriggebliebene Journal flatterte in seinen Fingern, als er durch die Studienbibliothek rannte und in den Gravschacht sprang, um die Bibliothekarin und ihre Höhle nicht mehr sehen zu müssen.

Doch selbst in seiner brennenden Wut blieb ihm genügend Vernunft, den längeren Weg zur Personalabteilung zu nehmen. Also nahm er nicht die Expreßbänder, sondern die trägen braunen Laufstreifen in den breiteren Durchgangskorridoren. Er machte einen Bogen um den gesamten Westflügel der bildenden Künste, fuhr vorbei an der medizinischen Abteilung und um den Verwaltungsblock.

Als er schließlich die äußeren Korridore der Personalabteilung erreichte, hatte seine brennende Wut sich abgekühlt und kaltem Grimm Platz gemacht.

Die Vorzimmersekretärin blickte stirnrunzelnd auf. »Direktor Hanzan ist heute sehr beschäftigt, R3.«

»Ich muß ihn trotzdem sprechen.« Seine Stimme war so kalt wie sein Grimm.

Ihr Stirnrunzeln vertiefte sich. »Sie werden verstehen, daß ich mich erst erkundigen muß, ob er bereit ist, Sie zu empfangen.« Heftig drückte sie auf einen Knopf des Sprechgeräts. »Herr Direktor, R3 T. R. Bailey möchte Sie wieder einmal sprechen.«

Die gemurmelte Antwort konnte Bailey nicht verstehen.

Die Augen der Sekretärin verdunkelten sich. »Sie möchten sich eine Weile gedulden, R3.«

Unter ihrem feindseligen Blick stapfte Tol im Vorzimmer hin und her, ohne den luftgepolsterten Sitzmöbeln entlang der Wand zu nahe zu kommen. Hanzan hatte sich das fein ausgedacht. Aber Hanzan brauchte sich nicht einzubilden, daß Tol Bailey mitspielte, daß er lammfromm eine zweiwöchige Raumreise zu einer kaum bekannten Welt machte, dort zwei Monate mit einer unnötigen Überprüfung verbrachte, und vielleicht noch mal zwei Monate, falls seine Aufenthaltsgenehmigung verlängert wurde — und das alles angeblich, weil er möglicherweise dort auf etwas Wichtiges stoßen mochte. Das Ganze war reine Augenauswischerei, war Zeit- und Geldvergeudung.

Nein, Tol Bailey hatte nicht vor, da mitzumachen. Er brauchte nur die Gewerkschaften einzuschalten — seine eigene und die der Technikergilde —, die würden sich schneller Hanzans, der Personalabteilung und des Glückstrefferrummels annehmen, als Hanzan Zeit hatte, sich aus der Affäre zu winden. Was Hanzan ihm da unterjubeln wollte, war kein Instandhaltungsjob, sondern ganz offensichtlich eine Arbeit für einen Systemingenieur, einen erfahrenen Spezialisten noch dazu.

»Der Direktor erwartet Sie jetzt.« Die Sekretärin drückte endlich auf den Knopf, der den inneren Korridor öffnete.

Hanzan kam ihm mit übertriebenem Lächeln bis zur Tür entgegen und beglückwünschte ihn überschwenglich. »Wenn das nicht ein echter Glückstreffer ist, Tollan! Etwas ganz Besonderes für Sie!« Die Wände seiner Suite waren pelzbezogen, die Decke unter langhaarigem Zottelfell verborgen. »Setzen Sie sich, dann feiern wir Ihren Gewinn bei einem Drink.« Er deutete auf einen fellbezogenen Sessel vor dem dunklen Lederschreibtisch.

Tol, ein farbloses Frettchen in dem aufdringlichen Pelzbau, funkelte ihn an. »Keinen Drink, Hanzan, und ich will auch damit nichts zu tun haben.« Er zog den Marschbefehl aus der Tasche und warf ihn noch zusammengefaltet auf Hanzans Schreibtischplatte.

Hanzan strich das Blatt Papier glatt und warf einen Blick darauf. Er hob eine Braue. »Sie wollen nichts damit zu tun haben, Tol?« Er holte gekühlte Keramikbecher aus einem Kühlfach. »Ich verstehe nicht, was Sie meinen.«

»Ich reise nicht nach Nor'Dyren. Ich bin für diese Art von Job nicht qualifiziert und nehme ihn nicht an. Wenn es sein muß, bringe ich die Sache vor die Gewerkschaften.«

Hanzan goß dunkle Flüssigkeit in die Becher. »Gewerkschaften?« Seine Lippen kräuselten sich stärker, seine Miene wirkte gönnerhaft. »Sie mißverstehen die Lage, Tollan. Sie glauben wohl, die Technikergilde könnte Ihnen den Auftrag wegnehmen? Keine Angst, mein Junge. Ein Glückstreffer ist als Bonus für Betriebsangehörige sanktioniert und gestattet keine Einmischung durch Gewerkschaften oder Gilden. Wir könnten eine Sekretärin, einen Raumpfleger oder einen Labortechniker schicken, diese Überprüfung vorzunehmen, dagegen könnte die Technikergilde nicht das geringste machen. Zufällig kam eben diesmal Tollan Baileys Name aus der Trommel. Also, setzen und entspannen Sie sich! Niemand kann Ihnen Nor'Dyren wegnehmen.«

Tols Augen blitzten auf. »Zunächst einmal kann es niemand mir unterjubeln, Hanzan! Der Glückstreffer ist eine Farce. Sie müssen schon jemand anderen ziehen, der sich für dieses Spielchen hergibt.«

Hanzans Lächeln schwand. »Soll das heißen, daß Sie den Auftrag verweigern?«

»Stimmt. Ich nehme ihn nicht an«, antwortete Tol hart.

Hanzans Stimme schien zu knirschen. »Ich bedauere, Ihnen sagen zu müssen, Tollan, daß der Glückstreffergewinn nicht übertragbar ist und auch nicht abgelehnt werden kann. Nur wenn Sie kündigen, brauchen Sie die Mission nicht durchzuführen. Und da Sie als chronischer Querulant bekannt sind, würde die Betriebsleitung dafür sorgen, daß Sie ganz oben auf die Liste der Uneinstellbaren kommen.« Hanzans Augen funkelten drohend. Ein spöttisches Lächeln umspielte erneut seine Lippen. Der Direktor streckte Tol einen kühlen Becher entgegen. »Haben Sie nie an einer Glückstrefferziehung teilgenommen, Tol?«

Tol ignorierte Drohung und Becher gleichermaßen. »Ich vergeude meine Zeit nicht mit dergleichen.« Es spielte keine Rolle, daß er jeden Tag, vier Tage die Woche, sechs Stunden lang untätig in CalMega herumsaß.

»Ah! Nun, es ist eine öffentliche Ziehung, Tollan, genau wie schon immer und in jedem Betrieb, der Glückstrefferaktionen für seine Angehörigen durchführt. Wir reservieren auf Antrag schon ab einem Monat zuvor Plätze, und schon innerhalb von wenigen Tagen sind alle — 165000 insgesamt — vergeben. Wenn der Tag, die Stunde und die Zuschauer gekommen sind, verschließen wir die Türen und rollen die Trommeln herein, eine nach der anderen. Die kleinste enthält fünfzig Lose mit Aufträgen. Sie sind ziemlich allgemein gehalten und gestatten zumindest die Möglichkeit, die Mission zu erfüllen, falls der Gewinner Lust hat, ein paar Tage seines Aufenthalts daran zu arbeiten. Wir drehen die kleine Trommel fünf Minuten mit der Hand. Dann rufen wir einen der Zuschauer auf, ein Los daraus zu ziehen und das Los vorzulesen.

Als nächstes nehmen wir die Trommel mit den Planetenangaben. Hier gibt es hundertzweiundzwanzig Möglichkeiten, natürlich gehören alle der in Frage kommenden Planeten dem Zivilisationsbund an. Diese Trommel wird fünfzehn Minuten lang mit der Hand gedreht. Einer unserer früheren Glückstreffergewinner zieht und liest vor.

Jetzt haben wir also Ziel und Mission, doch noch nicht den Gewinner. Wer wird auf Kosten der CalMega nach Nor'Dyren reisen, um die Untersuchung durchzuführen? Um ihn zu bestimmen, brauchen wir die große Trommel — auf die alle gespannt warten —, die die Namen jedes einzelnen CalMega-Angehörigen enthält. In dieser Trommel sind Kärtchen mit über vierhunderttausend Namen. Sie ist zu groß, als daß sie mit der Hand gedreht werden könnte; dazu müssen wir uns eines Motors bedienen. Und dann kommt der Höhepunkt der Glückstrefferaktion, Tollan«, fuhr er theatralisch fort, »der Augenblick, dessentwegen alle Zuschauer gekommen sind. Ich trete an die Trommel und greife hinein — das ist mein Vorrecht als Vorsitzender der Glückstrefferaktion. Jeder einzelne der Anwesenden kann der Glückliche sein, der eine vollbezahlte Reise zu einer exotischen Welt gewinnt, auf der alle Ausgaben während des Aufenthalts von der CalMeg getragen werden. In der spannenden Stille, die einsetzt, wenn ich mich der Trommel nähere, könnte man eine Nadel fallen hören. Ich strecke meine Hand hinein, und im ganzen Saal schließen die Anwesenden die Augen und konzentrieren sich darauf, Fortuna zu beeinflussen. Ich hole ein Kärtchen heraus und studiere es einen Augenblick lang schweigend, dann greife ich nach dem Mikrophon.

In diesem Quartal, Tollan Bailey, waren Sie der Glückliche. Als ich Ihren Namen vorlas, stöhnten 165000 Betriebsangehörige enttäuscht im Chor. Erneut las ich Ihren Namen, und alle riefen, daß Sie aufstehen sollten. Wir klatschten in die Hände und trampelten mit den Füßen. Unsere Stimmen füllten den Saal. Aber Sie waren nicht anwesend.« Sein durchdringender Blick drängte Tol die volle Bedeutung dieser Tatsache auf, ehe Hanzan einen tiefen Schluck aus seinem Becher nahm.

Tol zeigte keinerlei Regung.

Hanzan zuckte die Achseln. »Entspannen Sie sich, Bailey. Ich habe bereits eine Einführung in die Sitten, Gebräuche und dergleichen auf Nor'Dyren durch den Zivilisationsbund für Sie beantragt, und das tragbare Sprachlabor steht schon in der Bibliothek für Sie bereit — Sie können es auf das Schiff mitnehmen, wenn Sie möchten. Der Antrag für Aufenthaltsverlängerung wurde auch inzwischen gestellt. Und der Überprüfung wegen brauchen Sie sich keine unnötigen Gedanken zu machen.«

Tol versuchte in Hanzans Augen zu lesen. »Weshalb?«

Hanzan füllte seinen Becher nach. »Ihr Auftrag ist eine Einführungsüberprüfung der EDV, richtig?«

»Richtig«, bestätigte Tol.

Hanzans Lächeln vertiefte sich. »Nun, Tollan, da Sie der Gewinner waren, interessierte ich mich besonders für diese Mission und überprüfte alle Daten über Nor'Dyren persönlich — und zwar zurück bis zum Eintritt in den Zivilisationsbund. So stellte ich fest, daß es zumindest in den letzten hundert Jahren keinerlei Neueinführungen von EDV oder sonstigen elektronischen Anlagen gab — keine einzige in all der langen Zeit. Sie haben nicht einmal irgendwelche industriellen Exporterzeugnisse.« Er tupfte auf das dicke dunkle Leder seines Schreibtischs. »Das ist das einzige Produkt, das Nor'Dyren ausführt — das einzige, das jemand haben will. Bearbeitetes Leder der Adengapals — das sind erfreulich große Tiere, die sich dreimal im Jahr häuten. Die Haut wird gegerbt und gegen Haushaltsgeräte eingetauscht und gegen die wenigen elektrischen Anlagen, die sie offenbar brauchen. Aus industrieller Sicht gesehen ist Nor'Dyren stagniert. Also betrachten Sie Ihren Auftrag aus der richtigen Perspektive, Tol, und bedenken Sie, daß Sie schon in zwei Wochen ein langer, vollbezahlter Urlaub erwartet — mit einer angenehmen Raumreise und einem erholsamen Aufenthalt auf einem friedlichen Hinterwäldler-Planeten.« Er schob Tol lächelnd den zweiten Becher zu.

Tol starrte ihn an und versuchte zu seinem wahren Wesen durchzudringen. »Hanzan, verstehen Sie denn nicht? Ich hatte bereits einen sehr langen vollbezahlten Urlaub — fünfzehn Monate bei der CalMeg! Ich will keinen Urlaub, ich will einen Job!«

Hanzans Lächeln wirkte angespannt. »Sie haben einen Job, Bailey.«

»Ich möchte einen Job, der mit Arbeit verbunden ist!«

Das Lächeln schwand. »Die protestantische Arbeitsethik ist nicht mehr gefragt«, sagte Hanzan scharf. »Sie verhindert lediglich die Jobanpassung. Wenn ich in dieser Beziehung etwas zu sagen hätte, würde die CalMeg jeden, der ihr nachhängt, als absolut untauglich für eine Einstellung ablehnen. Ich habe Tausende von ehemals einfachen Mechanikern angestellt, Bailey. Neunundneunzig Prozent sind absolut zufrieden. Sie verbringen ihre Arbeitsstunden in ihren Kammern und haben Fernseher oder Radio eingestellt, oder sie nehmen am Erholungsprogramm der Firma teil und tragen so zur Unterhaltung aller bei. Es macht ihnen Spaß, zu den verschiedenen Sportteams zu gehören, sie sind dankbar, daß sie bei den Fitnessübungen mitmachen dürfen und so ihren Körper ertüchtigen und dadurch ihr Leben verlängern.«

Hanzan schlug mit der Faust auf die Tischplatte. »Jawohl, Bailey, der Großteil unserer Angehörigen ist dankbar und empfindet es als Ehre, bei CalMega zu sein. Doch hin und wieder bekommen wir einen wie Sie. Ihnen genügt es nicht, daß CalMega Ihre Fähigkeiten und Qualifikationen testet, Sie als brauchbar klassifiziert und Sie in das CalMega zustehende Personal aufnimmt. Sie wissen es nicht zu schätzen, daß Sie eine eigene private Kammer haben, Zutritt zu einem kostspieligen Spiel- und Sportprogramm, und dazu noch eine beachtliche finanzielle Entschädigung bekommen, mit Familienzuschuß, wenn Sie verheiratet sind, wie es jeder normale junge Mann von fünfundzwanzig eigentlich sein sollte.« Die dunklen Augen blickten Bailey durchdringend an.

»Ich bin siebenundzwanzig.«

»Siebenundzwanzig?« Hanzans Gesicht verzog sich. »Siebenundzwanzig! Und es genügt Ihnen auch nicht, daß Ihnen kostenlose medizinische Betreuung zusteht — physische, psychische und emotionale? Es genügt Ihnen nicht, daß wir außer dem üblichen Ruhestandsplan die Möglichkeit einräumen, nach zehn Jahren auf der Aktivenliste in die Rente zu gehen? Bedenken Sie doch, was Ihnen alles geboten wird! Und da bilden Sie sich auch noch ein, Ihnen stünde Arbeit zu! Arbeit!« Die Schreibtischplatte bekam diese Gefühlsaufwallung zu spüren. »Bailey, wenn Sie wirklich an Arbeit interessiert gewesen wären, hätten Sie ja nur in den Sozialdienst zu gehen brauchen. Ihn zu automatisieren, ist noch niemandem gelungen! Erholung oder Personal! Ja, wenn Sie Arbeit wollten, wären Ihnen schließlich Test, Beratung oder Erziehung offengestanden!«

Er schwang herum und richtete den Zeigefinger auf

Tols Nasenrücken. »Bailey, ich frage Sie, kann man nicht auch von der Arbeitslosenunterstützung in gemäßigtem Luxus leben, und zwar überall in diesem Land! Bei Gott, manche Städte haben Unterhaltungsprogramme für Arbeitslose, gegen die CalMegs kaum erwähnenswert sind. Einige der namhaftesten Kulturstätten und Kunstzentren werden vom Ministerium für Arbeitslosigkeit unterhalten. Als Arbeitsloser können Sie kostenlos alle öffentlichen Einrichtungen benutzen, einschließlich des Post- und Verkehrswesens, sechs Wochen im Jahr, überall auf dem Planeten, wo immer Sie Ihren Urlaub verbringen wollen. Aber Sie und diese paar anderen — nein, Sie wollen nichts von Arbeitslosigkeit wissen! Sie müssen unbedingt einen Job haben, *obwohl es keine Arbeit gibt!* Also bewerben Sie sich bei CalMega. Wir testen und bewerten Sie und fügen Sie in unsere Quote ein ...«

»Sie hatten keine andere Wahl«, warf Tol ein.

»Und dann haben Sie den Nerv, mich ständig in meinem Büro zu belästigen und *Arbeit* zu verlangen!« Hanzans Gesicht war tief rot angelaufen.

»Ihre Quote war nicht voll, als ich mich bewarb«, erinnerte Tol ihn. »Nach dem Bundesgesetz blieb Ihnen gar nichts übrig, als mich einzustellen, falls ich mich qualifizierte — und das tat ich!«

»Nun, die Quote ist jetzt voll, Bailey«, sagte Hanzan gereizt. »Und ich habe eine lange Warteliste. Wenn Sie also Ihren Glückstreffergewinn nicht nutzen wollen, dann setzen Sie sich an meinen Schreibtisch und schreiben Sie Ihre Kündigung, mit Wirkung vom heutigen Tag.«

Tol studierte das vor Ärger rote Gesicht und die brennenden Augen. »Wenn ich meine Kündigung einreiche, stellen Sie mir dann auch ein gutes Zeugnis aus?«

Hanzan schnaubte. »Damit Sie irgendwo anders unterkommen?«

»Damit ich mich bei einer Firma bewerben kann, wo es tatsächlich Arbeit gibt!«

»Ha! Mir täten meine Kollegen in anderen Personalabteilungen leid, wenn ich Sie auf sie losließe. Nein, nein! Wenn Sie den Glückstreffergewinn nicht annehmen wollen, brauchen Sie, wie gesagt, nur zu kündigen. Ich werde dann auf Ihren Personalpapieren eine unübersehbare Eintragung machen, mit der Sie überall auf der Liste für Uneinstellbare landen werden, und Sie können den Rest Ihres Lebens sorglos ohne Arbeit verbringen. Wenn Ihnen das jedoch nicht gefällt, haben Sie keine andere Wahl, als den Gewinn anzunehmen!«

Tol starrte ihn an, betrachtete das aggressiv vorgeschobene Kinn, das schwarze Haar, das sich erstaunlicherweise leicht aufgestellt hatte. Er verbiß die glühende Wut, ohne sie aus den Augen verbannen zu können.

»Nun, wofür haben Sie sich entschieden?« fragte Hanzan scharf.

»Wofür, glauben Sie wohl?« Tols Stimme war voller Grimm.

»Dann reisen Sie also nach Nor'Dyren?«

Tol straffte die Schultern. Wortlos und ohne zu nikken drehte er sich um, um das Büro zu verlassen.

»Nor'Dyren, Bailey«, sagte Hanzan erneut spöttisch.

Tols Schultermuskeln schwollen an. Er wandte sich um. »Hanzan, wenn Sie glauben, ich werde nicht ...«

»Sie werden auch nicht ...«

Tol ballte die Fäuste.

Hanzans Augen funkelten bei dieser Herausforderung, doch dann erlosch der Funken. »Nein«, murmelte er und schüttelte fast bedauernd den Kopf. »Nein, unsere Beziehungen hatten genügend Zeit, um über Gewalttätigkeiten hinauszuwachsen, Bailey.«

Tol verlegte sein Gewicht schwer auf die Fersen. »Nicht ich war es, der ausfallend wurde.«

Hanzan dachte darüber nach. »Wie auch immer«, sagte er schließlich. »Keiner von uns kann sich eine negative Eintragung in seinen Personalakten leisten.« Sein Fingernagel kratzte über Leder. »Um zu Konstruktiverem überzugehen: Haben Sie eine Ahnung, wie viele Glückstreffergewinner sich je die Mühe machten, wenigstens das Grundvokabular ihres Zielplaneten zu lernen?«

»Nicht die geringste«, brummte Tol wachsam.

»Höchstens einer von zehn«, sagte Hanzan. »Jeder Gewinner erhält ein tragbares Sprachlabor mit allen vorstellbar notwendigen Kassetten. Fünf von zehn unserer Gewinner sehen sich das Labor nicht einmal an. Vier von zehn benutzen es ein- oder zweimal, dann geben sie das Erlernen der Sprache auf, weil sie sie für zu schwierig halten. Nur einer von zehn prägt sich ein paar Floskeln ein und büffelt das Grundvokabular. Lediglich einer von fünfzig jedoch lernt die Sprache gut genug, um sich einigermaßen flüssig unterhalten zu können.«

»Na und?«

»Nur ein Vorschlag, Bailey. Wenn Sie wirklich arbeiten wollen, könnten Sie doch die industriellen Anlagen auf Nor'Dyren tatsächlich überprüfen. Nur, weil bisher keiner auch nur den Versuch gemacht hat, seinen Auftrag durchzuführen, bedeutet das doch nicht, daß auch Sie vier Monate lang an einer Hotelbar herumsitzen müssen. Wie wär's, wenn Sie in die Bibliothek gingen und sich die Sprache einmal vornähmen? Sie ist nicht sehr kompliziert. Wenn Sie die zwei Dutzend Kassetten durchgepaukt haben, wissen Sie soviel wie die Bewohner von Nor'Dyren. Sie haben noch zwei Wochen hier und dann zwei Wochen unterwegs, um sich vorzubereiten. Falls Sie nach der Landung immer noch scharf auf Arbeit sind, dann mieten Sie sich einen Wagen mit Chauffeur. Und stellen Sie ruhig jemanden an, der Ihnen helfen kann; Sie sind dazu berechtigt. Arbeiten Sie sich rund um den Planeten, stecken Sie Ihre Nase in jede Fabrikationsanlage, die Sie finden können. Auch wenn die Nor'Dyrener nichts exportieren, brauchen sie doch Kleidung und Lebensmittel für ihre eigenen Leute. Vielleicht stoßen Sie auf etwas, das für uns von Interesse ist — es wäre nicht das erstemal.«

Tol blickte den Personalchef stumm an. Das angespannte Schweigen dauerte zehn Sekunden, ehe er schließlich grimmig erklärte: »Ich werde es mir durch den Kopf gehen lassen.«

Hanzan zuckte die Achseln. »Vergessen Sie nicht, sich Werkzeug und ein paar Handbücher geben zu lassen.« Er seufzte. »Vielleicht erfahren Sie nichts von Wert. Aber selbst dann wird Ihre Reise doch zu etwas gut sein.«

Tol hob eine Braue.

»Wenn Sie zurück sind, wird jeder von uns eine fünfmonatige Erholung vom anderen gehabt haben.«

Tol lächelte nicht, sondern rechnete schnell nach. »Und meine Wartezeit zum R2 ist abgelaufen.«

»Das stimmt«, bestätigte Hanzan. »Ihre ersten achtzehn Monate sind bereits drei Monate vor Ihrer Rückkehr erfüllt.«

Tol nickte. Ihm war ein Gedanke gekommen. Er blickte den Personalchef nachdenklich an. »Wissen Sie, Hanzan, fünf volle Monate, die Fahrzeit eingerechnet, werde ich vierundzwanzig Stunden jeden Tag, sieben Tage die Woche dienstlich für CalMega eingesetzt sein.«

»Abschnitt 5b des Arbeitsgesetzes?« entgegnete Hanzan. »Das wurde bereits bei der Berechnung für Ihre Mission in Betracht gezogen. Ihr Kontostand wird sich beachtlich erhöht haben, wenn Sie zurück sind.«

»Wurde es auch für das Dienstalter in Betracht gezogen?«

»Fahrt- und Missionszeit werden genau wie normale Betriebszeit gerechnet.«

»Aber normale Betriebszeit sind sechs Stunden pro Tag, vier Tage die Woche«, sagte Tol hartnäckig. »Nach meinem Arbeitstag gehe ich nach Hause. Habe ich jedoch erst unseren Planeten verlassen, gibt es keine normale Freizeit für mich. Nach sechs Stunden am Tag kann ich nicht einfach das Schiff verlassen, nach Hause gehen und meine Musikanlage einschalten. Und auf Nor'Dyren kann ich nicht am Ende eines Arbeitstags meinen Bruder zum Dinner besuchen. Rund um die Uhr bin ich dort für CalMega eingesetzt — fünf Monate lang. Nach dieser langen Zeit müßte ich eigentlich als R1 eingestuft werden, oder sogar auf die Liste der Aktiven kommen.«

Jetzt verstand Hanzan, was er meinte. Er kniff die Augen interessiert ein wenig zusammen. »Bailey, ich glaube, Sie sind da auf etwas gestoßen! Es sieht ganz so aus, als müßte das Dienstalter auf die gleiche Weise wie der Stundenlohn berechnet werden.« Er notierte ein paar Zahlen auf der elektronischen Tafel, die in seine Schreibtischplatte eingelassen war. »In diesem Fall müßten vierundzwanzig Stunden auf Glückstreffermission vierundzwanzig Arbeitsstunden hier gleichgestellt werden.«

»Von Rechts wegen kommen also fünf Monate Glückstreffermission ...«

»Drei Jahren gleich«, unterbrach ihn Hanzan. »Drei Jahren normaler Beschäftigung.« Er studierte seine Zahlen. »Wenn wir Feiertage und Krankenurlaub dazurechnen, wird es sogar noch mehr.« Schnell kritzelte er weitere Zahlen und studierte auch sie.

»Und was beabsichtigen Sie in dieser Hinsicht zu tun?« fragte Tol.

Hanzan straffte die Schultern. »Ich sage Ihnen, was wir tun werden, Bailey. Ich arbeite das hier aus und unterbreite es dem Aufsichtsrat. Ich glaube, der wird es so sehen wie ich. Wenn man Abschnitt 5b in Betracht zieht, haben sie eigentlich gar keine andere Wahl, als auf meinen Vorschlag einzugehen. Es sieht ganz so aus, als wäre es tatsächlich nach der Verfassung Ihr Recht, daß man Ihr Dienstalter auf einer 24-Stunden-Basis berechnet. Wenn Sie dann zurückkommen, müßte es soweit sein, daß Sie auf die Aktivliste gesetzt werden — und das müßte das Leben sowohl für Sie als auch für mich leichter machen.«

Tol blickte in Hanzans Augen und las einen flüchtigen, aufwühlenden Augenblick echte Menschlichkeit in ihnen. »Vielleicht«, brummte er in seiner Dickköpfigkeit. Konnte es wirklich so einfach sein? Nachdem er fünfzehn Monate mit dem Kopf gegen die Dienstalterwand gerannt war, brach sie nun tatsächlich so plötzlich ein?

»Hoffentlich!« sagte Hanzan betont. »Zu meinem Job gehört es, dafür zu sorgen, daß die Betriebsangehörigen sich abreagieren. Und es hat in meinen Personalakten gar nicht so gut ausgesehen, daß Sie fünfzehn Monate lang jede Woche darauf bestanden, mich zu sprechen.« Er erhob sich und schritt im Zimmer auf und ab. »Wissen Sie, daß ich vorigen Monat vor den Leistungsausschuß gerufen wurde? Und zwar aufgrund Ihrer wiederholten Beschwerden.«

Tol sagte, daß er es nicht gewußt hatte.

»Nun ja, jedenfalls wurde ich dorthin zitiert. O sicher, ich gewann meinen Fall. Ich konnte beweisen, daß Sie notorisch unzufrieden sind. Es wurde kein formeller Zweifel in meine Akte eingetragen, aber ich weiß, daß zumindest zwei meiner Vorgesetzten für sich Zweifel hegen.« Seine Augen blitzten kurz auf. »Ich erachte es als echten beruflichen Erfolg, daß wir nach einem Jahr und drei Monaten endlich ein produktives Gespräch führen konnten.«

Achselzuckend ließ Tol ihm die Freude.

Hanzan seufzte. »Nun, ich werde die Sache gleich nächste Woche vor den Ausschuß bringen. Ich gebe Ihnen Bescheid, Bailey.« Er streckte ihm die Hand entgegen.

Überrumpelt nahm Tol sie. Sie war warm und trokken, weder rauh noch weich.

Und dann war Tol wieder draußen. Er ging durchs Vorzimmer, vorbei an der Sekretärin und hinaus auf den breiten öffentlichen Korridor. Seine Stimmung stieg. Er würde von der verdammten Reserveliste kommen! Er brauchte nur die fünf Monate Glückstreffermission hinter sich zu bringen, und schon gehörte er zu den Aktiven. Und er hatte so etwas wie Arbeit. Offenbar war sein Kopf nicht das richtige Instrument gewesen, um die Wand niederzureißen. Dazu gehörte ein Werkzeug:

Glückstreffer!

Seine Beine bewegten sich wie von selbst, und schon war er auf dem Laufband. Nun, jetzt hatte er sein Werkzeug, und er würde sich nicht damit zufriedengeben, nur ein kleines Loch in die Wand zu hauen. Er würde keine Ruhe geben, bis er die ganze Wand niedergerissen hatte. Er würde sich so auf seine Mission konzentrieren, daß es kaum noch etwas anderes für ihn gab. Achtzehn Stunden pro Tag wollte er in der Bibliothek verbringen, und wenn er dann nach Hause ging, würde er nur noch auf Nor'Dyrenische Weise essen, trinken und schlafen und sich als Kopfkissen ein Technikerhandbuch nehmen.

Und wenn er abflog, kamen das Sprachlabor und ein ganzer Container voll Fachbücher mit. Er würde die Überprüfung vornehmen. Nach den beiden Wochen hier und den zwei folgenden auf dem Schiff würde ihm nicht mehr viel an der Ausbildung eines Systemingenieurs fehlen.

Er sprang auf das langsamere Band, um zum Expreßkorridor abzubiegen, wo er das Eilband nahm. Wie ein unsichtbarer Umhang flatterte seine protestantische Arbeitsethik herausfordernd hinter ihm her.

Mission: Nor'Dyren!

2. Kapitel

Tol hing unbequem in den Gurten, als das Xzixkina-Shuttle aus dem Bauch des Mutterschiffs schoß und in die Atmosphäre von Nor'Dyren eindrang. »Überqueren Ozean des Zielplaneten«, informierte ihn die Computerstimme. »Geschwindigkeit siebenhundertdreiundzwanzig Spannen pro Standardstunde. Aussichtskuppel aktiviert.«

Tol verrenkte sich fast den Kopf. Die konkave Decke des Passagierabteils war aufgeglüht. Ein raffiniertes Prismensystem übertrug die Planetenlandschaft unter der Fähre auf die Deckenhalbkugel. Durch die Schleier und Fetzen einer glitzernden Wolke war ein aufgewühltes grünes Gewässer zu sehen, in dem das Sonnenlicht sich spiegelte und Gischt in allen Regenbogenfarben schäumte. Die Fähre ging tiefer, und nun waren hin und wieder schwarze kahle Felsspitzen zu sehen, die da und dort aus dem Meer ragten.

»Zwei Monde«, erklärte die Computerstimme, »und stürmisches Gewässer.« Die Fähre ging noch tiefer, und plötzlich ragte schwarzes zerklüftetes Gestein am Rand der Aussichtskuppel empor. Es kam näher. Der Felsen wuchs innerhalb eines dichten Wolkenrings und schien den veilchenblauen Himmel durchbohren zu wollen. Tol beugte sich ein wenig vor, um dieses Wahrzeichen des einzigen Kontinents dieses Planeten näher zu betrachten. »Kein Schnee?« wunderte er sich laut.

Die Computerstimme antwortete: »Der heftige Wind weht ihn ins Meer.«

Sie flogen über den Wolkenring und über das Gebirge. Gewaltige Felszacken erhoben sich. Und plötzlich begann die kleine Fähre erschreckend schnell zu fallen. Tol hielt sich an den Hängegurten fest. Doch ehe sie auf dem Fels zerschellten, schoß die Fähre wieder hoch und brauste wie triumphierend über die gewaltige Höhe des sich steil erhebenden Kontinents.

»Munparkt, der höchste Gipfel, liegt unter uns — und bleibt schon hinter uns zurück«, informierte die Computerstimme Tol, der tief einatmete. »Das Gebirge ist für eine Besiedelung ungeeignet, zumindest für Humanoiden wie die hiesige Bevölkerung. Andere Angehörige des Zivilisationsbundes würden es möglicherweise zum Sport und zur Erholung nutzen, doch dafür geben die Gonnegon, die herrschende Spezies, es nicht frei.«

Tol runzelte die Stirn und ging in Gedanken das alte Astroanthropologie-Handbuch noch einmal durch, das ihm Hanzan aus der Wissenschaftlichen Bibliothek des Bundes besorgt hatte. Die Gonnegons waren die intellektuellen Nor'Dyrener, die es sich öffentlich und privat zur Aufgabe gemacht hatten, den beiden anderen Spezies — den Allegons und Berregons — vorzuschreiben, was sie zu tun und zu lassen hatten. Die Gonnegons waren die Denker und Planer, die für die Verwaltung Verantwortlichen, das Gehirn Nor'Dyrens.

Das Shuttle ging nun schnell tiefer und schwang um den Wolkenring herum, der den Fuß des gebirgigen Kontinents umhüllte. Tol versuchte erneut, durch Halsverrenken etwas vom flachen Küstengebiet zu sehen, das unter dem Wolkenrand lag.

Doch vergebens. Die Fähre tauchte weiter hinab, und die Sichtkuppel zeigte lediglich die Wolkendecke. »... Wärme«, sagte die Computerstimme, und ein Schwall warmer Luft blies durchs Passagierabteil.

Immer tiefer tauchte die Fähre, erzitterte und setzte holpernd auf. Verschwommene Formen huschten über die Halbkugel. Die Fähre beschrieb einen Bogen. Ein saugendes Geräusch war zu vernehmen. Wieder machte sie einen Bogen und hielt abrupt an. Tol wurde bei dem heftigen Ruck tief in die Gurte gepreßt.

»Gelandet«, erklärte die Computerstimme überflüssigerweise.

Tol wandte sich wieder der Aussichtskuppel zu, doch nur undefinierbare Schatten waren darauf zu sehen. Etwas unsicher fummelte er an den Gurten, bis die Sicherung aufsprang, dann stieg er leicht benommen auf den Boden hinunter.

Ehe er das Passagierabteil durchqueren konnte, glitt die Luftschleuse auf. Kalte, nach Moschus duftende Schwaden wallten herein. Unwillkürlich wich Tol zurück und drückte sich an die gepolsterte Abteilwand.

»Welche ... welche Tageszeit ist dort draußen?« fragte er und versuchte, sich durch Sprechen Mut zu machen.

»Kurz vor Mittag.«

Bald Mittag. Wenn er nur die Schleuse sehen könnte. Draußen müßte doch zumindest ein wenig vom Licht der kleinen bleichen Sonne durch den Dunst dringen. Er tastete sich an der Wand entlang. Seine Hände verschwanden in der duftenden Wolke.

Und berührten warme Haut.

Erschrocken zog er die Arme zurück.

»Bailey?« fragte eine dünne Stimme aus tieferer Höhe als sein Kopf.

»Ich ... ja, Bailey«, bestätigte er, und sein Herz pochte. Er spähte durch den Dunst, bis er schließlich die schmalen Umrisse erkannte, die einem weiblichen Wesen gehörten. Die Frau reichte ihm fast bis zur Brust, und es schien ihm, als bestünde sie hauptsächlich aus Armen und Beinen. Sie trug einen mit Nieten zusammengehaltenen Lederkittel — es war ein sehr knapper Kittel, der ihren verhältnismäßig kurzen Rumpf bedeckte.

»Allegon hier, um Mensch Bailey zu dienen.«

Tol brauchte einen Moment, um sich von Englisch auf Nor'Dyrenisch umzustellen, aber die Hypnoanleitungen — Hanzan hatte ihm ein paar Hypnokassetten beschafft — machten sich bezahlt, und so antwortete er fast ohne zu stocken: »Ich bin Mensch Bailey.«

Sie neigte den Kopf. Dieser war ungewohnt länglich und hatte zwei bündelartig zusammengehaltene schwarze Strähnen, die am Hinterkopf verknotet waren und auf der Stirn klebten. Die Augen waren senkrecht; eine Nase hatte das Wesen offenbar keine, und der Mund war groß und rund. Ja, sie war zweifellos eine Allegon, gehörte also zur dienstleistenden Spezies.

»Persönlicher Besitz wird nun von Allegon ausgeladen. Bitte zur Identifizierung begleiten.«

Tol folgte der Allegon. Die kraftvolle Koordinierung ihrer langen Gliedmaßen faszinierte ihn. Geschickt gab sie seine Sachen auf die kurze Lauframpe der Fähre: die Koffer, Taschen und Kisten und den schwach glänzenden Werkzeugkasten auf kräftigen Beinen. »Inspektionsamt ganz in der Nähe«, erklärte sie. Sie hob Koffer und Taschen auf den Werkzeugkasten und rollte ihn auf seinen festen Rädern vor sich her.

Nach Atem ringend stapfte Tol durch den Dunst hinter ihr her. Er trug die zwei Aktenkoffer mit den technischen Handbüchern. Obwohl er sich vier Wochen intensiv damit beschäftigt hatte, war er auch jetzt noch kein Systemingenieur, sondern nach wie vor nicht mehr als ein Servicetechniker.

Ein dunkles Gebäude ragte vor ihnen auf. Eine Steinplattentür schwang auf steifen Lederangeln auf. Sie betraten einen niedrigen, langen, schwach beleuchteten Raum. Breite Streifen nicht zusammenpassender Farbe verunstalteten die Steinplattenwände. Dunstfetzen wanden sich durch die unzähligen Ritzen, die von schlechter Instandhaltung zeugten. Auf dem kahlen Boden in der Zimmermitte standen ein langer Schreibtisch, ein niedriger langer Tisch und eine reglose Gestalt, die ihnen aus tiefliegenden Augen — sie waren von einem Kranz geschwungener schwarzer Wimpern umgeben — nicht sehr freundlich entgegenblickte. Ihr Mund war breit, auch ihr fehlte die Nase, und die tief am Kopf angesetzten Ohren waren unter dünnen Haarbüscheln fast verborgen. Danach und nach dem kräftigen Brustkasten und der hohen Stirn zu schließen, mußte es ein Gonnegon sein.

»Mensch Bailey«, meldete die Allegon sich verneigend. Sie reichte dem Gonnegon ebenfalls nur bis zur Brust, und sie blickte nicht zu dem arrogant zurückgeworfenen schweren Kopf hoch.

»Allegon wird Mensch Baileys Eigentum vorweisen.« Die Stimme des Gonnegon klang tief.

Mit den langen Fingern öffnete die Allegon den ersten Koffer und breitete seinen Inhalt auf dem langen Tisch aus. Majestätisch, mit überkreuzten Armen trat der Gonnegon heran. Hochmütig wanderte sein Blick über die Sachen. Ein Zeigefinger deutete: »Was ist das, Mensch?«

Tol blickte fest in die von Wimpern umkränzten Augen, doch nichts änderte sich an ihrer Arroganz. »Mein Erste-Hilfe-Etui.«

»Gonnegon verlangt Inhalt zu sehen.«

Tol griff nach dem Etui, doch die langen Finger der Allegon kamen ihm zuvor.

Schweigend betrachtete der Gonnegon den Inhalt, dann ging er ein paar Schritte den Tisch entlang. Der Zeigefinger streckte sich spitz erneut aus und hob etwas hoch. »Was ist das, Mensch?«

Tol unterdrückte seinen Ärger. »Ein Unterhemd.«

Der Gonnegon betrachtete es ausdruckslos. »Terranischer Herstellung?«

»Nein, importiert.«

»Wert?«

»Ich bezahlte siebzehn Kredit dafür.«

Der Gonnegon drehte das Unterhemd langsam in der Hand. »Mensch trägt dieses Kleidungsstück des Nachts?«

»Wohl kaum«, quetschte Tol zwischen den Zähnen hervor.

Die umkränzten Augen musterten Tol eisig. Das Unterhemd entglitt dem Zeigefinger. Des Gonnegons Blick wanderte weiter.

Zunehmend gereizter identifizierte und erklärte Tol den Zweck von Handbüchern, Toilettenartikeln, Unter- und Oberbekleidung, Werkzeugen und der Taschenlampe. Immer knapper wurden seine Antworten, immer mehr mußte er sich zusammennehmen. Aber Auflehnung, erinnerte er sich, würde ihm nichts einbringen — außer einer übereilten Rückkehr in sein Kämmerchen bei der CalMega, ohne daß er auf die Aktivliste kam. Er hatte es hier nicht mit einem kleinen giftigen terranischen Zollbeamten zu tun, sondern mit einer fremden Intelligenz; die auf dieser Welt über unbeschränkte Autorität verfügte.

Als die Inspektion endlich überstanden war, betrachtete der Gonnegon die nun unordentlich herumliegenden Sachen. »Allegon wird säuberlich wieder einpakken, während Gonnegon die Einreisegenehmigung unterzeichnet.« Der Gonnegon zog sich hinter seinen Schreibtisch zurück.

Tol folgte ihm und wartete steif, bis ihm das signierte Dokument ausgehändigt wurde. »Ich danke Ihnen«, sagte er grollend.

Die haarumsäumten Ohren zuckten jetzt gereizt. »Es ist nun an der Zeit zu bemerken«, sagte der Gonnegon geziert, »daß Mensch Sprache benutzt, die in dieser Gesellschaft nicht mehr als korrekt erachtet wird.«

Tols Ohren wurden rot. »Ich spreche genau, wie ich es lernte, ehe ich von der Erde abflog.«

Die Augen des Gonnegon erinnerten nun an moosüberzogene Steinchen. »Dann wurde Mensch überholte Sprache gelehrt. Persönliche Fürwörter sind archaisch. Wurden aus dem Nor'Dyrenischen Vokabular als unpassend entfernt.«

Tol beherrschte sich mühsam. »Tut mir leid, wenn ich Sie dadurch beleidigte. Aber Sie müssen zugeben, daß ich wohl kaum lange genug hier bin, um die erlernte Sprache der jetzt benutzten anzugleichen.«

»Stimmt. Aber es gibt keinen Grund, warum damit nicht sofort begonnen werden könnte.« Die harten Augen verliehen den Worten Eindruck. Dann schloß der Wimpernkranz sich um sie, und ehe er sich wieder öffnete, hatte der Gonnegon den Kopf abgewandt und beschäftigte sich bereits mit etwas anderem.

Tol ballte die Fäuste, holte tief Luft und drehte sich um. Lichtwürfel hingen in unregelmäßigen Abständen von der Decke und beleuchteten den Raum nur schwach. Er trat an das breite, einzige Fenster und spähte hinaus. Durch den dichten Dunst bemühte er sich hartnäckig, Einzelheiten auf dem Raumhafen zu erkennen.

»Nachricht für Mensch«, sagte eine Allegon hinter ihm gleichmütig.

Unfreundlich griff Tol nach dem Umschlag. *Nicht in der Lage, abzuholen,* informierte ihn der beiliegende Zettel. *Unterbringung in Gasthaus am Oberhang von Acparkt unterhalten von Gonnegon Rtx. Alle Arrangements, außer Beförderung. In wenigen Tagen.* Eine schnörkelige Unterschrift identifizierte den Absender als den hiesigen Beauftragten des Zivilisationsbundes.

Tol runzelte die Stirn und steckte sowohl Nachricht als auch Umschlag in die Tasche. »Sieht so aus, als brauchte ich eine Fahrgelegenheit zu meinem Hotel.«

Die Allegon neigte den schmalen Kopf.

Wieder waren Koffer und Taschen auf den Werkzeugkasten gehäuft. Tol griff nach den Aktenkoffern und tauchte hinaus in den Nebel. Die Allegon führte ihn an einer Reihe dunkler Bauten vorbei, bis sie zu einer Stelle kamen, wo die hohe Sonne dem Dunst einen gespenstischen Glanz verlieh. Tol hob blinzelnd den Blick, um die Sonnenscheibe zu erkennen.

»Beförderung«, sagte eine neue Allegonstimme weich.

Tol drehte sich um. Die zweite Allegon war kleiner als die erste, und ihre Augen waren schmale Schlitze in einem ausdruckslosen Gesicht. Hinter ihr erhob sich die Andeutung eines Fahrzeugs.

Tol berührte pockiges Metall. Seine Finger strichen über geflickte Lederreifen, er spähte in das separate Passagierabteil, begutachtete Dach, Kotflügel und Türen.

Die zweite Allegon fragte mit sanfter Stimme: »Mensch wohin, bitte?«

Tol sprang auf. Sein Gepäck war im Wagen verstaut, und die erste Allegon im Nebel verschwunden. »Aber ich habe ihr ja nicht einmal ein Trinkgeld gegeben!« rief er aus.

Die Augen der Allegon zuckten. »Allegon dient. Will Mensch weit fahren?«

Tol runzelte die Stirn. »Ich ...« Wie wurde hier die Bezahlung gehandhabt? Konnte sie sein Konto ohne Scheck belasten? Er seufzte. Es war hoffnungslos, sie in diesem Nebel finden zu wollen. »Zu einem Hotel auf dem Acparkt«, sagte er fragend.

Die Züge der Allegon blieben unlesbar. »Dort gibt es Hotel.«

Unbeholfen kletterte Tol in das leicht feuchte Fahrzeug. Sein Gesäß versank, und seine Knie hoben sich vor ihm. Seine Fahrerin ließ sich auf dem Sitz nieder, der genau für ihre langen Gliedmaßen und den kurzen Rumpf berechnet war. Mit sicheren Bewegungen zog sie die Gurte straff, drehte einen rostigen Knopf und drückte auf einen Hebel, und schon brausten sie dahin. Ein tiefes wimmerndes Hupen warnte die Passanten.

Tol griff hastig nach dem dicken Lederstrang, der von der Decke hing. Der Wagen beschleunigte unglaublich rasch, bog um Kurven, wich mit quietschenden Bremsen Hindernissen aus und brauste einen steilen Hang hinunter.

Als es nach der ersten Viertelstunde zu keinem Unfall gekommen war, lockerte Tol seinen Griff um den

Lederstrang. Mit einer Allegon am Lenkrad war das Unvermeidliche vielleicht gar nicht so unvermeidlich.

Abrupt änderte der Wagen den Kurs. Die Kraft, mit der er gegen die Rückenlehne gepreßt wurde, verriet Tol, daß sie nun steil aufwärts fuhren. Abrupt, und für ihn völlig unerwartet, tauchten sie aus der Wolkenschicht.

Tol hielt den Atem an. Eine kleine bleiche Sonne stand am veilchenblauen Himmel. Links vom Wagen fiel die Welt steil ab und verschwand im Nebel. Rechts erhoben sich die Bauten der Stadt als majestätische steinerne Türme an der Flanke des Berges, als wären sie ein Teil von ihr, der sich selbständig zu machen versuchte. Eine gewaltige Wandmalerei erstreckte sich über die Fassaden eines guten Dutzends benachbarter Gebäude — eine stürmische Seeszenerie, wie sie außerhalb der Felsen um die Stadt Wirklichkeit sein mochte.

Tief beeindruckt wanderte Tols Blick darüber hin, ohne bei dieser gewaltigen Größe Einzelheiten wahrzunehmen.

Und dann tauchten sie erneut in die verhüllende Wolkenbank. Verärgert über den verschleiernden Nebel rückte Tol auf den Rand des Sitzes vor.

Doch sie fuhren nur kurz durch die Wolke. Als sie sie wieder verließen, hatte die Gegend sich verändert. Die Bauten, an denen sie nun vorbeikamen, waren wuchtige Steinwürfel, die über die ganze Bergflanke verstreut zu sein schienen. Jeder Würfel hatte eine kahle Fassade mit einem einzigen breiten Fenster. Tol betrachtete sie mit großen Augen, ihm wurde allmählich bewußt, welches Können hinter dieser architektonischen Anordnung steckte — und noch etwas, das er nicht definieren konnte.

Ehe er den Sinn erfaßt hatte, lagen die Würfel bereits hinter ihnen, und der Wagen schlängelte sich durch ein Netzwerk gotischer Türme und Türmchen, die sich in grotesken Winkeln und Stellungen erhoben.

Tol mußte den Blick fast mit Gewalt von dieser Exzentrizität losreißen, um sich mit dem Straßenbild zu befassen.

Allegons, in Lederkleidung, eilten über das Steinpflaster oder rasten auf Dreirädern mit kastenförmigem Gepäckteil den Berg hinunter, während auf der anderen Straßenseite Allegons die Pedale traten, um mit ihren beladenen Dreirädern den Hang hochzukommen. Vereinzelt stolzierte ein Gonnegon daher oder fuhr auf einem Dreirad ohne Gepäckteil. Diese Dreiräder sahen aus, als wären sie aus Teilen von einer Müllhalde zusammengesetzt, mit da und dort einem neuen Teil. So mochte ein verrosteter Rahmen mit einer glänzenden neuen Lenkstange versehen sein oder mit noch blitzenden Pedalen. Geflickte und neue Reifen kombiniert an einem Rad waren nicht ungewöhnlich. Hin und wieder holperte ein Dreirad auch auf nicht zusammenpassenden, verschieden großen Rädern dahin.

Jetzt erst nahm Tol sich auch Zeit, sich das Innere des Taxis näher anzusehen. Die Sitze waren aus abgewetztem, stellenweise eingerissenem Leder. Fleckige Verschalung hing in Fetzen von der Decke und offenbarte das verrostete Metallgehäuse. Das Armaturenbrett war ein Chaos aus verrosteten Schaltern, abgebrochenen Knöpfen und kaum noch ablesbaren Armaturen. Die Fenster hatten Sprünge und waren stumpf. Tol lehnte sich wieder zurück. Er konnte nur hoffen, daß die Reifen in besserem Zustand waren als der Rest des Fahrzeugs.

Bergauf begleitete sie nun eine Reihe kasernenähnlicher Bauten. Auf die Steinplatten der Fassaden war lieblos grauer Verputz geworfen, der stellenweise abbröckelte, und wo er die Fassade nicht mehr verdeckte, sah man, daß sie behauen war. Einmal starrte das tief in den Stein gemeißelte Gesicht eines Gonnegons aus dem abbröckelnden Verputz.

Die Stadt zog sich über die gesamte Bergflanke hin. Und dann fuhr der Wagen wieder abwärts und tauchte erneut in die Wolke. Tol würgte und hielt sich am Lederstrang fest. Die Hupe wimmerte.

Gleich darauf tauchten sie wieder auf und wieder ein, auf und ein, ständig aufs neue.

Tol blickte auf sein Armchrono. Anderthalb Stunden lang fuhren sie bereits. Beunruhigt rückte er auf dem Sitz vor und rief der Allegon ins Ohr: »Wie weit ist es noch zum Acparkt?« Hatte sie vielleicht in ihrem Geschwindigkeitsrausch vergessen, daß sie ein Ziel hatten?

Die Allegon wandte die Augen nicht von der Straße. »Viel weiter«, antwortete sie und schon schloß die Wolke sich wieder über ihnen.

Tol ließ sich zurückfallen. Der Nebel quoll in Mund und Nase. Hustend krümmte er sich zusammen. Er schloß flüchtig die Augen.

Der Wagen hielt an.

Tol zuckte zusammen und spähte hinaus. Sie hatten den Gipfel erreicht. Die Zivilisation breitete sich unter ihnen aus, bedeckte die felsigen Arme der Küste. Licht flackerte in der Nacht.

Nacht? Tol starrte erschrocken auf sein Chrono.

Nacht! Er hatte drei Stunden geschlafen. Und die Nacht senkte sich früh auf Nor'Dyren herab, wo der Tag nur zwanzig Stunden hatte. »Wir brauchten viereinhalb Stunden, um hierherzukommen?« erkundigte er sich ungläubig.

Die Allegon nickte. »Allegon hielt zweimal an, um Antrieb zu laden. Auch um zu essen hielt Allegon einmal an.«

»Oh.« Er schaute durchs Fenster auf das strenge Gebäude vor ihnen. »Ist das das Hotel?«

»Es ist.«

Unbeholfen zwängte er sich aus dem engen Wagen und stolperte zum Hotel. Seine Beine, die er viereinhalb Stunden lang nicht mehr bewegt hatte, trugen ihn jetzt nur zögernd.

Aber schon schob sich eine Hand stützend unter seinen Ellbogen, und eine dritte Allegon blickte ihm besorgt ins Gesicht. »Mensch unwohl?« Ihre Stimme war sanft wie ein Windhauch, ihre Augen glänzten tiefschwarz. Schwarze Strähnen zogen sich über ihre Stirn.

»Ich … ah … nein. Nein«, versicherte er auch sich selbst.

Das Innere des Hotels war verwirrend angeordnet. Sie mußten erst durch die Kammer des Hausmeisters, einen leeren Ballsaal und eine Küche, ehe sie den Empfang erreichten.

Gonnegon Rtx, der Geschäftsführer, erhob sich weder, noch zwang er sich zu einem Willkommensgruß. Seine tiefliegenden Augen wirkten unangenehm feucht. »Mensch kann Zimmer oben oder unten haben.«

Tol überlegte. »Oben«, bat er.

Der Gonnegon nickte. »Beförderungsallegons Dienste waren zufriedenstellend?«

Tol drehte sich erschrocken um. »Ja, aber ich habe sie noch nicht bezahlt.«

»Beförderungsallegon wird als letzten Dienst Siegel von Mensch annehmen«, befahl der Gonnegon.

Die Allegon senkte den Kopf und brachte einen Kreditblock aus ihrem Lederkittel zum Vorschein.

»Wieviel?« erkundigte sich Tol.

»Die übliche Gebühr ist zweiundzwanzig Kredit«, erklärte der Gonnegon.

»Nur zweiundzwanzig Kredit für eine Viereinhalbstundenfahrt?«

»Siebenundzwanzig Kredit tun es auch.«

Stirnrunzelnd stellte Tol den Scheck aus und gab sein Siegel darauf. Die Allegon nahm ihn stumm entgegen und zog sich zurück.

Der feuchte Blick des Gonnegons wandte sich der übriggebliebenen Allegon zu. »Mensch wird Gonnegon jeden Hotelallegon melden, der nichtzufriedenstellende

Dienste leistet.« Er blickte Tol streng an, dann schloß er die Augen, und als er sie wieder öffnete, galt seine Aufmerksamkeit bereits etwas anderem.

»Allegon wird führen«, sagte die Hotelallegon leise.

Sie kehrten durch Küche, Ballsaal und Hausmeisterkammer zurück. Gemeinsam schleppten sie die Koffer, Taschen und den Werkzeugkasten die Treppe hoch, die sich in ungewöhnlichen Windungen steil hochschlängelte.

Das Tol zugewiesene Zimmer war geräumig und wurde von Gruppen aus Lichtwürfeln erhellt. Die beiden schmaleren Wände waren mit grobem Stoff tapeziert, die zwei längeren waren aus kahlen Steinplatten zusammengefügt. Das Bett war eine große, nur leicht gepolsterte Steintafel. Sie hing an vier geflochtenen Ledersträngen von der Decke. Die Allegon durchquerte das Zimmer und zog an einer Lederkordel an der Wand. Eine große Lade kam zum Vorschein.

Mit erstaunlicher Leichtigkeit hob die Allegon selbst den schwersten Koffer auf einen massiven Steintisch.

»Allegon muß jetzt Gepäck von Mensch einräumen«, sagte sie.

Fasziniert von der mysteriösen Koordination ihrer Arme und Beine ließ Tol es zu. Er ging müßig im Zimmer hin und her und schaute sich um. Primitive Lichtwürfel waren an modernste Akkus angeschlossen. Er berührte eine der tapezierten Wände; sie war feucht und wies Stockflecken auf. Er setzte sich kurz in einen ledernen Hängesessel und hatte das Gefühl, von ihm verschlungen zu werden. Bewundernd strich er mit den Fingern über ein Tischchen, dessen Platte kunstvoll aus Muscheln und Steinchen zusammengesetzt war.

In einer Wand war eine Tür. Neugierig öffnete er sie; es war das Bad. Das Klosett war niedrig, und die Badewanne erschien ihm lächerlich, sie war eher ein seichtes Becken als eine Wanne, mit einer Tiefe von höchstens fünfzehn Zentimetern, einer Breite von ein Meter neunzig und einer Länge von zweifünfzig. Verwirrt musterte er die ungewöhnliche Länge und Breite, betrachtete flüchtig die schmale Tür in der Wand hinter dem Bekken und zuckte die Achseln.

Er kehrte ins Schlafzimmer zurück und probierte das Bett aus. Es knarrte: Unzufrieden starrte er auf die lange Steintafelwand. »Ist es zu spät, ein Zimmer mit Fenster zu bekommen?« fragte er.

»Oh! Allegons Versäumnis!« Die Allegon rannte durchs Zimmer und zog an einer Lederkordel.

Die ganze Wand schwang hoch, und ein Fenster von der gesamten Länge und Höhe des Zimmers war zu sehen.

Tol sprang erschrocken vom Rand der Welt zurück. »Ich ... danke«, stammelte er.

Die Allegon betrachtete ihn ernst. »Allegons Nachlässigkeit. Möchte Mensch warmes Bad?«

»O ja, keine schlechte Idee.« Er war verschwitzt, obgleich er jetzt fast fror. »Aber ich kann ...«

Zu spät. Sie war bereits verschwunden, nur ein sanftes »Allegon dient«, hing noch in der Luft.

Sie war durch die falsche Tür getreten, eilte den Korridor hinunter.

Verwirrt blickte er durch die offene Tür und auf das liegengelassene Gepäck. Achselzuckend ging er wieder ins Bad. Sie war bestimmt nicht gelaufen, um Handtücher oder Seife zu holen, denn beides lag bereit. Nun, zumindest hatte sie ihn auf eine gute Idee gebracht, ehe sie ihn im Stich gelassen hatte.

Drei Leitungsrohre kamen etwa einen Meter oberhalb des seichten Beckens aus der Wand. Darüber befand sich ein verrosteter Hebel. Sehr vorsichtig zog er daran.

Nichts tat sich.

Schon weniger vorsichtig drückte er den Hebel ganz herunter und schob ihn wieder hoch.

Kein Wasser floß.

Er studierte das Ding, zerrte daran, schob es, alles vergebens.

Verärgert beschäftigte er sich mit dem zweiten Hebel und dann dem dritten — mit demselben Ergebnis. Offenbar würde heute abend kein Wasser aus dieser Wand fließen.

Frustriert ging er aus dem ungewöhnlichen Bad in das exotische Schlafzimmer und blickte auf die fremde Welt hinaus. Dann drehte er sich zu dem hängenden Bett um. Seufzend hob er den letzten Koffer auf den Steintisch und holte seinen Schlafanzug heraus.

Er hatte sich bereits für die Nacht umgezogen, als die Allegon mit einem Metalltank auf Rädern zurückkehrte, den sie vor sich herschob. Mit einem schüchternen Lächeln huschte sie an Tol vorbei ins Bad. Er hörte das Gurgeln und Plätschern von Wasser.

Sein Badewasser hatte extra hierhergebracht werden müssen. Er stellte sich an die Tür und sah zu, wie es in das Becken floß.

Erst als die Allegon gegangen war, steckte er versuchsweise eine Zehe hinein. Das Wasser war gerade lauwarm. Er zog den Schlafanzug wieder aus, stieg in das Becken und legte sich flach hinein.

Als das Wasser völlig abgekühlt war, stieg er heraus, frottierte sich ab und warf sich, in die Badetücher gehüllt, auf das knarrende Bett.

3. Kapitel

Tol erwachte und setzte sich auf. Das Frühstück auf dem Tablett neben seinem Ellbogen sah nicht mehr taufrisch aus. Es stand also schon längere Zeit herum, was bedeutete, daß der Tag schon fortgeschritten war. Unsicher auf den Füßen, ging er ins Bad, wo er in einer Ecke eine Waschschüssel mit kaltem Wasser fand. Er wusch sich das Gesicht und schaute sich nach seinem Rasierapparat um.

Nach längerer Suche fand er ihn schließlich neben seinen Schuhen unter dem Bett. Er kehrte ins Bad zurück und rasierte sich notgedrungen ohne Spiegel. Dann wusch er sich noch einmal das Gesicht und tastete nach einem Handtuch.

Aber er fand keins. Dabei hatten am Abend gleich mehrere herumgelegen.

Verärgert zog er die Brauen zusammen. Eine verrückte Welt: sein Rasierapparat zwischen seinen Schuhen versteckt, seine Waschschüssel am Boden wie der Trinknapf eines Hundes, Handtücher, die des Nachts verschwanden.

Aber hinter dem Badebecken war eine Tür — vielleicht befand sich ein Wäscheschrank dahinter? Vor sich hinbrummend stieg er durch die nicht ausgeleerte Wanne und zog an der klemmenden Tür. Als sie endlich aufschwang, spähte er in die dunkle Nische dahinter.

Er brauchte eine Weile, bis er den Gegenstand hinter der Tür erkannte. Er war zylindrisch und gedrungen, seine Hülle durch die abblätternde Farbe verunstaltet. Tol kauerte sich auf ein Knie und berührte den staubigen Akkumulator unten in der Nische. Er tastete daran hoch zu nicht weniger staubigen Anzeigen und Kontrollen. Er stand auf und ging den drei verfärbten Leitungsrohren nach, die aus dem abblätternden Tank zur steinernen Wand und hindurch führten und einen Meter über der seichten Badewanne endeten.

Plötzlich war er voll wach. Es bestand kein Zweifel: Er hatte einen Boiler hinter seinem Badezimmer.

Erneut kniete er sich nieder und wischte den Schmutz von den Anzeigen. Ja, es war ein Heißwasserspeicher und ganz offensichtlich einer, der nicht funktionierte. Oh, wie lange war es schon her, seit er zum letztenmal einen defekten Boiler vor sich gehabt hatte?

Während er mit vor Aufregung fast zitternden Händen danach griff, wanderten seine Gedanken Monate, nein, Jahre zurück zu dem letzten, den er repariert hatte. Es war in dem Apartment in Ceverity Heights gewesen, im Finanzviertel. Eine komplette Überholung war erforderlich gewesen, dabei war der Speicher noch verhältnismäßig neu gewesen. Und drei Tage später hatte er seine Handwerkererlaubnis zurückgegeben und seine technische Ausbildung begonnen.

Ja, drei Jahre waren seither vergangen. Er zog die Hände zurück, als hätte er heißes Eisen angelangt. Drei Jahre, seit er sein Recht aufgegeben hatte, Haushaltsgeräte zu reparieren, und hier war er nahe daran gewesen, sich an diesem Boiler zu versuchen.

Schuldbewußt zog er sich von dem kaputten Heißwasserbereiter zurück und watete durch das Badebekken. In sicherer Entfernung ließ er sich auf den Boden sinken. So, wie es aussah, hatte sich niemand, weder ein Handwerker noch eine Gewerkschaft, je um den Boiler gekümmert. Aber die Astroanthropologischen Handbücher über Nor'Dyren hatten die strikten Arbeitsbestimmungen genau erläutert. Er runzelte überlegend die Stirn. Wenn die Reparatur des Boilers als Service für den Zimmerbewohner, in diesem Fall den Hotelgast, anzusehen war, fiel sie einer Allegon zu. War andererseits das Endprodukt, also heißes Wasser, ausschlaggebend, so stand die Reparatur einem Berregon zu.

Wie dem auch war, Tollan Bailey hatte kein Recht, hier — oder sonstwo im erfaßten Universum — unbefugterweise Haushaltsgeräte zu reparieren. Nur allzuleicht konnte er sich am Heißwasserspeicher eines anderen die Finger verbrennen, was höchstwahrscheinlich einen schnellen Hinauswurf und Rückkehr zur Erde und CalMega zur Folge hätte. Die Gonnegons sahen nicht so aus, als duldeten sie irgendwelche Übergriffe.

Nervös stocherte er in den Zähnen. Es war zweifellos ein verwahrloster Boiler, unansehnlich mit seiner abgeblätterten Farbe, den blinden Anzeigen, dem Akku, der wie ein verstaubter Metallparasit an seiner Unterseite klebte. Zumindest könnte er doch den Akku säubern und ihn zum Aufladen in die Sonne stellen. Dagegen könnte doch niemand etwas einwenden ...

Hastig, um der Versuchung zu entgehen, schlug er die Tür zu und kehrte ins Schlafzimmer zurück.

Drei Jahre waren es her, seit er wirkliche Arbeit hatte leisten dürfen. Drei Jahre, seit er ein defektes Gerät auseinandergenommen und zu neuem Leben erweckt, sich als Heiler von Anorganischem erwiesen hatte. Es stimmte ja, er war damals alles andere als ein sentimentaler Träumer gewesen. Aber seine langweilige Technikerausbildung, die ihn fast ausschließlich an den Schreibtisch gefesselt hatte, danach die noch langweiligeren fünfzehn Monate, eingesperrt in seinem Kämmerchen bei CalMega, ließen ihn seine Zeit als Handwerker jetzt in rosigem Licht erscheinen. Was er damals als nur leicht stimulierende Routine erachtet hatte, erschien ihm nun in der Erinnerung als Wochen und Monate interessanter Arbeit.

Streng wies er sich zurecht: Seine Zukunft lag nicht in einem Alkoven eines Nor'Dyrenischen Badezimmers. Seine Zukunft lag bei CalMega. Wenn er hier vier Monate durchhielt, war er bei seiner Rückkehr ein Aktiver, dann durfte er sich mit Maschinen beschäftigen, durfte er arbeiten!

Es war jetzt Zeit, mit seinem Auftrag — sich auf Nor'Dyren umzusehen — zu beginnen, und wenn auch nur, um nicht mehr an den verflixten Boiler zu denken. Er fand seine Kleidungsstücke, zog sich an. Im Bett entdeckte er zwei feuchte Badetücher, dicke flauschige Tücher, in denen offenbar jemand geschlafen hatte. Er zog sich das Frühstückstablett heran und machte sich darüber her.

Dann stieg er die gewundene Treppe hinunter und ging durch die Eingangstür hinaus. Sein erster Vormittag auf NorDyren. Er atmete die kalte Luft ein, die ihm entgegenschlug, und schritt über das Pflaster zum Rand einer wolkenumsäumten Welt, die tief unter ihm von gischtendem Wasser umbrandet wurde. Die Straße schlängelte sich in unregelmäßigen Windungen und Schleifen hinunter.

Tol drehte sich um, legte schützend die Hand über die Augen und blickte die rauhe Fassade des Hotels hoch. Sein Zimmer zu finden, war nicht schwer. Das Hotel erhob sich als steile schwarze Pyramide am Hang, und sein Zimmer war das einzige an der Spitze.

Ein Dreirad rollte vorbei. Nach einem letzten langen Blick über den Rand der Welt überquerte Tol das Pflaster und schritt die Straße hinab, folgte ihren Windungen und Krümmungen.

Wachsam wich er den Dreirädern aus, bis ihm klar wurde, daß sie ihm nicht weniger wachsam auswichen, woraufhin er seine Aufmerksamkeit den Nor'Dyrenern zuwandte, denen er begegnete. Allegons strampelten ihre mit Lebensmittel, Wäsche, Mops, Besen, Säuglingen und Kindern beladenen Dreiräder. Gonnegons fuhren mit arroganter Miene vorbei, ihre wimpernumkränzten Augen waren allein auf die Straße gerichtet.

Hin und wieder tauchte eine dritte Spezies auf: muskulöse, schwerfällige Wesen, die mit finsterer Entschlossenheit in die Pedale traten. Tol blickte ihnen nach, um sich ein Bild von ihnen zu machen. Sie hatten dunkle, kurzgeschorene Haare, breite Schultern, muskelstrotzende Unterarme. Das also waren die Berregons, deren Aufgabe es war, den materiellen Reichtum für alle drei Spezies auf dieser kleinen Welt zusammenzutragen. Die Berregons waren von kompakter Statur und den Menschen in Körperbau und Gesichtsschnitt so ähnlich, daß sie sich jederzeit bei CalMega hätten bewerben können.

Und der Berregon, den er gerade betrachtete, sah genauso aus, dachte Tol, wie er sich vor ein paar Monaten bei CalMega gefühlt hatte: verbittert, wie es nicht schlimmer ging.

Dann bog er um eine Ecke und stand vor einem etwas chaotischen Marktplatz. Gemüse lag unsortiert herum, ungegerbte Häute und bearbeitetes Leder waren wirr durcheinander aufgehäuft, und alles mögliche andere war an Ständen und auch auf dem Boden über den ganzen Platz verteilt. Tol blieb am Rand des Marktplatzes stehen. Allegons standen und gingen zwischen den Haufen und Ballen und Verkaufsbuden herum, sortierten, begutachteten, betasteten die Waren und stellten Fragen.

»Mantel, bitte? Probieren Mantel von Allegon an?« Die Allegon, die sich an Tol gewandt hatte, war klein und wirkte zerbrechlich, aber sie wiegte zwei kräftige Säuglinge auf einem langen Arm, und es schien ihr nichts auszumachen, denn sie lächelte ihm heiter zu: »Du bist Xkixkina? Habe ich recht?«

»Ich ... ich bin ein Mensch.« Tols Blick wanderte über die lebhafte junge Allegon zu ihrem Gonnegonsäugling mit dem Pausbackengesicht und der hohen Stirn, der aus feuchten Augen ganz wach um sich blickte.

»Ah!« Die Freude war unverkennbar. »Ich habe nie Menschen gedient. Doch nun bist du gekommen, und du wirst feststellen, daß meine Mäntel sehr schön und eine lange Sternenreise wert sind.« Geschickt angelte sie mit dem langen freien Arm ein Kleidungsstück aus dem Haufen neben sich und schüttelte es zur Begutachtung aus. Ihre Augen blitzten erwartungsvoll.

Höflich betrachtete Tol den Mantel. Er war groß genug, um zwei Menschen Unterschlupf zu bieten und drei, nein vier oder sogar fünf Allegons. Er war aus grobem, grauem Material gefertigt, mit kratzenden Nähten, die die Haut aufschürfen mußten. Ein schmaler Bordürenstreifen war die einzige Verzierung. Tol begegnete den strahlenden Augen und suchte nach einer neutralen Bemerkung. »Ist er Berregon?«

Sie nickte heftig und sichtlich erfreut. »Berregon Deb hat ihn gewebt.«

»Und Deb beschäftigt dich, damit du verkaufst, was er herstellt?«

Ihre Augen blinzelten verschmitzt. »O nein! Ich bin Allegon Ctr, verdreit mit Berregon Deb und Gonnegon Met. Diese beiden Schößlinge sind unsere Jungen.«

»Ah!« Sie war also keine Verkäuferin, sondern eine junge Hausfrau, die sich des Familienverkaufsstands annahm. Tol studierte die beiden so verschiedenen ›Schößlinge‹, den griesgrämig wirkenden Berregon und den molligen, ernsten Gonnegon. »Sie sind — sehr nett«, murmelte er. »Aber kein Allegonbaby?«

»Ah, das wächst noch in seinem anderen Elternteil. Aber es wird bald auf die Welt kommen.« Mit unverkennbarer Gebärde zeichnete die Allegon einen dicken Bauch in die Luft.

Unwillkürlich schnappte Tol nach Luft. Langsam, fast widerwillig verdaute er, was sie — nein *er!* gesagt hatte. Dieses lebhafte Geschöpf, diese ungekünstelte junge Hausfrau mit den Babies auf den Armen war ein stolzer werdender Vater. Gegen seinen Schock ankämpfend, gratulierte Tol ihm. Das schmale Gesicht strahlte vor Freude. »Und nun mußt du den Mantel anprobieren. Die Xkixkina wollen unsere Mäntel nicht tragen. Aber du bist ein Mensch, bist anders, fortschrittlicher. Du bist hierhergekommen, um zu lernen, richtig?«

»Ich ... uh ...« Er konnte sich nicht mehr aus der Affäre winden. Mit ihrer freien Hand half die Allegon ihm in den Mantel. Dann zog sie — nein, *er* — ihn über Tols Waden, strich die schweren Falten zurecht, stülpte die Ärmel um, und machte ein paar Schritte zurück und legte den schmalen Kopf schief.

Der Sitz, oder vielmehr der Hang des Kleidungsstücks rief offene Freude in ihr/ihm hervor. »Er steht dir blendend, Mensch! Wie für dich gemacht! Ich wußte, daß er dein sein würde!«

Tol bewegte die Arme. Die rauhe Faser des Stoffes zerkratzte ihm die Haut. Der einzige Ausweg aus dieser Misere war offenbar, den Mantel zu kaufen. »Wieviel?« fragte er bedrückt.

»Wieviel?« wunderte sich die Allegon.

»Wie viele Kredit kostet mich der Mantel, wenn ich ihn erstehen will?«

»Ha! Ich verkaufe ihn nicht, Mensch.«

»Nein?«

Die/der Allegon hob den Berregonsäugling auf den anderen Arm und tätschelte seinen geschorenen Kopf. »Haben wir uns denn nicht bereits geeinigt? Er gehört dir, Mensch.«

»Oh!« Tol runzelte die Stirn, suchte erneut nach Worten. »Ich ... ich darf keine Geschenke annehmen. Ich ... ich ...« Er blickte verlegen in das jetzt unnachgiebige schmale Gesicht. »Was würde Berregon Deb sagen, wenn er wüßte, daß du Mäntel verschenkst?«

»Sagen?« Der Allegon empfand die Frage offenbar als Witz. »Berregon Deb würde gar nichts sagen. Es könnte allerdings sein, daß er brummt.«

»Ist er denn stumm?« erkundigte Tol sich bestürzt.

Der Allegon kicherte. »Du bezahlst mich durch Erheiterung, Mensch.« Beide Säuglinge starrten ihren Elternteil mürrisch an.

»Dann ist er also nicht stumm?«

»Berregon ist Berregon. Oh, natürlich, wenn Gonnegon Berregon fragt, antwortet Berregon. Aber zu einem Allegon zu sprechen — dazu gibt Berregon sich nicht her!«

Tol nickte nachdenklich. »Und Allegon Ctr bedient sich einer veralteten Ausdrucksweise«, sagte er bedächtig, als er sich der Sprache des Allegons bewußt wurde.

»Ha*ha!* Es ist ja kein Gonnegon hier, außer diesem sauertöpfischen Schößling. Ihn nenne ich Baby.«

Tol studierte das fröhliche Gesicht und versuchte es mit seiner Vorstellung von Männlichkeit in Einklang zu bringen. Aber hier, erinnerte er sich, ist der Geschlechtsunterschied so gut wie nicht vorhanden. Der Geschlechtstrieb ist der Vernunft unterworfen, so jedenfalls steht es in den Astroanthropologischen Handbüchern. Die Ehe — oder Dreit — ist im Wesen asexuell. Ein Haushalt besteht aus je einem erwachsenen Gonnegon, Berregon und Allegon. Nach dem Abschluß einer Dreit sorgt jeder der drei für eine außereheliche Verbindung mit einem oder einer seiner eigenen Spezies zur Zeugung eines ›Schößlings‹. Sofort nach der Geburt wird dieser dem vorher vereinbarten Elternteil zugesprochen, während der andere Elternteil, ob nun Vater oder Mutter, alle Rechte auf den Schößling aufgibt. Das Allegonkind, ohne Rücksicht auf das Geschlecht, wächst auf, um zu dienen, das Gonnegonkind, um zu bestimmen, das Berregonkind, um zu produzieren.

Voll heimlichen Unbehagens machte Tol sich daran, aus dem Mantel zu schlüpfen. Es war ein großer Unterschied, ob man in einem Handbuch aufgeklärt wurde, oder ob man einem mädchenhaften Wesen gegenüberstand, von dem man erfuhr, daß es die sexuellen Funktionen eines Mannes hatte. »Es tut mir leid, aber ich glaube nicht ...«

»O nein, Mensch. Wenn du den Mantel nicht annimmst, verliere ich meine Ergötzung, und da ich sie bereits hatte ...« Der Berregonsäugling wurde auf den anderen Arm zurückgehoben. Der Allegon zog den Mantel erneut an Tol zurecht. »Es ist üblich, neue Kleidung gleich auf dem Markt anzuziehen und auf dem Heimweg zu tragen.«

Tol wußte keine Ausrede mehr. Er nahm das Geschenk an und verabschiedete sich von dem Allegon. Wachsam ging er am Rand des Marktplatzes entlang zur anderen Seite.

Trotz aller Vorsicht trug er, als er dort endlich ankam, ein Paar gräßliche handgenähte Mokassins, einen Obstkorb und diverse kleinere Gegenstände, deren Zweck er nicht einmal ahnen konnte, er wußte nur, daß einer davon zum Obstteilen diente. Aber welcher?

Er blieb kurz stehen und betrachtete die steil aufwärts führenden Straßen zu seiner Rechten und Linken. Mit Knien, die noch vom Abstieg zitterten, wäre es vermutlich das klügste, ins Hotel zurückzukehren. Wenn es dort keinen Dreiradverleih gab, konnte ein Gonnegon ihn sicher an einen verweisen.

Das setzte jedoch voraus, daß er sich mit hiesiger Währung eindeckte.

Alle Wege führten zu den Gonnegons. Also, den Berg wieder hoch.

Mit hängender Zunge erreichte er nach einer Stunde das Hotel. Sein Magen weigerte sich, das Frühstück zu behalten. Seine Waden- und Oberschenkelmuskeln drohten zu rebellieren. Selbst seine Lunge schloß sich dieser Verschwörung an. Auf der Treppe sackte er zusammen und blieb keuchend liegen, bis er wieder einigermaßen zu Atem kam.

Der Hotelgonnegon begrüßte ihn ohne Freundlichkeit. Die tiefen Augen im Wimpernkranz betrachteten den Mantel. »Eine Unzulänglichkeit«, erklärte er.

Tol hob die Brauen. »Oh — nein. Ich hoffte nur, Gonnegon könnte mir sagen, wo ich hiesige Währung bekomme. Und wo ich ein Dreirad ausleihen kann, wie es hier benutzt wird.«

Der Gonnegon musterte ihn ausdruckslos. »Gonnegon versteht den Wunsch nach Währung. Glücklicherweise ist Währung vorhanden.« Er läutete die an der Wand hängende Muschelglocke. Eine Allegon eilte aus der Küche herbei. »Mensch braucht Geld. Siegel, Mensch?«

Tol händigte das Siegel aus.

Die Allegon eilte hinter des Gonnegons Schreibtisch. Aus einer unteren Lade brachte sie ein Bündel Scheine verschiedener Werte zum Vorschein.

»Genügend, Mensch?« erkundigte sich der Gonnegon, als die Allegon die Noten abgezählt hatte.

Tol verstand die Ironie in des Gonnegons Stimme nicht. »Ja«, antwortete er. »Wenn Sie — wenn Gonnegon mir jetzt sagen könnte, wo ich ein Dreirad mieten kann?«

Ein kaltes dünnes Lächeln spielte über des Gonnegons Lippen. »Acht Biegungen den Acparkt abwärts wird Mensch Gonnegon Tux' Fabrik finden, wo Dreiräder überholt werden. Allegon wird Mensch dorthin begleiten.« Er wandte sich der Allegon zu. »Mensch darf Gonnegons Privatdreirad benutzen. Allegon wird es umgehend zurückbringen.«

Tol zog den Mantel aus und stieg auf das unscheinbare Fahrzeug, das die Allegon aus dem Schuppen hinter dem Hotel anbrachte. Er umklammerte die Lenkstange mit beiden Händen und lehnte sich versuchsweise nach vorn, um die Pedale und die Bremse auszuprobieren. Die Proportionen des Dreirads waren für ihn nicht ganz passend, aber Hauptsache, er kam mit dem Ding zurecht. Seit seiner Kindheit hatte er sich dem Wunschtraum hingegeben, höchstpersönlich einmal ein Straßenfahrzeug lenken zu dürfen. Jetzt saß er hoch und offen auf diesem Dreirad fremder Intelligenzen. Die Straße vor ihm jagte ihm Schrecken ein. In seiner Befürchtung verkrampften seine Waden sich schon jetzt, und seine Lunge wurde zum schmerzhaft spürbaren Blasebalg. Ein auffordernder Ruf ließ Sterne in seinem seit langem schon frustrierten Gehirn explodieren.

Die Allegon lächelte ihm über die Schulter zu. Sie rollte davon und beschleunigte gefahrlos den langen Hang abwärts. Tol holte tief Atem, wappnete sich und zog die Füße hoch.

Sein Dreirad begann zu rollen, und er brauste dahin — ein flinker Vogel auf Rädern. Schnell gewöhnte er sich an das Fahrzeug, raste über das Pflaster, schnitt Kurven, sauste die geraden Strecken hinunter und ließ an scharfen Biegungen die Bremsen quietschen. Am Marktplatz schoß er vorbei, wich erschrockenen Allegons, gleichmütigen Berregons und arroganten Gonnegons aus, und die Gebäude an der Flanke des Acparkt verschwammen vor seinen Augen. Einmal drückte er die Handbremse, und das Dreirad wurde widerstrebend langsamer, doch dann vergaß er alle Vorsicht, warf den Kopf zurück und sauste weiter.

Und dann bremste die Allegon, bog vom Pflaster auf eine Rampe ab und fuhr hinein in ein uraltes Gebäude, das sich an die Flanke des Berges schmiegte.

Acht Biegungen? Tol hatte sie nicht gezählt. Auch er trat auf die Rücktrittbremse, schleuderte herum. Wie er es trotzdem auf die Rampe geschafft hatte, wußte er nicht mehr, als er seinen Schrecken überwunden hatte.

Sie befanden sich in einer klammen, höhlenähnlichen Halle, in der das Quietschen ihrer Bremsen widerhallte. Fast am anderen Ende und hoch oben ließ ein einsames Fenster eine Spur bleichen Sonnenlichts ein. Sie stiegen von ihren Dreirädern, und Tol stolperte mit weichen Knien und am ganzen Leib zitternd hinter der Allegon her über den abgetretenen Fußboden.

Hinter einem niedrigen Tisch im tiefen Schatten erhob sich ein Gonnegon. Er war klein und schmal für einen Gonnegon, aber seine tief in den Höhlen unter buschigen Brauen liegenden Augen brannten und schienen die Düsternis in der Halle zu erhellen.

Die Allegon machte einen scheuen Knicks. »Gonnegon Rtx ersucht um ein Dreirad für Mensch Bailey, wenn eines vorhanden ist, bitte.«

Der Blick des Gonnegons fiel mit etwas, das Hunger gleichkam, auf Tol. »Mensch? Vom Planeten Grauma?«

Tols Stimme kam durch die schnelle Abfahrt wie aus weiter Ferne. »Von der Erde — Terra.« Seine Brust erschien ihm hohl, sein Atem seicht.

»Ah! Mensch-Mensch! Von der dominanten Terra-Spezies. Dann ist Mensch von der gleichen Spezies wie der Astrophilosoph Turner, richtig?« Die Aufregung des Gonnegon war unverhohlen.

Tol begann wieder zu Atem zu kommen. »Es — ja, es hört sich wie ein irdischer Name an.« Er hatte selbst schon Turners gekannt, aber sein Interesse hatte sich nie Gebieten wie Astrophilosophie zugewandt.

»Nathan Turner — ein vielbewunderter Geist, unter Gonnegons, die sich tief mit diesen Dingen befassen. Mensch hier, um Turners Lehren zu verbreiten?«

»Ich ... nein, nicht direkt«, antwortete Tol vorsichtig. »Ich bin hauptsächlich hier, um die industriellen Möglichkeiten zu untersuchen — um Produktionsmaschinen zu überprüfen.«

»Ah!« Die Augen des Gonnegons verdunkelten sich, doch dann leuchteten sie kurz erneut auf. »Aber Mensch ist doch sicherlich ein Anhänger von Turners Neun Prämissen für die Erfüllung des Lebens?«

Tol blickte in die ihm unheimlichen Augen. Nun, da er endlich Gelegenheit hatte, sich mit einem Gonnegon von Mann zu ›Mann‹ zu unterhalten, fühlte er sich befangen. »Ich ... nun, ich bin nicht gerade ein Philosoph. Auf meiner eigenen Welt bin ich Techniker — ich bin für Instandhaltung und Reparatur zuständig.«

»Mensch arbeitet mit Händen?« Des Gonnegon Augen funkelten jetzt gefährlich. »Mensch ist nicht Gonnegon?«

»Ich bin — Mensch-Mensch. Wir sind, was unsere

Arbeitseinteilung betrifft, viel flexibler als Ihre Spezies.« Vorsichtig formulierte er seine Erklärung. »Einige von uns sind Denker, andere Handelnde, die meisten jedoch sind ein wenig von beidem. Gewöhnlich gibt das Ausmaß der Neigung zum Denken oder zum Handeln den Ausschlag für den Beruf des einzelnen.«

Des Gonnegon Augen lösten sich von Tol und konzentrierten sich auf einen Punkt an der gegenüberliegenden Wand, während er sich diese Behauptung durch den Kopf gehen ließ. Dann kehrte sein Blick beunruhigt zurück. »Turner ist undurchschaubarer, als Gonnegon bewußt war.« Er seufzte, und seine Augen verschwanden ganz unter den Wimpern. »Doch wie auch immer, Mensch ist nicht auf Nor'Dyren, um mit Händen zu arbeiten.«

»Ich … nein. Hier habe ich hauptsächlich die Aufgaben eines Gonnegon, nehme ich an. Ich bin hier, um zu lernen, wenn das möglich ist.«

Der Gonnegon schüttelte bedächtig den Kopf. »Gonnegon wird Turners Prämissen sorgfältig neu überdenken.« Sein Blick wanderte flüchtig zu der Allegon, ehe er zu Tol zurückkehrte. »Es kann noch eine Stunde dauern, ehe ein Dreirad zur Verfügung steht.« Die Augen wurden dunkel. »Zur Zeit von Gonnegons Eltern, muß Mensch-Mensch verstehen, wäre es viel schneller gegangen, denn damals waren Berregons sowohl flinker als auch weniger mürrisch. Gonnegon glaubt, daß es zu einer Degeneration der ganzen Spezies kam. Hält Mensch-Mensch das für möglich?«

»Sie glauben, daß die gesamte Spezies innerhalb einer einzigen Generation degenerierte?«

»Gonnegon hält diese Hypothese für nicht unwahrscheinlich.«

»Hm, mir erscheint sie nicht sehr wahrscheinlich«, sagte Tol vorsichtig.

»Mensch-Mensch glaubt nicht? Aber es besteht zweifellos eine Verlangsamung. Welche Hypothese hat

Mensch-Mensch, wenn es nicht Spezies-Degeneration ist?«

»Ich — vielleicht, wenn ich mich in Ihrer Fabrik umsehen könnte ...« Tol ließ den Rest des Satzes offen.

Die hohe Stirn legte sich in Falten. »Mensch-Mensch, das tut Gonnegon leid. Habe keine Allegons. Deshalb kann niemand — Mensch-Mensch herumführen.«

Mit äußerlich dem gleichen Ernst dachte Tol darüber nach. »Vielleicht könnte ich mich auch ohne Führer umsehen«, meinte er schließlich. »Es wäre ja möglich, daß ich allein durch Beobachtung ein sachliches Urteil über die Berregons abgeben kann.«

Die langen Finger des Gonnegon strichen über einen Stapel weichgebundener Bücher. Seine Augen verdunkelten sich nachdenklich. »Ein ganzes Universum liegt außerhalb dieser Welt. Von so vielen Wesen habe ich gelesen, und so viele kommen auf ihrem Weg zu den Sternen hierher. Und doch fällt es mir schwer, an die Wirklichkeit von Dingen außerhalb meines Gesichtskreises zu glauben. Sind Sie sicher, daß Sie wahrhaftig existieren? In Ihrer augenscheinlichen physischen Form?«

»Nun, ich halte mich für wirklich«, antwortete Tol, der sich über des Gonnegon plötzliche Abweichung zu archaischer Ausdrucksweise wunderte.

Der Gonnegon nickte ernst, seine Augen schimmerten. »Ich persönlich habe Jahre gebraucht, um zu diesem Schluß zu kommen.« Wieder strichen seine Finger über die Bücher. »Ich werde das Fahrzeug für Sie reservieren, auch wenn Ihre Inspektion länger als eine Stunde dauert.«

Tol gelang es, seine Verwunderung zu verbergen. »Ich ... danke Ihnen vielmals.« Er holte seinen Notizblock aus der Tasche. »Wenn Sie Zeit hätten — ich würde Sie gern fragen, wie lange die Fabrik schon in Betrieb ist?«

Gleichmütig zuckte der Gonnegon die Schultern.

»Seit mehreren Generationen. Vier, fünf, sechs, vielleicht auch mehr.«

»Und immer im Besitz Ihrer Familie?«

»Ich glaube, ja.«

»Gibt es Unterlagen, die bis zur Gründung zurückreichen?«

Der Gonnegon öffnete eine Schublade und brachte ein nicht sehr ordentliches Bündel Papiere zum Vorschein. »Das hier hielt ich für aufhebenswert: Daten über die Produktivität der Berregons. Ich habe eine Studie darüber angefertigt.«

Tol nahm das Bündel an sich. Das Problem war allerdings, daß er nur das gesprochene Nor'Dyrenisch gelernt hatte, nicht die Schrift.

»Zur Zeit meiner Großeltern, müssen Sie wissen, überholte ein Dutzend Berregons in durchschnittlich dreißig Minuten ein Dreirad. Zur Zeit meiner Eltern erhöhte die Spanne sich um fünfzig Prozent, und jetzt dauert es eine ganze Stunde, bis ein Dreirad überholt ist — manchmal sogar länger. Das ist doch ganz offensichtlich ein stetiger Produktionsabfall.«

Tol betrachtete das gewaltige Gebäude, oder vielmehr das, was er davon sehen konnte. »Das ist alles, was Sie hier machen? Dreiräder überholen?«

»Ja, das ist unsere Arbeit.«

»Wie viele Berregons beschäftigen Sie?«

»Ein Dutzend, hin und wieder auch mehr.«

»Keine Allegons?«

»Eine einzelne im Mittjahr.«

Wieder betrachtete Tol die gewaltige Halle. Ein riesiges Gebäude für nur zwölf Arbeiter. Nachdenklich lauschte er auf Maschinengeräusche.

Irgendwo voraus war das gedämpfte Hämmern und Klirren eines Werkzeugs zu hören — sonst nichts.

»Ich werde mich jetzt umsehen.«

Der Gonnegon nickte. »Wir unterhalten uns danach weiter.« Die Treppe war in einer dunklen Ecke. Tol stieg den klammen Aufgang hoch und kam in eine weitere hohe dumpfe Halle. Lichtwürfel hingen von der Decke — genauso unbenutzt und verstaubt wie die Maschinerie auf dem lange nicht mehr gefegten Boden. Doch unterhalb einer fernen Fensterreihe herrschte Tätigkeit.

Tol ließ sich Zeit auf seinem Weg durch die vernachlässigten Maschinen. Er betrachtete sie aus allen Winkeln, wischte die oberste Staubschicht zur Seite. Darunter stieß er auf verkrusteten Schmutz, und als er den an einigen Stellen abgekratzt hatte, auf dicken Rost. Welcher Art die Maschinen ursprünglich gewesen waren, ließ sich in ihrem gegenwärtigen, verwahrlosten Zustand unmöglich erkennen, aber ihre Anordnung deutete auf eine Fertigungsstraße hin. Zum Zusammenbau der Fahrräder, wie sie jetzt auf den Straßen herumfuhren? Wohl kaum. Er bückte sich und kroch fast unter die Maschinen. Unter der Dreckschicht waren ihm völlig fremde Teile zu einer unwahrscheinlichen Einheit zusammengesetzt. Was immer hier auch früher hergestellt worden war, wurde zweifellos schon seit sehr langer Zeit nicht mehr produziert. Nach Gonnegon Tux' Worten zu schließen, vermutlich seit mehr als einem oder zwei Jahrhunderten nicht mehr.

Tol wischte sich die staubigen Handflächen und Knie ab, als er das mit Fenstern versehene Ende der Halle erreichte. Wie ein Trupp riesenhafter Gnome kauerten die Berregons dort im Düstern. Drei beugten sich über eine niedrige Steinbank; ihre dicken Finger säumten Flecken auf schlaffe Lederreifen. Ein vierter Berregon füllte mit einem schmalen Rohr eine dunkle geleeartige Masse in einen bereits geflickten Reifen. Hinter den vieren baute ein Arbeitsteam ein Dreirad aus Teilen zusammen, die auf dem schmutzigen Boden verstreut lagen. In ihre Arbeit vertieft, verloren die Berregon ihre oberflächliche Ähnlichkeit mit terranischen Arbeitern. In ihrer Konzentration schoben sie ihr Kinn weit vor und krümmten die mächtigen Schultern. Die ungewöhnlich gelenkigen

Finger winkelten und spannten sich auf unbeschreibliche Weise. In seiner eigenen Umgebung wirkte der Berregon nicht weniger fremdartig auf einen Menschen als die beiden anderen Nor'Dyrenischen Spezies.

Unbemerkt beobachtete Tol sie. Was immer auch der Gonnegon annahm, die Berregons waren wahrhaftig nicht langsam. Ihre kräftigen Muskeln und ihr stämmiger Körperbau verlieh ihnen vielleicht den Eindruck von Schwerfälligkeit, doch die Arbeit ging ihnen flink von der Hand.

Tol ging näher. Nur einer der geschorenen Köpfe hob sich; zwei scheinbar grundlose Augen brannten darin. Einen Moment lang glaubte Tol, in schwarzes Nichts zu blicken, und dann wirbelte Bitterkeit wie ein Tornado in diesen Augen auf.

Unwillkürlich wich Tol zurück.

Dann erstarb der Sturm, die Augen verloren ihren Glanz und senkten sich. Wieder bewegten Finger sich behende, die Arme winkelten sich ab, die Schultern krümmten sich.

Tol zog sich ganz zurück.

In einer Ecke führte eine weitere klamme Treppe aufwärts, und von oben schien das immer noch ferne Hämmern und Klicken eines Werkzeugs zu kommen. Einen Blick warf Tol noch auf die stumme Gruppe unter den hohen Fenstern, ehe er achselzuckend die Stufen hochstieg.

Das durchdringende Kreischen von Metall, das auf Metall schleift, ließ ihn zusammenzucken, als er die letzte Stufe erreicht hatte. Eine Ewigkeit schien dieses Kreischen zu dauern, ehe es endlich erstarb.

Sein Blick wanderte über den mit Schrott bedeckten Boden zu den hohen Fenstern. Doch dort tat sich nichts. Statt dessen kam ein zweites markerschütterndes Kreischen von links.

Als es schließlich verstummte, bahnte Tol sich einen Weg durch das Chaos, das so aussah, als habe hier eine größere Katastrophe stattgefunden. Metallwracks lagen herum, verrostete Metallspäne und nur da und dort noch eventuell brauchbare Werkstücke. Dicht am Rand dieses Trümmerfelds stieß Tol gegen ein Stück Blech, das auf den Boden klapperte.

Ein Berregon drehte sich mit einem Metallstab in der Hand von seiner Maschine um. Seine Augen begegneten denen Tols. Sein Nacken schien anzuschwellen, die Muskeln wölbten sich in unerwartetem Rhythmus wie die Wellen eines fremdartigen Meeres. Schultern, Brust, Arme und entblößte Beine waren noch kräftiger entwickelt als bei allen Berregons, die Tol bisher gesehen hatte.

Der Berregon schien ihn abzuschätzen, dann wandte er sich wortlos wieder seiner Maschine zu und schaltete sie mit einem Fußdruck ein. Das markerschütternde Kreischen ertönte erneut, während eine Achse Form annahm.

Dann wurde der Motor langsamer. Das Werkstück schrillte noch einmal kurz auf, der Berregon nahm es und warf es auf einen Schrotthaufen in der Nähe. Dann griff er nach einer neuen Eisenstange. Wieder kreischte die Maschine.

Diesmal fiel die Arbeit zufriedenstellend aus. Die Achse flog durch die Luft und landete zu Füßen eines zweiten Berregon: ein muskulöser Gnom, den Tol bisher nicht bemerkt hatte. Er saß gebeugt auf dem Boden und gab den Werkstücken vor sich in Handarbeit den letzten Schliff. Seine Muskulatur war so gewaltig, wie Tol es noch nie gesehen hatte: Sein Hals war wie der Nacken eines Stiers, und sein Kinn ein knollenartiger Vorsprung. Obgleich er den Blick nicht hob, spürte Tol seinen Ärger über die Störung.

Keiner der beiden Berregons fragte ihn, was er hier zu suchen habe. Tol betrachtete den Raum zwischen der Drehbank und der moosüberwachsenen Wand in etwa dreißig Meter Entfernung. Fast der ganze Boden war mit den verschiedensten Werkstücken bedeckt, die fehlerhaft von der Drehbank gekommen waren. Die untersten hatten längst Rost angesetzt.

Tol drehte sich um. Die Berregonköpfe auf den Stiernacken wandten sich ihm zu. Vier finstere Augen wie tiefe schwarze Teiche blickten ihm entgegen.

»Stellt ihr alle metallenen Ersatzteile hier her?« brach Tol schließlich das drückende Schweigen.

Die Augen der Berregons trafen sich, Gesichtsmuskeln verzogen sich kaum merklich. »Berregons produzieren«, antwortete der an der Drehbank. Seine Stimme klang, als käme sie aus einer widerhallenden Tonne. Die beiden Augenpaare ruhten wieder auf Tol.

Tol nickte. »Dann wißt ihr auch sicher, daß eure Maschine repariert werden muß.«

Erneut schauten die Beregons einander an, dann wieder Tol. »Ist Maschine«, brummte der ältere Beregon abweisend und machte sich wieder ans Schleifen der Werkstücke.

Der andere Berregon dagegen wandte seinen Blick nicht von dem Menschen.

»Wie viele weitere Werkzeugmaschinen habt ihr hier noch in Betrieb?« erkundigte sich Tol.

Nach kurzer Pause erwiderte der Berregon an der Drehbank: »Noch eine. Manchmal.« Mit einem unbearbeiteten Eisenstab deutete er auf sie.

Tol betrachtete sie näher und identifizierte sie als uralte und unsachgemäß behandelte Bohrmaschine. Er probierte sie aus. »Sie wird es nicht mehr lange machen«, erklärte er.

»Dann gibt es sie nicht mehr.« Der Berregon ließ seine Drehbank kreischen.

Verwirrt stiefelte Tol in dieser ramponierten Werkstatt herum, die das ganze Stockwerk einnahm. Er untersuchte ein gutes Dutzend Werkzeugmaschinen — einige erkannte er ohne Mühe, bei anderen konnte er nur rätseln, wozu sie gedient hatten —, die alle ihrem

Schicksal überlassen worden waren. Am Ende seiner Runde blieb er vor dem älteren Berregon stehen, der immer noch gleichmütig seine Werkstücke schliff.

»Keine zehn Meter von hier steht eine Präzisionsschleifmaschine«, sagte er ruhig.

Die Halsmuskeln des Berregons spannten sich. »Ja«, knirschte er, und seine Augen verdunkelten sich noch mehr.

»Wie lange ist sie schon außer Betrieb?«

Heftig antwortete der Berregon: »Seit sieben Jahren, drei Monaten und fünf Tagen, und seither ist es Berregons Aufgabe, Achsen mit diesen beiden Händen und einem Schleifstein herzustellen, wie Fragesteller sieht.« Er legt eine fertige Achse zur Seite. »Und es ist Berregons Meinung, nach der niemand hier fragt, daß in drei Monaten und fünf Tagen sowohl die Bohrmaschine als auch die Drehbank nicht mehr zu benutzen sein werden. Und dann wird Berregon Alp neben Berregon Mpx sitzen, und vier Hände werden arbeiten.«

Die Drehbank kreischte, rasselte und verstummte. Eine mißlungene Achse klapperte auf den Boden. »Gibt es noch weitere Dreiradwerkstätten in der Gegend?«

»Eine.«

»Ist sie in besserem Zustand als diese?«

Des Berregon Schultermuskeln spielten. »In Gonnegon Pnps Werkstatt ist selbst das Handwerkzeug kaum noch zu gebrauchen. Berregons werden bald Achsen mit ihren Haarstoppeln schleifen müssen.«

Wieder kreischte die Drehbank. Eine Achse landete auf dem Haufen vor Berregon Mpxs Füßen. Berregon Alp folgte ihr, kauerte sich neben Mpx und griff nach einem Schleifstein. Beide Berregons beugten sich über ihre Arbeit.

Tol seufzte. »Dann habt ihr hier also überhaupt niemanden, der die Maschinen instand hält und repariert?«

Der jüngere Berregon, Alp, hob den geschorenen

Kopf. »Hat — wer immer auch fragt — geglaubt, sowas gibt es hier?«

Tol blickte in die aufgebrachten Augen. »Sagt mir, habt ihr je daran gedacht, Gonnegon Tux zu ersuchen, die Maschinen reparieren zu lassen?«

Aufgewühlt starrten beide ihn an, doch dann wirkte ihre Miene wieder verbittert. »Was würde damit erreicht werden?«

»Nun, erstens einmal würde es eure Leistung phantastisch steigern. Ich schätze, daß ihr hier die Möglichkeit habt, zehn-, zwanzig-, ja dreißigmal so viel zu produzieren, wie ihr jetzt schaffen könnt.«

Eisige Blicke bedachten Tol. »Es gehört nicht zu Berregons Aufgaben, zu ersuchen.«

Verwirrt studierte Tol die beiden, die jetzt gemeinsam Achsen schliffen. Er rief sich den Text des Handbuchs ins Gedächtnis. »Aber es ist die Aufgabe der Berregons zu produzieren, richtig?«

Widerwillig hob Berregon Alp den Kopf. »Berregons produzieren.«

»Nun, glaubt ihr denn nicht, daß, um Reparatur zu ersuchen, ebenfalls zur Produktion gerechnet werden kann? Wenn Berregon Gonnegon um Reparatur ersucht, und Gonnegon ein Wartungsteam kommen läßt, das die Werkzeugmaschinen überholt, denn steigert sich Berregons Produktivität um ein Vielfaches. Und zwar als Ergebnis von Berregons Ersuchen.«

Nach fast knisternder Spannung kam die Antwort: »Berregon hört diese Art von Gerede nicht zum erstenmal.«

»Und es gefällt Berregon nicht?«

»Berregon hat gehört, und Berregon hat Arbeit fortgesetzt.«

»Ich verstehe«, murmelte Tol. Für den Berregon stellte offenbar nur die Benutzung von Werkzeug auf Metall Produktion dar. Einen Gonnegon um etwas zu ersuchen, fiel offenbar in eine andere Kategorie, aber in welche, war Tol ein Rätsel. Jetzt erst wurde ihm so richtig klar, wie viel das Handbuch offengelassen hatte.

Achselzuckend zog er sich zurück und suchte die Treppe. Das Hämmern und Klirren von Werkzeug war direkt über ihm. Aber die Treppe, die das zweite mit dem dritten Geschoß verband, war mit Schrott verstopft. Tol blickt sich um und fand in der Düsternis eine rostige Stange, die durch ein gezacktes Loch in der Dekke führte. Er ging näher heran und überlegte, ob er sie hochklettern sollte. Aber er war kein Sportler. Er nahm statt dessen die Treppe nach unten. Im Parterre blickte er auf seine Uhr. Eine Stunde war vergangen.

»Ah!« Gonnegon Tux stand auf. Seine Augen glitzerten interessiert. »Was hat Mensch-Mensch herausgebracht?«

Tol wich aus. »Ich muß mich erst noch gründlicher umsehen, ehe ich ein endgültiges Urteil abgeben kann. Doch soviel kann ich jetzt schon sagen, daß der Zustand der Maschinerie in hohem Maß für die sinkende Leistung der Berregons verantwortlich ist.«

»Die Maschinerie? Das Gerümpel, das überall herumsteht?«

»Ja. Wenn diese Maschinen voll einsatzfähig wären — oder zumindest die Werkzeugmaschinen im zweiten Stock —, würde die Produktion steil ansteigen. Berregon Alp würde bald Achsen und Rahmen schneller herstellen, als Ihre Männer im ersten Stock einbauen könnten. Ich wundere mich, daß Sie kein Wartungspersonal haben.«

Das Interesse des Gonnegon schwand. »Allegon fegt und putzt um Mittjahr«, sagte er kurz. »Das genügt.«

»Aber sie wartet die Maschinen nicht, oder?« Tol ärgerte sich über die wachsende Gleichgültigkeit des Gonnegon. »Sie wechselt keine abgenutzten Teile aus und schmiert die Maschinen nicht. So wie es aussieht, schafft sie nicht einmal den Abfall fort. Im zweiten

Stock ist offenbar seit Jahrzehnten nicht mehr aufgeräumt worden!«

Ungerührt zuckte der Gonnegon die Achseln. »Berregon Alp ersucht nicht um Allegons Dienste. Und ich dränge ihm nichts auf und kümmere mich nicht darum. Ich bin schließlich Gelehrter.« Sein Finger strich über die Seiten eines aufgeschlagenen Buches. »Jedenfalls beschäftigt meine Studie sich nicht mit Maschinerie. Dafür sind Berregons zuständig.« Die Augen im Wimpernkranz wurden hart.

Tol erkannte die Zwecklosigkeit seiner Bemühungen. Gonnegon Tux mochte zwar unkonventionell sein, doch ein Gonnegon blieb er trotzdem. »Nun, es ist Ihre Sache«, gab er nach. »Wie sieht es mit meinem Dreirad aus?«

»Ah!« Großmütig deutete der Gonnegon auf ein unscheinbares Fahrzeug am Rand der Rampe. »Das ist für Sie. Und Gonnegon kann Anhänger besorgen, wenn Mensch-Mensch möchte.«

Tol trat an das Dreirad. Die Reifen waren mit frischen Flicken beklebt, der Gepäckbehälter war neu mit Leder gefüttert, der Rahmen frisch gestrichen worden. »Danke, nicht nötig.« Er prüfte die Reifen, die Wand- und Rücktrittbremsen. Das Fahrzeug war nicht gerade die Erfüllung seiner Träume, aber zumindest würde es ihn schneller weiterbringen.

»Wenn möglich, möchte ich es zwei Monate benutzen, eventuell dann noch zwei weitere.«

»Es ist möglich.«

»Gut.« Tol holte das Bündel Scheine aus seiner Tasche. »Und die Gebühr?«

Des Gonnegons Blick fiel auf das Geld. Er zog die Brauen zusammen. »Gebühr?« fragte er unfreundlich.

»Ja. Wie hoch ist die Leihgebühr für zwei Monate?«

Des Gonnegon Augen blitzten sichtlich entrüstet. »Es ist keine Allegon hier.«

Tol bemerkte den wachsenden Unmut des Gonnegon. Vergebens zerbrach er sich den Kopf nach dem Grund dafür. »Nein, aber wenn Sie mir die übliche Gebühr nennen würden, bin ich gern bereit, das Geld selbst abzuzählen und auf Ihren Schreibtisch zu legen.«

Das besänftigte den Gonnegon jedoch nicht. »Und was erwartet Mensch-Mensch, daß Gonnegon tun soll, wenn das Geld erst einmal auf dem Schreibtisch liegt?«

Tol hob die Schultern. »Geben Sie es auf die Bank oder verwenden Sie es für die Lohnzahlung.«

»Kehrt Gonnegon Boden? Trägt Gonnegon Lasten und serviert Mahlzeiten?« fragte der Gonnegon brüsk.

»Nicht, daß ich wüßte«, antwortete Tol vorsichtig. »Aber ich bitte Sie zu verstehen, daß ich noch nicht einmal einen vollen Tag auf Nor'Dyren und deshalb nicht mit Ihren Sitten und der Aufteilung der Pflichten und Verantwortung vertraut bin.«

»Manche Dinge, Mensch-Mensch, sind implizit!« Die Atmosphäre war frostig, der Blick des Gonnegon eisig. »Dieser Gonnegon empfiehlt Mensch-Mensch, sich sofort damit vertraut zu machen!«

Die Situation war unabänderlich verfahren. Tol verabschiedete sich.

Im bleichen Sonnenlicht waren die Schönheitsfehler des Dreirads nicht zu übersehen, aber zumindest gestattete es Tol, ein wenig herumzukommen und sich zumindest diese Seite des Berges näher anzusehen, ehe die Sonne unterging. Er setzte sich auf den Sattel und überlegte, ob er weiter bergab oder jetzt bergauf fahren sollte. Nachdem er die Bremsen noch einmal ausprobiert hatte, entschied er sich für bergab.

Alles hier war ungewöhnlich. Das Astroanthropologische Handbuch hatte ihn nicht darauf vorbereitet. Absolut nicht! Er fuhr den langen Hang hinunter, bis er den grauen Rand der Nebelschicht erreichte. Da erst wurde ihm seine Unüberlegtheit bewußt. Wenn sein verhältnismäßig kurzer Spaziergang zum Markt und zurück am Vormittag ihn schon so ermüdet hatte, hätte er eigentlich wissen müssen, daß die Erkundung eines so großen Teiles des Acparkt am Nachmittag unklug war.

Doch nun war es zu spät, es gab nur noch einen Weg: den Berg wieder hoch! Abwechselnd strampelte und schob er das Dreirad. Schon nach fünf Minuten schmerzte seine Lunge und drohte, die Brust zu sprengen. Nach zehn Minuten fingen seine Beine zu zittern an, bebten und wollten nicht mehr.

Es war schon dämmerig, als er das Hotel erreichte. Erschöpft ließ er das Dreirad vor dem Haus stehen und ging die Treppe hoch. Er schleppte sich zum Bett und ließ sich erleichtert darauf fallen.

Er wachte auf, als die Nacht den Berg einhüllte. Als erstes erwachten Tols Zehen schmerzhaft prickelnd, und kribbelnd kroch der Schmerz den ganzen Körper hoch. Die Finger fühlten sich eisig an, die Wangen wie erfroren, die Zähne begannen zu klappern. Es gelang ihm, sich aufzusetzen und in eine Decke zu wickeln.

Nach einer langen Weile ließ der Schüttelfrost nach, und er fand sich zusammengekauert in einem Deckenzelt vor einem gewissen Boiler in seiner Nische. Mit aller Willenskraft kämpfte er um seine Selbstbeherrschung. In diesem Boiler, in diesem abgeblätterten heruntergekommenen Tank war Wärme. Er brauchte lediglich den leeren Akku aufzuladen und den vernachlässigten Apparat vorsichtig auseinanderzunehmen, sich mit seiner Anatomie vertrautzumachen, die Funktion seiner Teile zu ergründen …

Und schon würde er zurück zur CalMega deportiert werden! Er rief sich Gonnegon Tux ins Gedächtnis, den Philosophen, Gelehrten, Intellektuellen, seinen eisigen Grimm, als er unbeabsichtigt seine funktionelle Identität in Zweifel gezogen hatte. Er dachte darüber nach, wie ein anderer auf dieser kleinen Welt reagieren würde, wenn er, ein Fremder sich unbefugt mit einem Heißwasserzubereiter befaßte.

Nein, es gab nur eines. Rückwärts entfernte er sich von der Verlockung und tastete nach der Badezimmertür.

Er läutete nach der Allegon. Sie stand schon hinter ihm. Mit einem kleinen Schrei wich sie zurück. Verständnislos starrte Tol sie an.

»Allegon — o Allegon bringt Badewasser!« rief sie. Mit großen feuchten Augen entschuldigte sie sich. »Allegon war unaufmerksam! Allegon hat Mensch nicht zurückkommen hören ...«

Er starrte sie an. »Mir ... mir ist kalt.«

»Es ist Nacht. Acparkt wird kalt. Aber gleich gibt es ein Bad, auch kommt Wärme durch die Rohre. Allegon hat Feuer angezündet, damit Mensch nicht friert.«

»Ich ...« Er zog die Decke noch enger um sich. Seine Finger waren blau. So kalt war es in der vergangenen Nacht nicht gewesen.

»Allegon dient«, murmelte sie. Wasser gurgelte und plätscherte ins Becken. Dann zog sie sich zurück.

Das Wasser war wärmer als tags zuvor, aber das Bekken war so seicht. Wie immer er sich auch drehte, irgendein Körperteil ragte in die Kälte und überzog sich mit Gänsehaut. Er legte sich auf den Bauch und drückte eine Wange auf den Beckenboden, dann auf den Rükken, mit dem Hinterkopf auf dem Boden. Der Unterschied zwischen der Wärme unten und der Kälte oben war kaum zu ertragen.

Er gab es auf und kroch schwerfällig wie ein Seehund heraus. Hastig hüllte er sich in alle vorhandenen Badetücher und kehrte ins Bett zurück. Über die feuchten Handtücher wickelte er die klamme Decke. Selbst im Halbschlaf dachte er wehmütig an den Boiler, der unbenutzt in seiner Nische hing, und an sein nagelneues Werkzeug, das ebenso unbenutzt in seinem Kasten lag.

Und dann befand er sich plötzlich auf einem anderen Planeten, wo eine neidische Göttin eifersüchtig über den Nordpol herrschte. Sie war mammuthaft, absolut autokratisch. Sie spie Hitze auf ihre getreuen Untertanen und enthielt sie den unzuverlässigen vor. Schmerzvoll schleppte er sich zu ihr und warf sich ihr zu Füßen. Dampfwolken entströmten ihren Gelenken und hüllten ihn ein. Er schrie auf, als orangefarbenes Feuer ihren metallenen Seiten entquoll.

Sie war erfreut! Er allein war der Auserkorene. Die Göttin überreichte ihm einen goldenen Schraubenschlüssel und einen silbernen Schraubenzieher. Damit betrat er sie. Mit höchstem Respekt behandelte und heilte er sie. Ihr Wasser gurgelte. Wieder war sie höchst erfreut. Wieder war er der Auserwählte. Er als einziger durfte ihr gewaltiges Reservoir betreten, um teilzuhaben an der flüssigen Wärme ihres eisernen Schoßes. Er ganz allein ... Er fühlte sich beengt, er würgte. Decken und Handtücher schnürten ihm die Luft ab, als der Mageninhalt in ihm hochstieg. Er kämpfte sich frei und rannte hastig zur Toilette.

Als er halb erwachte, hatte er einen grauenvollen Geschmack im Mund. Benommen versuchte er sich zurechtzufinden. *Die Polkappe, die lockende Göttin!* Er schaffte es bis zu ihrer Vorhalle. Dort erwartete ihn ein ganzer Ozean reinsten Wassers. Er legte sich auf den Bauch, nahm dankbar tiefe Schlucke und erfrischte sich.

Es war keine Badewanne. Nie würde er aus einer Badewanne trinken.

Nein, nie!

Aber als er später erwachte, lag er neben dem Badebecken, mit einer Hand im Wasser. Er zog sie heraus und starrte ungläubig auf die runzligen Finger. Stumpf dachte er, daß es höchste Zeit war aufzustehen. Doch seine Füße weigerten sich mitzuhelfen, seine Beine wollten ihn nicht tragen.

Zu seinem Glück betrat gerade seine Allegon das Zimmer. Sie half ihm auf die Füße und ins Bett. Sie stopfte ihm Kissen hinter den Rücken, bis er aufrecht saß; dann stellte sie ihm das Frühstückstablett auf die Knie. Im Bewußtsein, ihre Pflicht erfüllt zu haben, verließ sie ihn.

Tol stierte auf das Tablett. Düster fragte er sich, auf welche Welt er da geraten war. Nach einer Weile befreite er die Beine vom Tablett und streckte sich im Bett aus.

Als er wieder erwachte, war es dunkel. Plötzlich überkam ihn Panik. Er berührte Stirn und Bauch. Er brannte vor Fieber. *Er war krank!*

Glücklicherweise war sein Kopf klar. Gut, er war krank, also mußte er einen Arzt finden. Keineswegs einen einheimischen — weder eine sanftmütige Allegon, noch einen spöttischen Gonnegon. Nein, einen wirklichen Arzt.

Einen menschlichen Arzt!

Er schlüpfte in seine Sachen. Einen richtigen Arzt konnte er nur durch den Zivilisationsbund finden. Er mußte sofort dorthin, solange er noch die Kraft dazu hatte.

Er schaffte es die Treppe hinunter. Aber man hatte sein Dreirad hinter das Haus gebracht und mit den anderen Dreirädern im Schuppen eingesperrt. Er kämpfte mit dem Schloß, bis seine Finger bluteten, doch er bekam es nicht auf. Taumelnd kehrte er zur Vorderseite zurück und stierte mit fiebrigen Augen den Hang hinunter.

Arzt. Zivilisationsbund. *Sofort!*

Ein genialer Einfall kam ihm.

Er torkelte die Treppe hoch und wieder hinunter. Der Werkzeugkasten holperte hinter ihm her. Mit seinen Rädern war er für den Hang genau das Richtige.

Er rollte herrlich. Seine Füße schleiften leicht über den Boden. Er lenkte den Kasten um Biegungen, vorbei am hellbeleuchteten Marktplatz, auf dem immer noch Betrieb herrschte, wich Allegons mit ihren Lasten aus, schoß vorbei an Berregons und Gonnegons.

Markt. Also noch früh. Aber irgendwo wartete besorgt ein Arzt. Hielt seine Praxis seinetwegen noch offen. Machte sich Sorgen, daß Tol es nicht schaffen würde.

Nun, Tol würde es schaffen, solange er seinen zuverlässigen Werkzeugkasten auf Rädern hatte, der ihn hinunterbrachte.

Er näherte sich dem Fuß des Acparkt. Das bedeutete Nebel, nach Moschus duftende Schwaden, die ihm in Nase und Hals drangen, ihm die Sicht und den Atem raubten.

Ein weiterer Marktplatz, trotz der vielen Lichter im dichten Nebel kaum zu erkennen. Allegons. Berregons. Dreiräder. Pakete und Bündel und Ballen. Gedämpfte Stimmen. Dann weiter und hinunter, noch tiefer in den Nebel.

Guter Kasten, beeil dich! Der Doktor wartet. Ihm wurde schwindelig. Die Straße wand sich. Die Häuser drehten sich um ihn. Um die nächste Biegung war ein Stück nebelfrei. Und direkt voraus drehten eine Allegon und ein Gonnegon sich um, vor Schreck erstarrt durch das Rumpeln der Räder. Die senkrechten Augen der Allegon weiteten sich. Die hohe Stirn des Gonnegons legte sich in unglaubliche Falten. Arme flogen. Bündel fielen.

Tol riß den Mund weit auf. Ein Schrei entquoll ihm. »Falsch!« Ein Gonnegon durfte keine Lasten tragen wie ein Packtier, und schon gar nicht gemeinsam mit einer Allegon. Tol bremste ab und konzentrierte sich darauf, seine schreckliche Anschuldigung eindringlicher zu formulieren.

Falsch!

Aber der Werkzeugkasten interessierte sich nicht für Beschuldigungen. Er erinnerte sich an den wartenden, besorgten Arzt. Er befreite sich und rollte eilig weiter, allein.

Tols Füße landeten auf dem Pflaster. Er schwankte. Eine schreckliche Vorahnung quälte ihn.

»Halt!«

Tol hatte Mühe, auf den Beinen zu bleiben. Er schwankte.

Die Allegon stand immer noch erstarrt direkt im Weg des Kastens. Schon war der schreckliche Aufprall von Metall auf Fleisch zu hören. Der schwere Kasten schleuderte sie auf eine Felszacke, wo sie schlaff wie eine Puppe hängenblieb.

Der Kasten rollte weiter, aber Tol blieb. Er hing losgelöst über der Szene, über der blutigen Leiche der Allegon, über Bündeln und Paketen, die nicht aufhören wollten, aus den Armen des Gonnegon zu fallen.

Tol stierte. Das Gefühl in seiner Kehle sagte ihm, daß er seine Anschuldigungen in der falschen Sprache gebrüllt hatte. Aber bei dem Bild der Allegon vor seinen Augen fielen ihm einfach nicht die richtigen Worte ein, auf die schreckliche Übertretung des Gonnegon aufmerksam zu machen.

In der Ferne prallte der rollende Kasten gegen Fels und kam krachend zum Halt. Tol hob den Blick und begegnete dem des Gonnegon. Nebel wirbelte über der Szene und hüllte sie ein.

4. Kapitel

Als Tol sein Frühstückstablett zurückschob, waren Fieber, Phantastereien und das gesamte unangenehme Syndrom vorbei, das seine Allegon Zweitagekrankheit nannte. Der Dämon war exorziert. Und ein wenig zuvor hatte der Hotelgonnegon sich herabgelassen, einen Boten zu schicken, um den hiesigen Vertreter des Zivilisationsbundes zu holen.

Das bedeutete für Tol, daß er wieder Boden unter seine Füße bekommen mußte, daß es Zeit war, sich wieder anzukleiden, zum erstenmal seit — zwei Tagen? Drei? Vier?

Zum erstenmal seit ...

Nein! Hastig zog er sich vom Rand dieses Abgrunds zurück.

Vorsichtig setzte er die Füße auf den Boden. Er taumelte. Es fiel ihm schwer, Arme und Beine in den Coverall zu kriegen, den die Allegon für ihn bereitgelegt hatte. Jetzt erst wurde ihm die Krankenzimmerdämmerung bewußt, und er machte sich auf unsicheren Füßen auf den langen Weg, um die Wand hochzuziehen. Der violette Vormittag lag vor ihm und der stürmische, in der Sonne glitzernde Ozean unter ihm. Er lehnte sich aus dem Fenster, wich jedoch schon im nächsten Moment, auf ein Klopfen an der Tür hin, zurück. Nervös bereitete er sich innerlich auf ein Gespräch mit dem Zivilisationsbund-Vertreter vor.

Doch durch die Tür kam der Hotelgonnegon, mit seiner üblichen säuerlichen Miene, und ein zweiter Gonnegon, kleiner, verwittert, irgendwie asymmetrisch, mit schiefem Gesicht und Körper. Zwischen sich schoben sie Tols Werkzeugkasten herein. Ein Rollenbein war verdreht, der Kasten selbst stellenweise verkratzt und abgewetzt, aber das Blut war gnädigerweise abgewaschen. Die nicht ganz koordinierten Augen des kleineren Gonnegonn waren tränenfeucht.

Tols Blick huschte von einem Gonnegon zum Werkzeugkasten und von dort zum zweiten Gonnegon. Mit einem Druck im Magen wurde ihm bewußt, wer der zweite Gonnegon war.

Dieser Gonnegon schob den Werkzeugkasten ins Zimmer. Die Wimpern rund um die Augen schienen ihr eigenes Leben zu haben. »Mensch Tollan Bailey von der Erde, Gonnegon Neg bringt zurück, was des Menschen ist. Und Gonnegon Neg verlangt nun formell, daß Mensch sich zu dem verpflichtet, was Gonnegon zusteht.« Seine Stimme vibrierte vor Gefühlsaufwallung.

Tol starrte auf den Gonnegon, den der schmerzhafte Verlust getroffen hatte, dann auf seinen mitgenommenen Werkzeugkasten, und er war keines klaren Gedankens und auch keines Wortes mehr fähig. Er wurde sich bewußt, daß der Gonnegon Wiedergutmachung für seine Allegon, die Lebensgefährtin, Haushälterin und Ersatzmutter seines Kindes forderte. »Ich ... meine Firma ist natürlich versichert. Ein zeitlich begrenzter Versicherungsschutz über den Zivilisationsbund. Sie werden für Ihren Verlust — entschädigt werden, in entsprechender Höhe. Dessen bin ich sicher. Ich habe bereits nach dem Vertreter des Zivilisationsbundes geschickt.«

Trotz der schmalen Statur wirkte Gonnegon Neg erhaben. »Gonnegon Neg verlangt in aller Form, daß Mensch sich jetzt zu dem verpflichtet, was Gonnegon zusteht!« Die Stimme klang majestätisch.

Tol wich dem Blick der feuchten Augen aus. »Ich ... es tut mir leid«, sagte er schließlich. »Aber ich verstehe nicht, was Sie von mir wollen.«

Gonnegon Neg holte Luft für eine heftige Antwort, da mischte der Hotelgonnegon sich mit tiefer Stimme ein: »Gonnegon Neg verlangt lediglich die ihm zustehende Wiedergutmachung. Mensch hat sich zu verpflichten im Haushalt Negs an Stelle derer zu dienen, die er so unachtsam auf dem unteren Acparkt ausgelöscht hat.«

»Ausge ...«, krächzte Tol. Er begann zu verstehen. »Sie wollen, daß ich im Haushalt dieses Gonnegon diene?« Seine Stimme hob sich. »Sie wollen, daß ich diesem Mann — Hausfrau bin?«

Die beiden Gonnegons waren unnachgiebig. »Es ist das Recht von Gonnegons, die Integrität des Dreits aufrechtzuhalten. Mensch Bailey hat das Dreit zerrissen!«

Tol brauchte Zeit, seine Gedanken zu sammeln. »Hören Sie zu, es ist mir klar, daß die Allegon kochte und putzte und sich um die Kinder kümmerte«, sagte er ernst. »Ohne sie zerfällt die Familie. Aber glauben Sie mir, meine Firma wird dafür sorgen, daß Sie genügend Geld bekommen, um eine andere Allegon anzustellen, die den Haushalt und was dazugehört für Sie macht. Ich weiß nicht genau, wieviel Sie bekommen werden, aber vermutlich bis zu einer Million Kredit. Und wenn die Kinder noch sehr klein sind, wahrscheinlich sogar mehr.«

Die Gonnegons wechselten Blicke. Ihre Gesichter wurden blaß vor Grimm. Gonnegon Neg erklärte kalt: »Es ist eine Aushilfsallegon im Dienst, doch das ist ein unerfreuliches, unübliches Arrangement, das nicht auf die Dauer zu ertragen ist. Mensch wird des Menschen Übertritt in den Haushalt reibungsloser machen, wenn er sich jetzt freiwillig zu dienen verpflichtet. So erspart er sowohl Mensch als auch Gonnegon das umständliche Gerichtsverfahren.«

Tols Züge spannten sich. »Das ist ein lächerliches Verlangen. Ich bin ein Mann! Ich verstehe absolut nichts von der Führung eines Haushalts oder von der Pflege und Erziehung von Kindern. Das würde jedes Gericht sofort einsehen. Und wenn Sie versuchen, eine höhere Entschädigung herauszuschlagen, indem Sie mir einen Schrecken einjagen, dann kann ich nur sagen, daß Sie Ihre Million Kredit schneller bekommen, wenn Sie jetzt vernünftig sind, als wenn sie die Gerichte einschalten.«

Gonnegon Neg zitterte vor Entrüstung. »Weshalb bildet Mensch sich ein, Gonnegon würde etwas ohne Wert als Entschädigung für Verlust von Allegon akzeptieren?«

»Ohne Wert?« fragte Tol ungläubig. »Seit wann sind eine Million Kredit ohne Wert? Wenn Sie vielleicht auf zwei Millionen hinarbeiten ...«

Gonnegon Negs Gesicht wurde noch strenger. »Mensch Bailey muß wissen, daß Gonnegon Recht und Gesetz kennt. Es wird kein Geld angenommen werden, weder von Mensch noch von des Menschen Firma oder sonst jemandem. Gonnegon ist von diesem Dienst befreit, und Gonnegon ist befreit von jeder weiteren Verbindlichkeit. Wenn Gonnegons Fall vor Gericht kommt und es öffentlich bekannt wird, daß Mensch sich weigerte, ehrenhafte Verpflichtung einzugehen, wird niemand Mensch mehr Dienst leisten.« Die Worte kamen mit drohender Schärfe. »Keine Allegon wird Geld von Mensch annehmen oder Essen für ihn kochen oder Wasser für ihn pumpen. Kein Berregon wird Kleidung für ihn machen oder Schuhe für ihn herstellen. Und kein Gonnegon wird Hilfe leisten. Mensch wird allein und verachtet sein. Des Menschen Kleider werden in Fetzen von ihm hängen, des Menschen Magen wird schrumpfen.

Und wenn Mensch schmutzig und verachtet und am Verhungern ist, wird Mensch bettelnd zu Gonnegon Neg kommen, und die Tür wird für ihn offen sein. Es wird Essen für ihn geben und Wasser und Kleidung, und Mensch wird sehen, welch Dummkopf Mensch war und welch verabscheuungswürdiger *Cdutmn.*« Das Wort drückte allen Grimm und alle Verbitterung des Gonnegon aus. »So sieht Zukunft des Menschen aus!« Der Gonnegon warf den schweren Kopf zurück, drehte sich um und stapfte aus dem Zimmer. Tol starrte ihm wie im Schock nach.

Der Hotelgonnegon sagte streng: »Vielleicht sieht Mensch die Verabscheuungswürdigkeit seiner Haltung nicht ein. Aber wenn die Bürger dieses Berges vom Leid Negs erfahren, das Mensch die Pflicht zu lindern hat, wird niemand Mensch mehr wohlgesinnt sein, und Mensch wird am eigenen Leibe erfahren, was es heißt zu leiden.«

Und dann verschwand auch der Hotelgonnegon.

Tol starrte ihm ungläubig blinzelnd nach. Hatten die beiden ernsthaft erwartet, daß er sich zum Dienst bei Gonnegon Neg verpflichten, daß er für ihn kochen und putzen und auf seine Kinder aufpassen würde? Und das für den Rest seines Lebens! Genausogut könnten sie verlangen, daß er sich die langen Allegongliedmaßen wachsen ließe.

Aber, daran gab es nichts zu rütteln, die Forderung war gestellt worden. Der Gonnegon war ganz offenbar der Ansicht, daß er ein Recht auf Tol hatte. Es mußte demnach eine hiesige Bestimmung geben, die sich mit einem Arrangement befaßte, wie der Gonnegon Neg es verlangte.

Aber Tollan Bailey war kein Bürger des Planeten Nor'Dyren. Er war Bürger der Erde und stand hier unter dem Schutz des Zivilisationsbundes. Seine Welt war Mitglied zweiten, Nor'Dyren dagegen nur dritten Ranges. Und wenn der Zivilisationsbund erst eingeschaltet war und Neg die Versicherungssumme bekommen hatte, würde der Gonnegon sich allmählich beruhigen. Trotz seiner merkwürdigen Einstellung waren eine Million Kredit schließlich kein Pappenstiel. Mit einer Million Kredit konnte Neg eine andere Frau finden. Mit einer Million Kredit konnte Neg ...

Tol kam ein großartiger Einfall. Eine andere Frau! Die kleine Hotelallegon, beispielsweise. Sie war ein hübsches appetitliches Geschöpf — wenn Allegons nach jemandes Geschmack waren. Außerdem war sie fleißig und tüchtig. Und sicher unverdreit, denn bei der Hotelarbeit hätte sie gar keine Zeit für eine eigene Familie. Offenbar arbeitete sie hier rund um die Uhr.

Aber würde eine Hotelallegon gut genug für Neg sein? War er Besseres gewöhnt?

Doch da schob sich wieder das Bild vor seine Augen, als die Bündel den Armen des Gonnegon entglitten. Gonnegon Neg war sichtlich von keinem hohen Stand. Und wenn er sich dazu herabgelassen hatte, seiner eigenen Allegon tragen zu helfen, konnte er gar kein so schlechter Bursche sein. Gelang es Tol, die Hotelallegon zur Dreit mit Neg zu überreden, würde er ihr vermutlich gar keinen schlechten Dienst erweisen.

Und dazu würde sie noch in eine Familie mit einer Million Kredit eindreiten.

Es war den Versuch wert. Eilig fuhr er sich mit dem Kamm durch die Haare, bürstete seine Schuhe und rannte hinaus auf den Korridor, um die Allegon zu suchen.

Ehe er jedoch die Treppe erreichte, vertrat ihm ein Mann in Uniform den Weg. Die Abzeichen vieler weit voneinander entfernter Welten schmückten seine scharlachrote Jacke.

»Mr. Tollan Bailey?« erkundigte sich der Uniformierte mit einer Stimme, die von anderswo als aus seiner Kehle zu kommen schien. Dieser schmale, pastellfarbene hiesige Vertreter des Zivilisationsbundes war jedenfalls kein Mensch, genausowenig ein Gonnegon und auch von keiner anderen Spezies, die Tol kannte. Tol blickte auf seinen Armbandchrono. »Der Hotelgonnegon sandte den Boten vor fast einer Stunde.«

»Ich bin nicht hier, weil ein Bote mich holte.« Ein vorstehender Hornkamm erstreckte sich über die ganze Länge des Pastellgesichts und teilte es in zwei Hälften. »Seit vier Nor'Dyrenischen Tagen komme ich jeden Vormittag um diese Zeit ins Hotel. Doch bis heute erschien es mir sinnlos, ein Interview anzustreben, da ein starker psychobiologischer Sturm im Gange war.«

»Ah — ja«, bestätigte Tol. »Haben Sie von dem Prozeß gehört, den Neg mir anhängen will?«

»Man machte mich darauf aufmerksam, ehe ich die Treppe hochstieg. Könnten wir uns in Ihrem Zimmer unterhalten?«

Tol ging zurück und bedeutete ihm einzutreten. Der Beauftragte ging ein paarmal auf und ab und sah sich um. »Ich sagte Gonnegon Neg bereits meine persönliche Meinung, daß ich einen männlichen Erdenmenschen keinesfalls als Ersatz für eine Allegon in Betracht ziehen würde. Ich versuchte Neg den Unterschied in der geschlechtlichen Rolle bei den Erdenmenschen klarzumachen, aber der Gonnegon ist fest entschlossen, die Integrität der Dreit zu erhalten.« Er schwang zu Tol herum. Seine fremdartigen Züge formten sich zu einer ernsten Miene. »Diese Art von Verfahren ist bedauerlicherweise reine Routine in dieser Gesellschaftsordnung.«

Tol starrte ihn unheilahnend an. »Routine?« Seine Stimme klang schrill. »Hören Sie! Kein Gericht würde mich Neg ausliefern. Ich ... ich bin schließlich keine Frau! Lieber würde ich sterben, denn als Allegon zu dienen!«

Die Züge formten sich zur mitfühlenden Miene. »Ich pflichte Ihnen bei, Mr. Bailey. Die Rolle einer Allegon widerspricht völlig der Vorstellung eines männlichen Menschen von sich. Wie erwähnt, versuchte ich das dem Gonnegon Neg zu erklären. Aber er versteht den Unterschied zwischen männlichem und weiblichem Geschlecht nicht, wie die Menschen es sehen.«

»Zum Teufel! Warum nicht? Schließlich haben sie ebenfalls zwei Geschlechter hier!«

Der Beauftragte fuhr mit der Hand über den knochigen Gesichtskamm. »Bedauerlicherweise, Mr. Bailey, ist für sie Mann und Frau nicht das gleiche wie für einen

Menschen. Sie haben lediglich eine sexuelle Fortpflanzungsidentität. Die Allegon, die durch den Unfall ums Leben kam, war übrigens dem Geschlecht nach männlich. Aber der hiesigen Gesellschaftsordnung nach war sie eben ganz einfach eine Allegon — die dient. Soweit es den Gonnegon Ned betrifft, sind Sie eine ungebundene Wesenheit. Sie haben keine vorbestimmte Identität nach Auffassung der Nor'Dyrener. Und Sie sind ungebunden, also weder auf Ihrer eigenen Welt verheiratet noch hier verdreit. Aus Negs Sicht gibt es keinen Hinderungsgrund, weshalb Sie nicht funktionell zum Allegon für seinen Haushalt erklärt werden sollten, um seine Integrität zu wahren.«

Mühsam schluckte Tol eine zu heftige Erwiderung. »Gut, das sehe ich ein, aber Neg versteht nicht, wie es bei unserer Spezies aussieht. Wenn er die Integrität seines Haushalts — wie er es so schön formuliert — aufrechthalten will, warum sucht er sich dann ausgerechnet mich aus? Es gibt so viele echte Allegons, die ungebunden sind. Sie würden seinen Zweck weit besser erfüllen als ich. Er braucht sich doch nur mit einer zu arrangieren. Wenn er dazu zu schüchtern ist, bin ich gern bereit, es für ihn in die Hand zu nehmen. Dann wird sein Haushalt wieder ...«

Der Beauftragte unterbrach ihn scharf. »Mr. Bailey, haben Sie dem Gonnegon vielleicht etwa gar diesen Vorschlag gemacht?«

»Nein, diese Möglichkeit fiel mir erst ein, als er schon weg war. Aber ich werde ihn zu Hause besuchen und ...«

»Auf keinen Fall! Sie würden Neg dadurch nur noch weiter erzürnen und sich beim Gericht in ein schlechtes Licht setzen.«

»Aber ...«

»Mr. Bailey, für jeden Nor'Dyrenischen Erwachsenen gibt es bloß eine echte Dreit — die ursprüngliche. In Negs Fall also die, die vor fünf Nächten auf dem unteren Hang zerstört wurde. Wenn ein Erwachsener des Dreits stirbt oder funktionsunfähig wird, wird die Dreit formell aufgelöst; die überlebenden Erwachsenen gehen für den Rest ihres Lebens in getrennte Heime, und jeder nimmt sein eigenes Kind mit. Der verwaiste Schößling, in diesem Fall eine Allegon, kommt in ein Waisenhaus für Allegons. Die Auflösung eines Dreits ist eine Tragödie. Die hinterbliebenen Erwachsenen behalten weiter ihre funktionelle Identität, aber die Familie ist zerstört, die Hinterbliebenen können nicht einmal mehr eine lose Verbindung eingehen. Verstehen Sie mich?«

Tol runzelte die Stirn und bemühte sich, die Erklärung des Beauftragten zu begreifen. »Soll das heißen, daß Neg sich nicht wiederverdreiten kann? Überhaupt nicht mehr?«

»Richtig.«

»Aber das ist ... Sie können doch nicht jedesmal gleich den ganzen Haushalt auflösen, wenn einer davon stirbt!«

»Das tun sie aber, außer in den Fällen, wo ein Außenstehender direkt für den Tod verantwortlich ist. Hier muß der Schuldige die zerstörte Dreit aus seiner eigenen ergänzen, die dann an Stelle der ersteren aufgelöst wird.«

Das konnte Tol nicht verdauen. »Aber ... aber das ist einfach unmöglich! Neg muß also seine Dreit auflösen, selbst wenn wir Millionen Kredit Schadenersatz leisten?«

»Mr. Bailey, Geld ist hier ohne jeden Wert.«

Tol schluckte frustriert. »Herr Beauftragter, ich spreche nicht von einer geringen Summe, sondern von Millionen — Millionen Kredit! Ehe ich abflog, schloß die CalMega ...«

»Mr. Bailey, *Geld ist hier ohne jeden Wert!*« wiederholte der Beauftragte betont. »Auf dieser Welt produzieren die Berregons soviel, wie nur physisch möglich ist, und die Gonnegons kümmern sich um die faire Verteilung. Es gibt keine Zahlungsmittel!«

Tol rannte durchs Zimmer, kramte in seinen Sachen und kehrte mit einem Bündel Geldscheinen zurück. »Und was ist das? Klopapier? Ich unterzeichnete und siegelte Schecks für die Allegon, die mich hierherfuhr und für die Hotelallegon, und der Hotelgonnegon gab mir diese Noten.«

Der Beauftragte nickte. »Hotels, die Fremdweltbesucher unterbringen, führen gewöhnlich einen Vorrat an Papiergeld. Und Allegons nehmen Schecks entgegen. Aber das ist reiner Touristendienst, nichts anderes. Das hat nichts mit Währungen zu tun. Wie ich schon sagte, Geld ist auf dieser Welt ohne Wert — ohne den geringsten!«

Tol ließ die Schultern hängen. Die Scheine entglitten seinen Fingern. Millionen Kredit — wertlos! Und wenn Geld keinen Wert hatte, was konnte er Neg dann anbieten?

»Ich werde das Diplomatische Korps Terras anrufen«, sagte er schließlich. »Oder das Schlichtungsamt. Meine Leute werden das nicht zulassen. Sie werden mich schützen — irgendwie.«

»Ich würde statt dessen vorschlagen, Ihre Firma zu unterrichten, damit sie einen juristischen Beistand schickt, der sich mit den hiesigen Gegebenheiten befaßt und Sie bei Gericht verteidigen kann.«

Tol schob das Kinn vor. »Nein. Ich werde jemanden hierherbitten, der die Erde als solche vertritt — jemanden, der diesen Sturköpfen zeigt, wie die Erde ihre Bürger schützt. Jemanden, der ...«

»Ich bin dieser Jemand, Mr. Bailey«, erinnerte der Beauftragte Tol geduldig. »Ich vertrete die Erde hier — und mehrere Dutzend andere Planeten dazu. Von Rechts wegen sollte ich Ihre Verteidigung übernehmen, aber ich glaube, daß einer Ihrer eigenen Spezies dazu vermutlich besser geeignet ist. Außerdem kann ich es mir auch nicht erlauben, die guten Beziehungen zu beeinträchtigen, die es mir während meiner Amtszeit hier zu kultivieren gelang.«

Tols Augen wurden starr. »Oh, das können Sie sich nicht erlauben, eh? Hören Sie mir gut zu, Herr Beauftragter! Wenn wirklich Sie es sind, der mich hier vertreten muß, dann ist es Ihre Pflicht, sofort jemanden von der Erde hierher zu holen, um diesen wimpernäugigen Aufgeblasenen beizubringen, welche Rechte ...«

»Tut mir leid, Mr. Bailey. Meine Anweisungen verbieten mir ausdrücklich, irgend jemanden mit feindseligen Absichten hinzuzuziehen. Ich werde jedoch Cal-Mega über Ihre Lage informieren und um einen Rechtsbeistand für Sie ersuchen. Es tut mir ehrlich leid, aber mehr kann ich nicht tun.«

»Sie ...«

Doch der Beauftragte des Zivilisationsbundes hatte sich bereits zurückgezogen. Tol schlug wütend mit der Faust in die Hand und rannte im Zimmer hin und her. Die ganze Situation war lächerlich. Schließlich hatte auch er seine Rechte: auf Freiheit, Schutz, ein faires Gerichtsverfahren.

Doch die Fremdheit des Zimmers erinnerte ihn, daß hier eine andere Welt war, ein anderes Volk, eine andere Ethik.

Nun, jedenfalls gab es immer noch die Erde. Sein Rückflug war bereits bezahlt. Er brauchte nur nach Hause zurückzukehren — und das sollte er wohl jetzt tun.

Sofort! Er wirbelte herum, warf einen Koffer auf das Bett. Zehn Minuten später hatte er seine Sachen gepackt. Nun mußte er nur noch unbemerkt seine Allegon ersuchen, ein Taxi für ihn zu besorgen.

Er fuhr sich mit der Hand über die Stirn — die Allegon stand bereits an der Tür. Wie willkommen ihm ihr liebes Gesicht war, trotz des beunruhigenden Gedankens, daß sie sehr wohl ein Er sein mochte. Heiser flüsterte er: »Besorg mir bitte ein Taxi, sofort. Und sag es dem Gonnegon nicht.«

Dunkle Strähnen glänzten über der schmalen Stirn. »Bitte, unten sind Dreiräder. Es ist die Pflicht dieser Allegon, Mensch zu begleiten.«

»Nein, nein, dies ist ein Notfall. Mit dem Dreirad würden wir es nie bis zum Raumhafen schaffen.«

Sie nickte zustimmend. »Mensch hat recht. Dorthin braucht man viele, viele Stunden mit dem Dreirad. Aber Allegon kennt Unterkunft viel näher.«

»Unterkunft?« fragte Tol verständnislos.

Sie nickte eifrig. »Ja. Nur eine Biegung den Acparkt hoch sind geräumige alte Wohnungen, die jetzt leerstehen. Allegon übernimmt Beförderung von Sachen des Menschen. Aber Mensch muß sich selbst um die Begleitung von … von …« — ihr Blick wanderte kurz in die Ecke, wo der Werkzeugkasten stand — »… darum kümmern.«

Tol starrte den Kasten finster an, dann wanderte sein Blick zurück zur Allegon. »Nein, nein! Allegon hat mißverstanden. Mensch braucht keine neue Unterbringung. Mensch fliegt in seine Heimat zurück — sofort! Ich brauche nur ein Taxi, das mich zum Raumhafen bringt.«

Mitfühlend weiteten sich die Augen der Allegon. »Ah, aber Gonnegon unten hat bereits Gonnegon Negs Anweisungen weitergegeben. Menschen Fährenpassage nicht mehr gültig. Mensch darf diese Welt nicht verlassen.«

»Nicht verlassen?« Tol hob die Stimme. »Hör zu, mein Rückflug ist bezahlt. Die Gonnegons können mich nicht hier zurückhalten.«

Die Allegon neigte den Kopf. »Gonnegons bestimmen.«

Tol blähte die Nasenflügel. »Ha! Wir werden ja sehen, ob die Gonnegons bestimmen. Ich wende mich an den Zivilisationsbund! Ich bin Bürger der Erde! Ich habe meine Rechte!« Wütend marschierte er durch die Tür und die Treppe hinunter.

Des Gonnegons Oberkörper ruhte auf dem Schreibtisch. Der Kuppelkopf hob sich langsam, die feuchten Augen blickten Tol an.

Tol sagte scharf: »Mensch Bailey verlangt, daß Gonnegon sofort den Beauftragten des Zivilisationsbundes zurückruft. Ich habe eine neue Angelegenheit mit ihm zu besprechen.«

Der Blick des Gonnegon begegnete gelassen dem des Menschen. »Bedauerlicherweise kann Gonnegon keinen Boten entbehren, um Beauftragten des Zivilisationsbundes hierher zu bestellen.«

»Wie bedauerlich!« sagte Tol heftig. »Doch solange ich Gast dieses Hotels bin und Sie der Geschäftsführer sind ...«

»Es ist weiterhin bedauerlich«, erklärte der Gonnegon, »daß Mensch nicht mehr Gast des Hotels ist.«

»Nicht mehr ... Sie können mich nicht hinauswerfen!«

Der Gonnegon erhob sich. Er legte den schweren Kopf leicht zurück. »Mensch hat bereits kein Recht mehr hierzusein! Nur das Eigentum von Mensch muß noch fortgeschafft werden. Allegon wurde schon damit beauftragt.«

Tol sank das Kinn herab. »Ist sie deshalb ... Nun, jedenfalls kommen Sie damit nicht durch! Meine Firma bezahlt hier alles! Ich werde also nicht ausziehen, ehe ich nicht eine weitere Unterredung mit dem Vertreter des Zivilisationsbundes hatte.«

Die stacheligen Wimpern zuckten. »Gonnegon akzeptiert keine Bezahlung für Unterbringung von Mensch, genausowenig akzeptiert Gonnegon Mensch selbst. Mensch ist jetzt ausgestoßen!« Die Augen des Gonnegon schlossen sich. Als sie sich wieder öffneten, galt seine Aufmerksamkeit etwas anderem.

Tol knirschte mit den Zähnen. »Hören Sie ... — na

gut. Ich weiß, ich kann Sie nicht bestechen. Ich kann Sie nicht einmal bezahlen. Und Sie haben beschlossen, sich dem Boykott gegen Bailey anzuschließen. Aber Sie können mich doch zumindest hier wohnen lassen, bis ich meinen Rückflug arrangiert habe.«

Der Gonnegon lächelte grimmig, ohne seinen Blick Bailey wieder zuzuwenden. »Mensch Bailey, es bedeutet nichts, daß eine Allegon ausgelöscht wurde. Es bedeutet nichts, daß Mensch persönlich widerlich ist. Aber durch Weigerung, freiwillig wiederherzustellen, was zerrissen wurde, hat Mensch sich als absolut unehrenhaft erwiesen. Gonnegon bietet keinem Unehrenhaften hier Unterkunft.«

Tol öffnete den Mund. Doch was nutzten Argumente? Gonnegon hatte gesprochen. Gonnegon hatte bestimmt.

Zornig stürmte Tol aus dem Zimmer. Er fand seine Allegon auf der Straße. Sie hatte ihr Dreirad bereits mit seinen Sachen beladen. »Mensch ist bereit?«

»Mensch ist bereit!« knurrte er.

Der Gonnegon sagte hinter ihm: »Mensch Bailey, beachte, daß Gonnegon großzügig erlaubt, Allegon Mensch zur neuen Unterkunft zu begleiten. Später Gonnegon wird zwei andere Allegon mit Instrument des Todes schicken. Mensch darf keine Gelegenheit bekommen, weitere Haushalte zu zerstören.«

Tol funkelte den Gonnegon an. Er schloß den Mund, daß die Zähne klackend aufeinanderschlugen. Dann wirbelte er herum und stieg auf das Dreirad.

»Unterkunft, die Allegon kennt, liegt hoch«, sagte die Allegon schüchtern. »Hat nicht viele Bequemlichkeiten, aber es gibt dort keinen Gonnegon, der Aufsicht führt, deshalb kann Mensch sich dort einquartieren.«

Als sein schlimmster Ärger verraucht war, folgte Tol ihr den langen Berg hoch. Seine Gedanken beschäftigten sich mit dem, was er an diesem Vormittag alles erfahren hatte.

5. Kapitel

Der Sessel täuschte ihn erneut. Er wirkte bequem und tief und versprach Vergessen, wie er so ockerfarben in der Zimmerecke stand. Aber als er sich darauf fallen ließ, versank er wieder im Schoß der Verzweiflung.

Diesmal war es seine eigene Schuld. Der Beauftragte hatte ihm die Verfahrensweise erklärt. Heute war Gonnegon Negs Anhörung gewesen. Tol hatte nicht nur sich nicht verteidigen dürfen, er hatte von Glück sagen können, daß man seine Anwesenheit im Gerichtssaal überhaupt weiter geduldet hatte.

Ja, all das war ihm erklärt worden. Trotzdem war er, als er am Vormittag den Berg hinuntergeradelt war, überzeugt gewesen, daß er siegreich hervorgehen, daß der Richter beim Anblick Tollan Baileys, des Menschenmannes, Negs Fall als absolut lächerlich abweisen würde. Tollan Bailey, der Mann von der Erde, würde den Gerichtssaal als freier Mensch verlassen.

Aber so war es nicht gekommen. Tol drückte sich noch tiefer in den Sessel. Zuerst war da einmal seine Zulassung in den Saal gewesen, danach der Platz, den er gnädigerweise hatte einnehmen dürfen. Als der Richter, ein erhaben thronender Gonnegon, ihn auf eine Steinbank ganz hinten im Saal verwiesen hatte, war kalte Angst in ihm erwacht. Er hatte dagegen angekämpft, während Neg klagend die Tragödie beschrieb, und die drei wimmernden kleinen Negs die Fragen des Richters beantworteten. Er hatte weiter dagegen angekämpft, während Neg seine formelle Forderung darlegte, und während seines Ersuchens um Wiedergutmachung. Er hatte immer noch dagegen angekämpft, während der Richter mit geschlossenen Augen überlegte.

Dann hatten die Augen des Richters sich geöffnet,

und Frosteskälte senkte sich auf ihn herab. Die Entscheidung des Richters hatte ihn zu Eis erstarren lassen. Ehe er noch Protest einlegen konnte, waren der Richter, Neg und die drei jungen Negs genauso gegangen wie die paar Zuschauer. Man hatte ihn alleingelassen.

Nur der Beauftragte des Zivilisationsbundes war geblieben — und er hatte ihm vorhergesagt, daß es so kommen würde!

Gereizt befreite Tol sich aus dem ockerfarbigen Sessel und stapfte auf dem Steinboden hin und her. Der Beauftragte hatte nicht nur recht gehabt, schlimmer noch, er hatte Mitleid mit ihm empfunden, das bekümmerte Spiel seiner Züge, seine kurze Trostrede über den Wert der Allegon, die Zuneigung und den Respekt, mit denen ihre eigene Familie sie überhäufte.

Tol schauderte. Gegen Opposition kam er an, aber Mitleid brachte ihm allzu ätzend zu Bewußtsein, daß seine Lage kein schlechter Witz war, keine Farce, keine Fortsetzung seines Deliriums. Seine Zwangslage war wirklich und aktuell. Und wenn das Drehbuch am Ende anlangte, wenn die letzten Zeilen gesprochen waren, mochte es leicht sein, daß der Vorhang für Tollan Bailey fiel — Tollan Bailey, nach Richterspruch eine Allegon, Dienerin im Haushalt Gonnegon Negs.

»Hören Sie, ich bin lange genug hier, um mich auszukennen«, hatte er dem Beauftragten hitzig erklärt. »Ich weiß, wie gering diese Leute die Allegons schätzen. Wenn sie die ›Schößlinge‹ nennen, kommt der der Allegon als letzter.«

Der Beauftragte hatte sich mit der Hand über den Hornkamm gestrichen. »Mr. Bailey, in vielen Kulturen stellt man das, was man am höchsten schätzt, an letzte Stelle.«

Tol hatte sich angewidert umgedreht.

»Auf jeden Fall ist es schon einmal ein Punkt für Sie, daß wir eine Vertagung Ihrer ersten Anhörung bis zum Eintreffen Ihres Rechtsberaters von der Erde erlangen konnten. Und Sie dürfen nicht vergessen, daß die Anhörungen fortgesetzt werden, bis zwei Richter das gleiche Urteil gefällt haben und ein dritter, der beide Seiten gleichzeitig angehört hat, es bestätigt.«

Tol unterdrückte eine heftige Antwort. Der Beauftragte (wie er inzwischen erfahren hatte) hatte bereits am zweiten Tag seiner, Tols, Krankheit, als dieser noch im Delirium um sich schlug, CalMega um einen Rechtsbeistand ersucht. Rechnete man zwei Wochen Flugzeit, hatte Tol im besten Fall noch eine Frist von einer Woche, ehe er wieder vor den Richter zitiert wurde.

Tol bemühte sich, seine düsteren Gedanken abzuschütteln. Er stapfte durch das längliche Schlafzimmer, das kleinere quadratische Zimmer, die beiden dreieckigen. Breite Schlafnischen waren in die Steinwände eingelassen. Geräumige Vorratsbehälter befanden sich in den Wänden. Der Steinboden war glattgetreten, das Mobiliar massiv, aber vom Zahn der Zeit angenagt.

Er betrat das Bad. Die Wanne war kreisrund und etwa siebzig Zentimeter tief. In ihrem Rand waren vier Einbuchtungen als Halsstützen angebracht. Aus einem Hahn tropfte Regenwasser von dem Tank auf dem Dach.

Kaltes Wasser. Tol durchquerte das Badebecken, öffnete die Tür dahinter und betrachtete zum x-tenmal den Boiler. Er war größer als der im Hotel, doch etwa im gleichen Zustand. Sein Akku fehlte.

Achselzuckend wandte Tol sich von dem nicht funktionierenden Heißwasserbereiter ab und ging in die Küche. Dort waren eine Kochplatte, die nicht heiß werden wollte, ein übelriechender, schimmelüberzogener Kühlschrank, der innen wärmer war als außen, eine zweite Wasserleitung, aus deren Hahn beim Drehen ein wenig kaltes bleigraues Wasser tröpfelte, drei kleine Geräte unbestimmbarer Funktion.

Tol seufzte. Das einzig Positive an diesem Apartment war, daß sich kein Gonnegon darum kümmerte. Auf den Korridoren waren ihm mehrere Allegons begegnet, und einmal hatte er einen Berregon gesehen. Doch von zwei Wohnungen abgesehen, stand das ganze Haus leer und wurde nicht verwaltet.

Tollan Bailey, Ausgestoßener auf einer fremden Welt, fühlte sich einsam und verlassen. In einem Anfall von Selbstmitleid öffnete er einen der oberen Schränke. Es war ein seltsamer Schrank mit einem Akkumulator in der hinteren Wandvertäfelung, die aus Metall war und unter seiner Hand nachgab — aber nicht genug, daß er den Mechanismus dahinter hätte studieren können.

Vielleicht hatte dieser Schrank früher einmal dazu gedient, seinen Inhalt zu wärmen oder zu kühlen. Achselzuckend inspizierte er ihn. Er holte ein durchsichtiges Päckchen heraus, in dem sich etwas wie Gemüse in klarer Soße befand. *Smtpk,* oder vielleicht *Tarpk.* Verwirrt holte er ein zweites durchsichtiges Päckchen heraus, dann ein drittes. Ganz bestimmt hatte es hier kein *Smtpk* oder *Tarpk* gegeben, als er sich nach einem Frühstück umgesehen hatte. Hatte seine Hotelallegon ihm den Schrank vielleicht aufgefüllt, während er vor Gericht war? Sie hatte ihm schon ein paarmal verstohlen ein paar Sachen gebracht, die sein Leben erleichterten: Handtücher, Polster für seine Schlafnische, Putzlumpen, Essen.

Aber noch nie Nahrungsmittel in transparenter Verpackung. Er trat ans hintere Fenster und blickte zu den zerklüfteten Felsen des Hinterhofes hoch.

Entschlossen schlüpfte er in seinen dicken Mantel, schnürte ihn zu und stapfte über das Steinpflaster. Er kam an drei weiteren leeren Wohnhäusern vorbei. Danach endete das Pflaster, und er stand vor einem steilen Felshang. Wie eine Ziege kletterte er ihn hoch.

Eine Viertelstunde später saß er auf dem Gipfel, einem abgeflachten grauen Felsblock. Hinter seinem Rükken breitete der Acparkt sich hinunter bis zum Meer aus. Zu seinen Füßen fiel er steil und schwarz in eine scheinbar grundlose Schlucht ab. Und vor ihm erhob sich ein weiteres dunkles Gestein, so unglaublich steil und hoch, daß der Name Berg zu wenig dafür war.

Eisiger Wind peitschte gegen Tol, zerrte an seinem Mantel, spielte mit seinem Haar. Tol drehte sich so, daß er den wirbelnden Nebel tief unten sehen konnte, der mit Schwadenfingern von der Küste heraufgriff und sie hin und wieder einmal zurückzog. Er sah die Sonne an einem kirschroten Himmel untergehen und die Lichter der Stadt unten allmählich zu schwächlichem Leben erwachen.

Schließlich, als die Kälte ihn schon fast gefühllos machte, kletterte er den Fels wieder hinunter.

In seiner Wohnung war eingeheizt. Er kauerte sich in den Zustrom warmer Luft und genoß die herrliche Wärme. Darauf betrachtete er wieder einmal den Boiler im Bad und dachte dabei an heißes Wasser, das dampfend die runde Wanne füllte, und an heißes Essen und heiße Getränke, die ihm die Zunge verbrannten.

In der Küche aß er die drei Päckchen kalten *Tarpks,* und schon war er wieder im Bad. Morgen, beschloß er, würde er es riskieren. Er würde zur Hotelallegon gehen — zum Teufel mit dem finsteren Elterngonnegon — und sie bitten, einen Handwerker zu schicken, einen, der den Boiler, den Herd und den Kühlschrank reparieren konnte. Es konnte natürlich sein, daß sie keinen kannte. Und es konnte sein, daß ihm, falls er dem Gonnegon über den Weg lief, verboten wurde, das Hotel noch einmal mit seiner Anwesenheit in Verruf zu bringen. Und es konnte sein, daß man ihn wegen Hausfriedensbruch vor Gericht zerren würde.

Tol verließ das Bad und kauerte sich auf dem Schlafsims zusammen. Gewiß, all diese Befürchtungen mochten wahr werden. Aber andererseits gelang es ihm vielleicht doch, daß die gewünschten Reparaturen durchgeführt würden. Vielleicht badete er morgen bereits in herrlich warmem Wasser.

Am nächsten Morgen erwachte er steif und durchgefroren. Mit eisigen Fingern zog er frische Wäsche an, aß ein karges Frühstück, das seinen Magen noch brummiger machte. Selbst das Dreirad war langsam, die Pedale drehten sich nur widerstrebend.

Aber zum Hotel ging es ja bergab. Er fand die Allegon im Korridor des ersten Stocks, ohne daß er dem Gonnegon in die Arme gelaufen war. Sie öffnete zerknirscht den Mund. »Ah, Mensch! Allegon müßte sterben! Allegon übernahm Verpflichtung, Mensch zu dienen, doch dann wurde Berregonelternteil krank. Und Allegon hat nicht gedient! Schon zwei Tage nicht!« Ihre senkrechten Pupillen musterten ihn von Kopf bis Fuß. Die Haarsträhnen über ihrer Stirn waren völlig zerzaust und glanzlos, ihre Augen entzündet. »Mensch ist in Not!«

»Nein, nein, es ist schon gut. Geht es Berregon besser?«

»Berregon ißt wieder — zumindest. Und jeder hofft. Aber Allegons Pflicht gegenüber Mensch ...«

»Vergiß das! Du hast genug am Hals. Ich kam nur hierher, um zu fragen, ob du mir jemanden schicken könntest, der meinen Boiler repariert. Ich möchte gern einmal ein heißes Bad nehmen.«

Das schmale Gesicht wirkte betrübt. »Ah, Mensch! Allegon darf den Wassertank nicht den Berg hochschieben. Das Pflaster würde Räder beschädigen. Und Gonnegon ...«

»Nein — nein! Allegon mißversteht«, unterbrach er sie schnell. »Was Mensch möchte, ist nicht ein Tank heißen Wassers aus Allegons Küche. Mensch möchte eine Person — eine Allegon oder einen Berregon —, die den Heißwasserbereiter im Bad von Menschen repariert, damit Mensch selbst zu heißem Wasser kommt.«

Die Allegon legte spröde die langen Arme an die Seiten. »Mensch benötigt jemanden, um seinen Boiler zu reparieren?«

»Richtig.«

Sie schüttete betrübt den Kopf. »Mensch, Allegon bedauert. Allegon darf nie Maschine bedienen, solange Lebende ihre Dienste brauchen.«

Leicht gereizt studierte er ihre Züge. »Allegon hat keinen Grund, etwas zu bedauern. Ich möchte gar nicht, daß du an meinem Boiler herumbastelst. Ich habe dich lediglich um den Namen einer Person ersucht, die ihn richten kann. Jemand, der dazu verpflichtet ist.«

Wieder schüttelte sie bedrückt den Kopf. »Allegon dient so unzureichend.«

»Du kennst also niemanden?«

»Niemanden, Mensch.«

Er runzelte nachdenklich die Stirn. Sinnlos, zu fragen, wer die Reparaturen im Hotel vornahm, denn es hatte ganz den Anschein, daß niemand es tat. Er verabschiedete sich und überließ sie ihrer Arbeit.

Er setzte sich auf sein Dreirad. Die Allegons durften also nichts Mechanisches reparieren, solange Personen ihre Dienste brauchten. Demnach waren die Allegons auch gar nicht für Reparaturen zuständig, denn es würde immer Lebende geben, um die sie sich kümmern mußten.

Gonnegons kamen ebenfalls nicht in Frage; blieben infolgedessen nur die Berregons. Und wenn die Reparatur eines Boilers als Mittel zur Produktion heißen Wassers erachtet wurde, war sie logischerweise der Job eines Berregons.

Es gab nur zwei Berregons, die er gut genug kannte, um vielleicht etwas von ihnen zu erfahren. Das heißt, er kannte überhaupt keine anderen Berregons. Also den Berg wieder hinunter, acht Biegungen weit.

Er hatte vier hinter sich gebracht, als ihm etwas Unerklärliches einfiel. Die Hotelallegon hatte erwähnt, daß sie zwei Tage lang nicht dazu gekommen war, ihm zu dienen. Und doch hatte er am Abend zuvor Essen im Wandschrank vorgefunden, das ganz sicher am

Morgen nicht da gewesen war. Also, wenn sie es nicht gebracht hatte, wer dann?

Im Apartment unter ihm wohnte eine Allegon — ein mageres, zerbrechliches Wesen, das bei seinem Anblick stets die Augen niederschlug. Konnte es sein, daß sie ...?

Unwahrscheinlich.

Er dachte den ganzen weiteren Weg darüber nach. Erst als er die Rampe zu Gonnegon Tux' Werkstatt hochfuhr, kam ihm die Idee, daß er irgendeine Kleinigkeit an seinem Dreirad hätte beschädigen sollen, um eine gute Ausrede zu haben, weshalb er zu ihnen kam.

Zu spät. Der Gonnegon erhob sich bereits hinter seinem Schreibtisch. Der Sonnenschein, der durch das hohe, einzige Fenster fiel, warf seinen Schatten voraus. Das Leuchten der tiefen Augen erlosch. »Ist Mensch-Mensch zu weiterer Inspektion gekommen?« erkundigte er sich förmlich.

»Uh — wenn ich darf.« Tol wählte seine Worte vorsichtig. »Trotz des Prozesses gegen mich habe ich beschlossen, meine ursprüngliche Mission hier auf Nor'Dyren durchzuführen.«

Mit gleichmütiger Miene fragte der Gonnegon: »Als Ehrensache?«

»Ich ... ja, genau.«

Der Gonnegon nickte. »Ich habe darüber nachgedacht, ob der Ehrencodex eines Menschen sich nicht in mancherlei Hinsicht von unserem unterscheidet. Auch erscheint es mir, daß diese Welt statt eines Fegefeuers ein Paradies sein könnte, wenn Personen wie Neg und Rtx unfehlbar wären.« Die tiefen Augen versuchten Tols Miene zu deuten.

Tol machte es ihm leicht. »Sie drücken genau meine Ansicht aus, aber ich wollte sie nicht aussprechen. Solange ich hier bin, unterstehe ich den Bestimmungen der dominierenden Spezies, genau wie jeder andere.«

Die Augen des Gonnegons glitzerten. »Ich werde

mich mit meiner Meinung über Ihren Fall zurückhalten, Mensch. Sie dürfen Ihre Inspektion meiner Fabrik fortsetzen.«

Tol war sich der Großmut des Gonnegon voll bewußt. Er bedankte sich, dann stieg er die Treppe zum zweiten Stock hoch.

Die Drehbank war stumm. Beide Berregons beschäftigten sich mit der Maschine, die Tol als altersschwache Bohrmaschine identifiziert hatte. Berregon Mpx hatte sich ein Gurtwerk zusammengebastelt, mit dessen Hilfe und all seiner Körperkraft er die Maschine antrieb, während Berregon Alp das Werkstück damit bearbeitete. Hungrig biß der Bohrer durch Metall. Alp warf ein Stück Dreiradrahmen zur Seite und griff nach dem nächsten. Tol kam langsam näher. Interessiert sah er bei dieser mühsamen Arbeit zu.

Ein zweites Rahmenstück flog durch die Luft, ein drittes. Dann ließ Berregon Mpx das Gurtwerk, eine Art Geschirr, lose herabhängen. Berregon Alp hob den Kopf, und seine Augen trafen die Tols.

Tol wartete auf den tobenden Sturm in ihnen, doch sie wirkten höchstens leicht aufgerührt. Er wandte sich an beide Berregons. »Wie lange hat die Maschine schon keine Stromzufuhr mehr?«

Bedachtsam antwortete Mpx: »Für eine Beantwortung muß Mensch Gonnegon unten angehen. Irgendwo gibt es Unterlagen.«

Tol hob die Brauen. »Soll das heißen, daß du die ganzen Jahre, seit du hier arbeitest, die Maschine mit Körperkraft angetrieben hast?«

»Berregon treibt an«, brummte Mpx. »Und Mensch löscht aus.«

Tol erstarrte. »Es war ein Unfall.«

»Ein trauriger Fall. Mensch hätte Gonnegon auslöschen können, statt dessen fiel Allegon. Vielleicht nächstesmal Mensch.«

Tol studierte die beiden grobschlächtigen Gesichter

wachsam. Ganz offensichtlich betrachteten die Berregons ihn nun mit anderen Augen. Doch wie? »Ich glaube nicht, daß es noch einmal zu einem Unfall kommen wird.«

Berregon Mpx' kräftige Schultermuskeln wölbten sich. »Mensch kam den Acparkt herunter, um sich über Bohrer zu unterhalten?«

»Ich … nein. Ich nehme an, ihr habt gehört, daß ich in eine Wohnung nahe dem Gipfel gezogen bin. Leider funktionieren die meisten Haushaltsgeräte dort nicht. Ich dachte, Berregons könnten mir vielleicht sagen, wie ich zur Wartungs-Gewerkschaft komme.«

Die beiden Berregons wechselten einen Blick. Alps Stimme kam brummend tief aus der Brust: »Gewerkschaft, Mensch?«

»Vielleicht heißt es hier bei euch anders. Ich suche jemanden, dessen Aufgabe es ist, Heißwasserbereiter und andere Geräte zu reparieren.«

»Warum kommt Mensch dann zu Berregons? Berregons reparieren keine Heißwasserbereiter.«

Tol runzelte die Stirn. »Ich … nein, ich habe nicht erwartet, daß einer von euch meinen Boiler richtet. Ich wollte nur wissen, wer dafür zuständig ist. Und da ihr Dreiräder repariert, dachte ich, ihr wüßtet es vielleicht.«

Alps Stimme klang noch brummiger: »Berregon repariert nicht. Berregon produziert überholte Dreiräder.«

Tol beherrschte sich. »Na gut, wie immer ihr es nennen wollt. Aber fällt euch denn niemand ein, der meinen Boiler instandsetzen könnte? Für eine Entschädigung?«

Wieder trafen die Blicke der Berregons sich. Entrüstet knurrte Alp: »Mensch verlangt etwas über die übliche Funktion von Berregon hinaus. Gedanken werden nicht sofort produziert.«

»Was schlagt ihr dann vor? Soll ich später zurückkommen?«

Alp runzelte die Stirn. »Berregon benutzt diesen Ort

hier nicht zum Denken. Vielleicht wäre Mittagspause geeignete Zeit.«

»Ich verstehe«, murmelte Tol, obwohl er dessen gar nicht so sicher war. »Vielleicht könntet ihr besser denken, wenn ihr die Geräte sehen würdet, von denen ich spreche. Ihr könnt bei mir zu Mittag essen.«

Berregon Alp dachte darüber nach und erklärte sich ausdruckslos damit einverstanden.

»Mpx?«

»Mensch, dieser Berregon würde Acparkt nicht einmal für ein ganzes Menü aus *Grigna-po* und gedünstetem *Smtpk* hochklettern, selbst dann nicht, wenn Berregon sicher wäre, daß Fähigkeit zu denken mit der Verdauung käme.«

Tol wandte sich wieder Alp zu. »Gut, dann treffe ich dich vor dem Haus. In zwei Stunden?«

Alps Stirn hatte sich noch nicht geglättet. »Mensch interessiert sich für Maschinen?« erkundigte er sich nachdenklich.

»Me ... Ja.«

»Es gibt eine Fabrik zwei Biegungen aufwärts. Hat Mensch schon besucht?«

»Nein, bisher habe ich mich nur hier bei euch umgesehen. Ich fürchte, ich werde von Gonnegons nicht freundlich aufgenommen, solange der Prozeß, den Neg mir aufgehalst hat, nicht entschieden ist.«

»Zwei Biegungen hoch ist kein Gonnegon. Und die Türen sind nicht verschlossen.«

Interessiert neigte Tol den Kopf. »Beschreib mir bitte den Weg.«

Zwei Stunden später schloß er die Steintüren hinter sich. Mit noch größerer Verwirrung als zuvor widmete er seine Aufmerksamkeit dem Nor'Dyrenischen Straßenbild. Allegons, Berregons und Gonnegons plagten sich die steile Bergseite mit dem Dreirad oder zu Fuß hoch, dabei lag hinter ihm die Maschinerie, um eine ganze Armada von Taxis wie jenes zu produzieren, das ihn an seinem ersten Tag auf dieser Welt zum Hotel gebracht hatte. Gewaltig und unbewegt standen die Maschinen in Reih und Glied in der Fabrikhalle. Nager und anderes Kleintier hatten sich in ihrem Innern eingenistet. Abfalltonnen quollen über. Halbzusammengebaute Autos verrosteten. Und die Nor'Dyrener radelten!

Was war das hier nur für eine Welt? Voll Entrüstung beschäftigte Tol sich mit dieser Frage. Es ging ihm als Mechaniker gegen den Strich, daß sich hier drei Spezies — oder zumindest zwei — mühsam mit den Händen abrackerten, während Präzisionsmaschinen jeglicher Art und ohne Zahl vor sich hinrosteten, weil sie reparaturbedürftig waren, sich jedoch niemand um sie kümmerte. Setzten diese Leute hier denn überhaupt nichts instand? Wenn irgendwo ein Schaden auftrat, gaben sie die Maschine oder was immer, dann einfach auf?

Es sah jedenfalls ganz so aus. Das Taxi war hier offenbar das fortschrittlichste Verkehrsmittel, aber er hatte auch nur das eine gesehen. Vielleicht gab es gar kein zweites mehr?

Und vielleicht diente dieses eine nur dazu, Besucher von fremden Welten vom Raumhafen zu ihrer Unterkunft zu bringen, um dann wieder im Nebel zu verschwinden, aus dem es gekommen war.

Aufgebracht betrachtete er die Straßenszene, bis er Berregon Alp herbeiradeln sah. Unter seiner massigen Statur wirkte das Dreirad zerbrechlich. Fast grimmig überfiel Tol ihn mit den Worten: »Ihr habt hier überhaupt keine Gewerkschaften, oder?«

Fern der Fabrikhalle sah Alp wieder mehr wie ein Sterblicher aus als ein Muskelmonolith. »Jemand, dem Arbeit gehört? Es gibt viel Arbeit auf diesem Berg, und ganz sicher gehört ein Teil davon Berregons.«

»Nein, nein, ob ihr nicht Gruppen von Personen habt ...« Tol hielt inne und versuchte, seine Erklärung anders zu formulieren. »Und ihr habt also keine Gruppen hier«, schloß er, »die das Alleinrecht für die Instandhaltung und Instandsetzung von Maschinen haben?«

»Diese Funktion ist nicht zugeteilt«, antwortete der Berregon bedächtig.

»Aber warum nicht? Es muß den Gonnegons doch bewußt sein, daß jetzt niemand diese Aufgabe hat! Weshalb teilen sie dann niemanden dazu ein, egal ob Berregons oder Allegons.«

Sie schoben ihre Dreiräder den steilen Hang hoch. »Mensch, denken ist nicht für Berregon. Aber es muß wohl so sein: Wenn Gonnegons diese Arbeit auf Allegons übertragen, werden Pflichten von Allegons vernachlässigt. Teilen Gonnegons Berregons für diese Pflichten ein, leidet Produktivität von Berregons. Und gegenwärtige Produktionshöhe ist lebenswichtig.«

»Aber wenn die Maschinen erst repariert sind, steigt die Produktionsrate erheblich, Alp. Überleg doch nur, wieviel du produzieren könntest, wenn die Drehbank richtig funktionierte. Und wenn Mpx die Bohrmaschine nicht selbst antreiben müßte.«

Der Berregon antwortete nicht sofort. Schließlich sagte er brummend: »Berregon hört dieses Argument nicht zum erstenmal.«

»Wo hast du es gehört? Doch nicht von Gonnegon Tux?«

Alps Augen trafen Tols. »Freund, Berregons Füße bewegen sich, und Berregons Verstand arbeitet, langsam. Genügt es für eine Weile?«

Tol seufzte. »Es genügt.«

Abwechselnd radelnd und schiebend erreichten sie Tols neues Zuhause. Tol führte Alp durch die Zimmer und zuletzt in die Küche.

»Dann gibt es hier nichts, das funktioniert?«

»Nichts«, antwortete Tol und langte in den oberen Schrank. Zu seiner Überraschung fand er eine ganze Reihe von Delikatessen: *Tarpk*, marinierten Fisch, dunkle Soßen, klare Gelees, ja sogar ein kleines Päckchen *Grigna-po.* Er legte alles auf den Tisch und starrte es an.

Hatte die Hotelallegon es gebracht? Aber es waren insgesamt nur sieben Päckchen. Würde die Allegon lediglich dieser sieben Päckchen wegen hier heraufkommen und den Tadel des Gonnegon riskieren?

Schnell suchte er den Unterschrank und die Regale ab. Doch er fand sonst nichts Neues. Er zuckte die Achseln. »Tut mir leid, daß ich das *Grigna-po* nicht wärmen kann. Aber zumindest haben wir alles, was dazugehört.«

Der Berregon betrachtete die Päckchen. »Dieses Menü würde Berregon in jedem Zustand genießen. Von welchem Markt?«

»Wenn ich das wüßte! Ich glaube allmählich, daß das Zeug in dem Schrank materialisiert.«

Alp schaute in den Schrank und begutachtete ihn. »Dann funktioniert also doch etwas, Mensch.«

»Tatsächlich?«

»Die Nahrungsversorgung! Deshalb hat Mensch Lebensmittelpäckchen, während Allegon Ctt aus Glas serviert, und das schon seit drei Jahren — seit die Tore der Verpackungsfabrik geschlossen sind.«

Tol blickte blinzelnd in den Schrank. »Dann ist das also tatsächlich eine Art Gerät?«

»Ein Aufzug. Lieferallegon sorgt für Vorrat im Servicegeschoß unten. Wenn Päckchen dem Schrank hier entnommen sind, füllt ein Fördermechanismus ihn von dort. Sieht ganz so aus, als wäre ursprünglicher, vor Jahren angelegter Vorrat immer noch nicht aufgebraucht.«

»Es funktioniert nur sporadisch«, erklärte Tol. »Außerdem sind bloß drei Apartments in diesem Haus bewohnt. Aber ist das Zeug nach so langer Zeit denn überhaupt noch genießbar?« Nahrung in Glasgefäßen schien ihm plötzlich vertrauenerweckender als in so leichten Kartons.

Der Berregon untersuchte das Päckchen *Po.* »Es gibt eine Möglichkeit, das herauszufinden, Mensch.«

Sie setzten sich und fanden es heraus — zur absoluten Zufriedenstellung ihrer Mägen. Als sie alles aufgegessen hatten, ließ Alp müde die Arme hängen. Tol lehnte sich in seinem ledernen Schlingensitz zurück und wartete geduldig darauf, daß sein Besucher als erster den Mund öffnete.

Der Berregon seufzte und fuhr sich über den kahlgeschorenen Kopf. »Etwas, das Mensch vielleicht interessiert: An verschiedenen Stellen entlang der Küste gibt es große Lagerhäuser mit Maschinenteilen — bis zur Decke gestapelt und korrosionssicher verpackt. Niemand geht auch nur in die Nähe: Niemand holt sich etwas oder benutzt etwas davon. Nur ganz wenige wissen überhaupt davon.«

Tol wartete, daß Alp fortfuhr. Als er es nicht tat, fragte er schließlich: »Wie kommt es, daß Berregon zu den wenigen gehört, die davon wissen?«

»Es gibt einen jungen Freund. Es ist der gleiche Freund, von dem Berregon Argument über Reparatur von Maschinen hörte. Ein Freund mit vielen Ideen. Einmal nahm Freund Berregon zu einem dieser Lagerhäuser mit, um zu beweisen, daß früher tatsächlich Reparaturen vorgenommen wurden — denn weshalb sonst sollte man riesige Mengen gleicher Maschinenteile aufbewahren?«

»Ein gutes Argument.«

Der Berregon schwieg eine Weile, ehe er sagte: »Tatsächlich hat dieser Freund, der Patt heißt, sich vorgenommen, sich mit Reparaturen zu beschäftigen.« Die Augen Alps wirkten unsicher. »Mensch versteht natürlich, daß das unter Berregons bleiben muß.«

»Es würde den Gonnegons nicht gefallen?«

»Gonnegons würden es verbieten. Ist schließlich Zeitvergeudung.«

»Ist das auch deine Meinung?«

Er zuckte die massigen Achseln.

Tols Augen hingen am dunklen Gesicht des Berregon ohne es zu sehen, denn das geistige Bild eines gewissen mittelgroßen Heißwasserbereiters verdrängte es. Er stellte sich vor, wie er sich ihm näherte: In Gedanken kniete er sich davor, nahm ihn auseinander und legte die einzelnen Teile säuberlich in die große leere Badewanne. Er analysierte die Funktion der einzelnen Teile und listete sie alle auf einem endlosen Blatt Papier mit blauen Zeilen. Seine Finger zitterten, er atmete heftig.

Das Bild verschwamm. Aufgeregt beugte er sich vor. »Berregon, ich glaube nicht, daß dein Freund seine Zeit vergeudet. Ich bin überzeugt, daß die Reparatur der Maschinerie dieser Welt durchaus möglich, ja sogar unbedingt notwendig ist. Wenn dein Freund mir zeigen könnte, wo ich Ersatzteile finde, könnte ich gleich hier in meiner Wohnung mit der Arbeit beginnen. Und wenn mein Boiler erst wieder funktioniert und die Herdplatte und all die anderen Küchengeräte — nun, ich glaube, dann würdest auch du einsehen, was mit ein paar Ersatzteilen und ein bißchen Werkzeug alles erreicht werden kann. Und natürlich habe ich nichts dagegen, wenn dein Freund mir dabei zusehen oder mithelfen will, wenn er ehrlich interessiert ist zu lernen, wie man Reparaturen durchführt.«

Alp wich ein wenig zurück. Seine Augen blickten besorgt. Schließlich sagte er: »Berregon wird mit Patt sprechen.«

Nur mühsam beherrschte Tol sich, nicht zu drängen. »Wann wirst du ihn sehen?«

Die Augen des Berregon wirkten leer. »Mensch, dieser Freund Patt ist verwaist, lebt in Waisenhaus hinter zweiter Biegung. Manchmal ist es schwierig, Patt dort zu finden. Und wenn Berregon zu oft nach Patt fragt, macht Heimgonnegon sich vielleicht Gedanken über Patts häufige Abwesenheit.«

»Oh! Aber wenn du ihn wieder einmal triffst, und wenn er interessiert ist ...«

Berregon versprach es. Sein Blick fiel zum Fenster. »Auch in Dreiradfabrik ist Gonnegon.« Er stand auf.

Tol schaute auf seinen Armbandchrono. »Und er verweigert mir das nächstemal vielleicht den Einlaß, wenn ich Berregon den ganzen Nachmittag von der Arbeit abhalte.«

Durchs Fenster blickte Tol Alp nach, bis er um die Biegung verschwand. Als er sich umdrehte, sah er weder das schmutzige Geschirr auf dem Tisch noch die leeren Kartons auf der Anrichte noch den Boden unter den Füßen. Er sah nur den Boiler, der ihm seine lebenswichtigen Organe auslieferte. Er sah seine Hände leicht zitternd diese wertvollen Organe in das große Badebekken legen. Er sah das Blitzen von Werkzeug.

Und wie ein dünner Schleier überlagerte ein ganzer dunkler Kontinent mit schadhafter Maschinerie dieses Bild. Maschinerie, die einfach aufgegeben worden war und um die sich niemand kümmerte — außer, vielleicht, Tollan Bailey, der Mann von der Erde.

6. Kapitel

Fünf Tage später lief Tol ruhelos in seinen Zimmern hin und her. Während der letzten Tage hatte er sich in aufgegebenen Fabriken umgesehen. Sie waren nicht schwer zu finden gewesen, er hatte nur einen Blick in verlassene Gebäude werfen müssen. Auf ein gutes Dutzend war er gestoßen, die ihn interessiert hatten, und nur die Hälfte davon unterstanden den Gonnegons. In den anderen war er ungehindert herumgewandert und hatte sich ein Bild der Anlagen gemacht. In allen Stadien des Verfalls waren sie, manche Teile hatten nur noch Schrottwert, andere dagegen bedurften bloß geringfügiger Reparaturen.

Die Nächte hatte er mit seinen Haushaltsgeräten zugebracht. Und jetzt, beim Hin- und Herstapfen, streifte sein Blick über den zerlegten Boiler, dessen Teile säuberlich nebeneinander in der Badewanne lagen, über die Kocheinheit, die er auf der Anrichte ausgebreitet hatte, und über den Kühlschrank, dessen Innereien auf dem Boden Platz gefunden hatten. Schmutziges Geschirr häufte sich im Wohnzimmer, denn im Spülbekken befanden sich die Teile eines kleinen Geräts, das er vergangene Nacht auseinandergenommen hatte, weil er einfach nicht schlafen konnte. Leere Akkus quollen aus dem Unterschrank. Und überall lagen Zettel mit Skizzen, Diagrammen und Notizen herum.

So sah es also aus, und er hatte weder etwas von Berregon Alp gehört noch von Berregon Patt. Fünf Tage, und immer noch kein heißes Bad. Fünf Tage, und noch immer mußte er seine Mahlzeiten kalt essen. Fünf Tage, und noch immer hatte er den Planeten Nor'Dyren nicht wieder voll funktionsfähig gemacht.

Zweifellos war es an der Zeit den Berg hinunterzuradeln, um zu erfahren, ob es Alp inzwischen gelungen war, mit seinem Freund Patt zu sprechen. Tol schlüpfte in seinen Mantel, schnürte ihn zu und rollte den Berg hinunter, fast ohne auf die Bremse zu treten. Er sog die kalte Morgenluft ein; sie kühlte die Augenlider, die sich bis zum Morgengrauen geweigert hatten, sich zu schließen, und dann, nach einer Stunde Schlaf wieder aufgesprungen waren.

Neun Biegungen weiter fuhr er die Rampe hoch und hinein in Gonnegon Tux' Fabrikhalle. Der Schreibtisch war unbesetzt, nur ein Stapel Bücher lag darauf. Tol kletterte die schmutzige Treppe hoch und watete durch den Schrott.

Heute war wieder Achsentag. Alp und Mpx saßen schleifend nebeneinander. Berregon Mpx hob den Kopf. »Der Auslöscher«, brummte er. Im Halbschatten wirkte er wie ein kräftiger Gnom. »Was gibt's, Mensch?«

»Vielleicht hat Berregon sich selbst mit Auslöschen beschäftigt«, spöttelte Tol. »Ich habe den Gonnegon unten nicht gesehen.«

»Hu! Gonnegon nimmt an einer Philosophentagung auf Naupark teil. Also haben Berregons die Fabrik ein paar Tage für ihre eigenen hinterhältigen Zwecke.«

»Kann ich mir vorstellen«, brummte Tol. »Hör zu, Alp, wir unterhielten uns doch das letztemal über etwas ... ah ... über jemanden.«

»Berregon Patt.« Alps Stimme kam tief aus der breiten Brust. »Hat Patt Menschen gezeigt, was Mensch braucht?«

»Nein, Mensch hat Berregon Patt nicht gesehen. Deshalb bin ich hier. Ich wollte wissen, ob du bereits eine Gelegenheit hattest, mit ihm zu sprechen.«

Alps Armmuskeln spielten unter der Haut. »Berregon redete mit Patt vor drei Tagen. Patt sagte, Patt würde Menschen vielleicht besuchen, vielleicht nicht.«

»Oh«, murmelte Tol enttäuscht. »Hör zu, Alp! Ich habe so gut wie jedes Gerät in meiner Wohnung auseinandergenommen und die Teile, die ich brauche, skizziert. Wenn du deinem Freund die Zeichnungen gibst, glaubst du, er könnte dir dann sagen, in welchem Lagerhaus ich sie finde — wenn er nicht gern selbst mit mir zusammenkommen möchte.«

»Mensch hat Zeichnungen dabei?«

Tol holte einen dicken Notizblock aus der Tasche. »Aber sie sind recht grob.«

Verständnislos betrachtete Alp die Seiten. »Es gibt ein Lagerhaus etwa eine Viertelstunde von hier«, sagte er langsam. »Das, in dem Berregon mit Patt war.«

Tol hob den Kopf. »So nahe? Könntest du es wiederfinden?«

»Mensch, das Lagerhaus liegt in einer Gasse der Küstenebene: ein langgestrecktes niedriges Gebäude, das bis fast zum Acparkt reicht. Berregon würde es wiedererkennen, wenn Berregon daran vorbeikäme.«

»Aber Berregon ist nicht mehr daran vorbeigekommen?«

»Nein.«

Tol seufzte. »Nun, vielleicht, wenn ich mich selbst umsehe ... Gibst du dieses Notizbuch deinem Freund, wenn du ihn wiedersiehst.«

Ernst versprach Alp es.

Tol kletterte wieder auf sein Dreirad. Er war fast außer sich vor Freude. Wie viele Gassen konnte es in der Küstenebene fünfzehn Minuten von hier schon geben? Ein Dutzend? Zwei? Doch höchstens drei! Wenn er eine Karte von diesem Teil der Ebene hätte, könnte er die richtige Gasse leicht finden, indem er die, die es nicht sein konnten, ausschloß.

Aber natürlich hatte er keine Karte.

Deshalb würde es wohl nicht ganz so leicht sein. Doch sich in der Ebene umzusehen war jedenfalls besser, als in der Wohnung herumzustiefeln oder auf seinen Retter von CalMega zu warten oder irgend etwas anderes zu tun, das seine Unruhe nur erhöhte. Er ließ die Handbremse los, stellte seinen Chrono auf fünfzehn Minuten, und fuhr seewärts. Geflickte Reifen holperten über Pflastersteine. Wieder erfrischte die kühle Luft ihn.

Seine Augen brannten jedoch immer noch, als er am Nachmittag das Labyrinth der Küstenebene zurückließ und den Acparkt hochstrampelte. Seine Schätzung von drei Dutzend Gassen war mehr als eine leichte Untertreibung gewesen. Gewiß, es zweigten nur zwanzig Gassen von der Hauptstraße in der angegebenen Gegend ab. Aber diese Gassen hatten Nebengassen, von denen Seitengassen wegführten. Er war über ihr unebenes Pflaster dahingeradelt, bis er völlig durchgeschüttelt war und seine Zähne schmerzten. Mehrmals hatte sein Orientierungssinn ihn im Stich gelassen. Und jetzt drohte sein Magen aufzubegehren, und im Gegensatz zu den vergangenen Nächten vermochte er seine Augen kaum noch offenzuhalten.

Zitternd vor Frustration und Erschöpfung kam er in seiner Wohnung an, wo er sich sofort auf sein Nischenbett warf.

Es war dunkel, als ihn etwas weckte und er sich verschlafen aufsetzte, um zu ergründen, was ihn aus dem Schlaf gerissen hatte.

Ein leises Klopfen — irgendwo.

Er rutschte vom Bettsims und schlurfte noch halbblind vor Müdigkeit durch die Zimmer. Natürlich kam das Klopfen von der Wohnungstür. Er öffnete sie. »Alp!« Die Stimme drang krächzend aus dem trockenen Mund.

»Berregon bringt etwas — von Patt.«

Tol drehte das Etwas um und betrachtete es. Es war eine Karte der Küstenebene. Die Hauptstraße war grün eingezeichnet, die Seitenstraßen rot. »Das …«, quiekte er, »das ist das Lagerhaus? Sein Finger tupfte auf das blau eingezeichnete Kästchen, mitten in einem Netz verschlungener Gassen.

Alp nickte. »Patt erwartet Mensch dort.«

»Wann? Um wieviel Uhr?«

Alp zuckte die Achseln. »Wann immer Mensch kommt.« Tol studierte die Karte noch eingehender. »Ich ... Hör zu, kannst du weg? Kannst du mich begleiten?«

»Allegon und Gonnegon warten zu Hause, Mensch. Ist die Karte unverständlich?« Dünne rote Linien schlängelten und überkreuzten sich ohne offensichtlichen Sinn.

»Nein, ich glaube, ich werde es schon finden.«

Er erinnerte sich an seine Skizzen, schnallte sich den Werkzeuggürtel um und rollte den Berg hinunter. Dichte Nebelschwaden wirbelten auf der Küstenebene. Namenlose Gassen wanden sich von der Hauptstraße weg. Tol radelte durch Pfützen und über Unebenheiten. Die Minitaschenlampe hielt er zwischen den Zähnen, die Karte in einer Hand.

Eine halbe Stunde später, als er seiner Verzweiflung gerade nachgeben wollte, blendete ihn ein Lichtstrahl. Er warf erschrocken die Hände hoch, und die Karte entglitt den Fingern.

»Mensch?« Die fragende Stimme klang wie ein leises Zischen.

»Ich ... ja. Ich glaube, ich habe mich verirrt.« Tol versuchte, hinter das Licht zu sehen.

Die Hand, die die Lampe hielt, senkte sie. »Dann habe ich dich gefunden«, sagte der Berregon und betonte das persönliche Fürwort.

Tol spähte durch Nebel und Schatten. Es bestand nur eine vage Ähnlichkeit zwischen ihr und Alp oder Mpx. Ihr geschorener Kopf war kleiner, von feinerem Knochenbau, genau wie ihr geschmeidiger, muskulöser Körper. Ihre Hände waren schmal, die Finger lang. Obgleich die Züge im Augenblick starr waren, verrieten sie doch Beweglichkeit. »Berregon Patt?« fragte Tol unsicher.

»Ich bin Patt.«

Ehe er noch eine Frage stellen konnte, hatte sie ihr Dreirad gewendet und fuhr in eine abzweigende Gasse. Tol hob seine Karte auf, warf sie ins Gepäckfach und folgte Patt.

Sie fuhren durch ein Dutzend verschlungene Gassen, überquerten die Hauptstraße und kamen am Fuß eines Hügels vorbei. Nach etwa einer Viertelstunde gelangten sie zu einem unscheinbaren niedrigen Steingebäude, das sich in der Dunkelheit verlor.

Tol runzelte die Stirn. »Wie konnte ich mich beim Lesen der Karte nur so dumm anstellen?«

»Die Karte war nicht dazu bestimmt, dich hierherzuführen.« Patt öffnete die Tür.

»Ah! Sondern zu dir?«

Ein Blinzeln bestätigte es ihm. Die Tür schloß sich hinter ihnen. »Dir ist klar, daß du niemandem von diesem Lagerhaus erzählen darfst? Weder Allegons, noch Berregons, noch Gonnegons oder sonst jemandem, den du kennst?«

»Ja, natürlich.«

»Es ist dir auch klar, daß dieses Lagerhaus nicht bei Tag, sondern nur im Dunkeln betreten werden darf?«

»Ja, ich verstehe«, murmelte er. Komisch, er wäre gar nicht auf die Idee gekommen, daß Alps Freund weiblich sein könnte. Achselzuckend holte er seinen Batteriestrahler aus dem Gürtel und leuchtete herum.

Eine halbe Stunde später verstand er, weshalb Alp nur zögernd von diesem Lager gesprochen hatte. Das Gebäude erstreckte sich über eine Fläche von mehreren Morgen. Und überall waren Kisten und andere Behälter gestapelt; und Regale voller Ersatzteile. Manche hatten dick Rost angesetzt, doch andere, obgleich keine Schutzschicht erkennbar war, sahen neu aus, wie am Tag ihrer Herstellung, weitere waren durch versiegelte Folienhüllen geschützt.

Wachsam beobachtete Patt Tol, wenn er sich über etwas beugte, es berührte und murmelnd weiterging. Er stieß auf wohlvertraute und auf weniger bekannte Teile und auch auf solche, die ihm völlig fremd waren. Und alle schienen sie aufs Geratewohl, ohne System gelagert zu sein. Sich bückend, sich auf Zehenspitzen strekkend und tief in die Regale greifend, untersuchte er die fabrikneuen Ersatzteile Hunderter unvorstellbarer Geräte, die er gern gesehen hätte. Doch nirgends gab es Pläne, Skizzen, Diagramme oder auch nur den geringsten Hinweis, der den Zusammenbau der Teile zu einem Ganzen ermöglicht hätte.

Als er seine erste Neugier gestillt hatte, studierte er seine Skizzen des Boilers. Es erschien ihm nun durchaus möglich, daß er mit genügend Teilen in seine Wohnung zurückkehren würde, und den Heißwasserbereiter, den Herd und vielleicht sogar das rätselhafte kleine Gerät, das zerlegt im Spülbecken lag, reparieren konnte.

Berregon Pat neben ihm studierte die Skizzen in seiner Hand. Aus ihm unerklärlichem Grund klang ihre Stimme feindselig, als sie fragte: »Du kannst den Boiler wieder funktionsfähig machen?«

Verwirrt begegnete Tol ihrem Blick. »Ich habe schon mehrere Boiler repariert. Ich glaube, ich kann auch diesen richten.«

»Ist er denn genauso wie die auf deiner Welt?«

»Nein, aber so viele Möglichkeiten, Wasser für den Haushalt in dieser Menge zu erhitzen, gibt es nicht. Und wenn man erst einmal an den verschiedensten Modellen ausgebildet wurde, muß man eigentlich auch mit fremden zurecht kommen.«

»Das lernt ihr also, mit Maschinen umzugehen?«

Er begriff ihre kaum verhohlene Feindschaft nicht. »Einige von uns — die, die sich dafür interessieren und gewöhnlich ein natürliches Talent dafür mitbringen.«

»Und als was wird Reparatur erachtet? Produktion oder Dienstleistung?«

Tol zuckte die Achseln. »Bei uns zu Hause macht man sich über eine solche Aufteilung kaum Gedanken.

In der Industrie tragen die instandgesetzten Teile und Geräte zur Produktion von Waren bei, also nehme ich an, könnte man es eine Produktionsfunktion nennen. Aber die Reparatur von Haushaltsgeräten? Nun, sobald das Gerät wieder funktioniert, ist es eine Dienstleistung für die Haushaltsangehörigen.«

»Dann bist du also Allegon?« fragte sie scharf.

Tol seufzte. »Hör zu, ich bin weder Allegon noch Berregon und schon gar nicht Gonnegon. Ich bin ein Mensch männlichen Geschlechts. Ich denke für mich selbst und treffe meine eigenen Entscheidungen. Manchmal erbringe ich Dienstleistungen, manchmal produziere ich. In unserem Gesellschaftssystem, mußt du wissen, lernt jeder, seine Fähigkeiten zu erkennen, und dann beschäftigt er sich damit, entwickelt sie. Doch deshalb gibt er nicht sein Recht oder seine Pflicht auf, etwas auf anderen Gebieten zu tun.«

»Und wenn ihr das tut, lenkt kein Gonnegon eure Gedanken?« erkundigte sie sich.

»Oh, es gibt Berufs- und andere Berater — Menschen, die Zugang zu einer ganzen Menge Laufbahndaten haben. Doch schließlich entscheidet der einzelne selbst, welchen Beruf er ergreifen möchte.«

Ihre Augen wirkten verschleiert, ihre Stimme war beißend: »Dann ist eure Welt besser als unsere.«

Diese Feststellung kam unerwartet für ihn. Ruhig antwortete er nach einer Weile. »Nein, sie ist nur anders, aber nicht wirklich besser.«

Ihre Augen brannten. »Mensch, selbst wenn ihr alle nackt und hungernd im Nebel steht, und es gibt keinen Gonnegon, dann ist deine Welt das Paradies, verglichen mit unserer. Wenn du erst dreiundzwanzig Jahre hier gelebt hast, wirst du es verstehen.«

»Du bist sehr verbittert.«

»Ich bin sehr realistisch«, antwortete sie heftig, den geschorenen Kopf hoch erhoben.

Sie hatten sich tief in gefährliches Gebiet verirrt. Hastig wandte Tol sich wieder seinen Skizzen zu. Er hakte die Teile ab, die er bereits gefunden hatte.

Das stellte sich als wirksame Ablenkung heraus. Patt beruhigte sich. »Alp erwähnte, daß du noch weitere Geräte hast, die nicht funktionieren.«

»Eine ganze Wohnung voll«, bestätigte Tol und blätterte durch die Notizbuchseiten. »Herdplatte, Kühlschrank — und noch ein paar.«

Sie zog das Notizbuch, das Tol Alp gegeben hatte, aus der Tasche. »Die meisten dieser Teile sind hier gelagert.« Sie griff nach ihrer Lampe und ging voraus.

Tol steckte seine Skizzen ein und eilte ihr nach.

Sie leerten eine kleine Kiste aus, um sie mit den Reichtümern des Lagerhauses zu füllen. Als sie mehrere Stunden später zum drittenmal zum Entleeren zu Tols Dreirad gingen, hatten sie so gut wie alles zur Reparatur des Boilers und der Kochplatte zusammen. Und Tol hatte einen Vortrag über die Philosophie und Nützlichkeit einer regelmäßigen Wartung für gewerbliche Maschinen und Haushaltsgeräte gehalten, wie sie auf der Erde praktiziert wurde.

Als sie die letzten Ersatzteile in Tols Gepäckfach luden, sagte Patt verächtlich: »Nein, das wäre ein zu vernünftiges System für die Gonnegons. Sie verstehen ja nicht einmal, daß die Instandsetzung zumindest der wichtigsten Maschinen die Produktion der Berregons erhöhen würde.«

»Nun, nach meiner Erfahrung hat auch noch kein Berregon darauf bestanden«, sagte Tol. »Für mich sieht es ganz so aus, als unterwürfen die Berregons sich den Bestimmungen der Gonnegons, und regten sich nur unter sich darüber auf. Es fehlt ihnen der zündende Funke für eine Auflehnung.«

Patts Augen glitzerten. »Mensch, vielleicht ist es gerade das, was ich anstrebe.«

»Du willst zur Revolution aufwiegeln? Indem du des Nachts in Lagerhäusern herumschleichst?«

Sein Spott ließ sie nicht aufbrausen. »Ja, es ist lächerlich«, gab sie zu. »Aber ich kann die Gonnegons nicht herausfordern, ehe ich nicht zumindest eine Handvoll Berregons hinter mir habe, Mensch. Und wie sollte ich die Berregons überzeugen, wenn ich noch nicht einmal eine einzige Maschine repariert habe?«

»Nein?« fragte er erstaunt. »Warum nicht?«

Ihre Augen wichen seinen aus. »Ich habe die Maschine noch nicht gefunden.«

»Noch nicht ... Du meinst, du weißt nicht, wo du anfangen sollst?«

Sie reagierte heftig. »Ich weiß sehr wohl, wo ich anfangen soll, Mensch! Ich weiß es ganz genau!«

»Warum zögerst du dann noch?« fragte er verblüfft.

»Ich ...« Sie schluckte. Dann begann sie erneut, aber ruhiger. »Mensch, es gibt eine ganz bestimmte Maschine, mit der ich mich als erstes beschäftigen muß. Es ist symbolisch. Aber ich kann sie nicht finden. Jede Nacht suche ich nach ihr — überall. Wo immer aufgegebene Maschinen stehen, streife ich herum. Aber ich finde sie nicht. Und ohne sie kann ich nicht beginnen.«

Vorsichtig fragte er: »Was ist das für eine Maschine?«

Sie antwortete ausweichend: »Ich habe noch nicht überall gesucht, noch nicht dort, wohin es zu weit ist für die kurze Nacht.«

Tol runzelte die Stirn. »Was würde passieren, wenn du die vorgeschriebene Arbeitszeit nicht einhieltest? Wenn du deinem Arbeitsplatz ganz einfach fernbleiben würdest?«

Unwillkürlich schüttelte sie sich. »So etwas gibt es hier kaum.«

»Du sagst ›kaum‹. Also kam es bereits vor. Was ist mit den Betreffenden geschehen? Wurden sie vor Gericht gebracht?«

Sie schüttelte den Kopf. »Nein, Gerichte schlichten nur Meinungsverschiedenheiten zwischen Gonnegons. Wenn es eine Unstimmigkeit zwischen einem Berregon und einem Gonnegon gibt — nun, der Berregon brummelt und macht finsteres Gesicht und gehorcht.« Aus ihrer Stimme klang Unzufriedenheit und Verachtung. »Schließlich, sagt der Berregon, ist Denken nicht seine Sache. Denken ist ein Prozeß, kein Produkt. Denken fällt den Berregons nicht leicht.«

»Berregon Patt aber offenbar schon.«

»Ich habe es gelernt«, sagte sie. Sie blickte zum Sternenhimmel hoch. »Es ist spät. Meine Heimallegon wird sich Sorgen machen, wenn ich nicht bald im Heim bin.«

»Dann sieh lieber zu, daß du nach Hause kommst. Wirst du mich morgen abend besuchen und mir bei der Reparatur des Boilers helfen? Oder wäre das gegen deine Abmachung mit dir selbst?«

Sie dachte über seine Einladung nach. »Ich würde dir gern helfen, aber ich glaube, daß ich erst übermorgen abend wieder weg kann.«

»Dann warte ich mit der Reparatur so lange. Fahr du ruhig voraus. Ich werde erst einen Sack oder sonst etwas über das Gepäckfach legen.«

»Gut, Mensch.« Mit einem Abschiedsnicken stieg sie auf ihr Dreirad und verschwand in der Gasse.

Tol fand eine dunkle Folie, die er über die Ersatzteile auf seinem Rad breitete, dann stieg auch er auf.

Zu spät fiel ihm ein, daß er ohne den Berregon nicht aus diesem Labyrinth von Gassen herausfinden würde. Und als er sich an seinen letzten nächtlichen Ausflug erinnerte, verging ihm jegliche Abenteuerlust. Mißmutig kehrte er ins Lagerhaus zurück. Im frühen Morgengrauen machte er sich auf den Weg und zeichnete seine verschlungene Route für einen möglichen späteren Gebrauch auf. Nach anderthalb Stunden war er in seiner Wohnung, wo er sich den schwerverdienten Schlaf gönnte.

Am Spätnachmittag erwachte er, aß eine kalte Mahlzeit und lud sein Dreiradfach aus. Dann machte er sich daran, den Herd zu reparieren.

Es war eine verwirrende Zusammensetzung von Schaltkreisen und Bauelementen, doch am frühen Morgen des nächsten Tages hatte er es geschafft. Die wiedereingebaute Einheit lieferte Hitze, aber nicht in der erwarteten Intensität. Zwar brachte er Wasser zum Kochen, doch dauerte es viel zu lange. Nach einer halben Stunde war sein *Tarpk* nur lauwarm. Es bestand also absolut keine Gefahr, daß er sich daran die Zunge verbrannte.

Erschöpft ging er mit dem Problem schlafen und erwachte damit am Nachmittag.

Waren die Kochelemente selbst vielleicht nicht in Ordnung? Er stellte einen kleinen Topf mit Wasser auf und wartete mit dem Stopchrono in der Hand.

Nein, es dauerte zu lange. Verärgert schaltete Tol die Kochplatte aus. Bei den verrückten Schaltkreisen mochte der Fehler überall liegen. Und hier konnte man sich nicht in den Computer einschalten, um sich von ihm beraten zu lassen. Frustriert drehte er dem Herd den Rücken zu und ließ sich in den tiefen Sessel fallen. Nein, hier gab es kein Computernetzwerk, nicht einmal ein Handbuch.

Abrupt setzte er sich auf. Nein?

Nun, es stimmte, niemand hier reparierte etwas, zumindest *jetzt nicht mehr!* Aber die Generation, die diese Dinger hergestellt hatte, mußte sich doch wenigstens eine Weile mit Instandhaltung und Instandsetzung beschäftigt haben; denn wozu hätten sie sonst die Lagerhäuser gefüllt? Und da es die Lagerhäuser gab und die Ersatzteile, warum sollte es da nicht auch Handbücher geben? Reparaturanweisungen mit Illustrationen für den Techniker, der nicht Nor'Dyrenisch las?

Tol sprang auf. Wenn es sie gab, dann in einer Bibliothek, einer öffentlichen Bibliothek — wiederum vorausgesetzt, daß es so etwas auf diesem verflixten Planeten gab.

Er mußte es herausfinden! Er leerte das lauwarme

Wasser aus und schlüpfte in seinen Mantel. Und schon sauste er den Berg hinunter.

Auch jetzt lagen nur Gonnegon Tux' Bücher auf seinem Schreibtisch, er selbst war nicht da. Aber auch Alp war heute nicht an seinem Arbeitsplatz.

»Hör zu, Mpx, es ist sehr wichtig«, drängte Tol. »Ich muß wissen, ob es eine öffentliche Bibliothek in dieser Stadt gibt.«

»Mensch«, antwortete der Berregon von oben herab. »Es gibt hier eine öffentliche Bibliothek für Gonnegons. Es gibt eine öffentliche Bibliothek in dieser Stadt für Berregons. Und es gibt eine öffentliche Bibliothek für Allegons. Aber Berregon Mpx sieht ganz deutlich, daß Mensch weder Allegon noch Gonnegon noch Berregon ist. Und Bibliotheksgonnegon wird es ebenfalls sehen.«

»Soll das heißen, daß die Bibliotheken getrennt sind?« fragte Tol ungläubig.

Mpx schnaubte. »Hat Mensch erwartet, Berregons könnten in Gonnegons Heiligtum treten und Gonnegons Gedanken fortschleppen? Oder daß Berregons nicht gegen Allegons geschützt sind?«

Tol runzelte die Stirn. »Und die Gonnegons? Sind sie auf ihre eigene Bibliothek beschränkt?«

»Pah!«

Das genügte als Antwort. »Also kann Gonnegon gehen, wohin er will«, sagte Tol leise und ein wenig entmutigt. An eine Trennung der öffentlichen Einrichtungen hatte er nicht gedacht. »Nun, vielleicht finde ich doch irgendwie Zutritt. Aber vielleicht hast du schon irgendwo gesehen, wonach ich suche: ein Handbuch mit Illustrationen, die zeigen, wie Haushaltsgeräte — wie Boiler, Herde und so weiter — repariert werden.«

Mpx deutete um sich. »Mensch, sieht es so aus, als hätte Berregon Zeit für Bücher?«

Tol seufzte. »Nein, wohl nicht.«

»Aber früher, Mensch, als Berregon noch jung und frivol war, hat Berregon ein Buch ausgeliehen — über

Funktionsweise von Maschinen. Das war, ehe Berregon klar war, daß Maschinen selten funktionierten.«

Tol horchte auf. »Dieses Buch, hast du es in der Berregon-Bibliothek gefunden?«

»Berregon war auch in Jugend Berregon, wie jetzt.«

Die Ironie war an Tol vergeudet. Er hatte sein Notizbuch herausgeholt. »Mpx, kannst du mir erklären, wie ich zu dieser Bibliothek komme?«

Berregon konnte und tat es, wenn auch mürrisch.

Die Berregon-Bibliothek blickte aufs Meer hinaus. Tol spazierte um sie herum, um sich über ihre Architektur klar zu werden. Vier zerbröckelnde Steinwände waren auf gut Glück mit Putz beworfen worden — wie es aussah —, die fünfte war nackt geblieben. Alle waren baufällig und wiesen Spalten und Risse auf. Auf vier Seiten waren die großen breiten Fenster diagonal vergittert, die schmalen der fünften Seite wiesen vertikale Gitter auf.

Tol spähte durch die schmutzigen Scheiben, und sein Herz schlug höher. Die Bücher und Broschüren waren in einer Reihe schlecht beleuchteter und seit langem nicht mehr gesäuberter Räume unordentlich aneinandergereiht oder zu wackligen Stapeln aufgehäuft; sie standen dicht an dicht. Dicker Staub lag auf den Tischen und Stühlen. Die Bibliothek schien der ideale Ort zu sein, wo wertvolle Werke für alle, mit Ausnahme der entschlossensten Sucher, unauffindbar verloren waren.

Die Tür öffnete sich mit müdem Quietschen. Im Innern war es dämmrig, aber nicht so stark, daß Tol den Gonnegon hinter der niedrigen Schranke nicht gesehen hätte. Der Kuppelschädel wies eine merkwürdige Furche auf, die Augen wirkten modrig, und die Stimme war dünn und rissig wie die Seiten eines alten Buches.

»Mensch«, sagte der Gonnegon, keineswegs freundlich.

»Ja, Mensch«, bestätigte Tol und wurde sich gleich der ersten Hürde bewußt. »Sie haben also von mir gehört und wissen deshalb vermutlich auch, daß ich die Automatisierung auf Nor'Dyren überprüfe. Aus diesem Grund bin ich hierhergekommen. Ich möchte Sie ersuchen, mir zu gestatten, die für die Öffentlichkeit bestimmten Werke einzusehen.«

Die Lippen des Gonnegons spitzten sich. »Gonnegon wird Bibliothekspaß des Menschen überprüfen.«

»Paß? Ich wußte nicht, daß man einen Paß für eine öffentliche Bibliothek braucht.«

»Paß ist immer notwendig. Kein Einlaß ohne Paß.« Die Augen des Gonnegon verschleierten sich.

Tol betrachtete das autokratische Gesicht. »Dann möchte ich um die Ausstellung eines Passes bitten.«

Die Augen des Gonnegon begannen aus ihrer dunklen Tiefe zu glitzern. »Zuerst muß Mensch ein schriftliches Gesuch stellen. Und wenn Mensch das tut, wird natürlich bemerkt, daß Mensch in keine richtige Kategorie paßt, daß Mensch irregulär ist.«

»Also gut, dann stelle ich ein Gesuch«, sagte Tol aggressiv. »Und ich werde gleich um die Benutzung aller drei Bibliotheken ersuchen, da meine Spezies die Funktionen von Allegons, Berregons und Gonnegons in sich vereint.«

Der Gonnegon nickte hochmütig. Er brachte ein langes Formular aus einer Schreibtischlade zum Vorschein. Mit gespitzten Lippen füllte er es aus, dann schob er es über die Schranke. »Unterschrift von Menschen, bitte.«

Tol überflog das Formular. »Gonnegon scheint alles über mich zu wissen.«

Der Gonnegon bestätigte diese Tatsache stumm.

Achselzuckend unterschrieb Tol und schob das Formular zurück. »Wann bekomme ich meinen Bibliothekspaß?«

Der Gonnegon studierte die Unterschrift. »Es dauert zwei Wochen, dieses Gesuch zu begutachten.« Gleichmütig ließ er das Formular auf einen unordentlichen Haufen auf dem Boden fallen.

Scharf fragte Tol: »Gonnegon, diesem Gesuch wird stattgegeben werden, nicht wahr?«

Des Gonnegon Augen schwammen in Feuchtigkeit. »Es wird.« Dann schlossen seine Lider sich, und als sie sich wieder öffneten, beachtete er Tol nicht mehr.

Mit zusammengebissenen Zähnen starrte Tol an dem Gonnegon vorbei auf die mit zerfallenden Schätzen gefüllten Säle. Hilflos ballte er die Fäuste. Er durfte nicht daran denken, einfach über die Schranke zu springen und sich mit Gewalt ein paar Handbücher zu holen. Und es bestand auch keine Hoffnung, den Gonnegon mit Argumenten oder Drohungen umzustimmen. Mit Feindseligkeit würde er nichts erreichen, auch nicht, daß der Gonnegon das Gesuch vom Boden aufhob und weiterleitete oder selbst bearbeitete.

Es gab nur eine Möglichkeit: der Sache ihren Lauf lassen. Sich mühsam beherrschend verließ Tol das Gebäude. Eine lange Weile starrte er hinaus auf das Meer, bis er sich einigermaßen beruhigt hatte; dann machte er sich auf den Rückweg, den Acparkt hoch.

Es wurde Abend. Patt wartete im Schatten des Eingangs auf ihn.

»Ah, du bist also weggekommen«, sagte Tol.

»Ich kam direkt von der Arbeit hierher.« Ihre Stimme klang tonlos, ihr Gesicht war unbewegt.

Es war mehr als nur der feuchte Abend, der sie beide bedrückte. Tol ging ihr voraus die Treppe hoch zu seiner Wohnungstür. »Was arbeitest du denn?«

Sie trat durch die Tür und sah sich ohne Interesse um. »Ich steche Nadel durch Leder. Jeden Abend hänge ich, was ich produziert habe, zur Begutachtung auf, und Gonnegon kommt mit Tabelle und berechnet, ob ich mein Soll erfüllt habe. Dann kehre ich ins Waisenhaus zurück und bade meine Hände in warmem Wasser, wenn es welches gibt. Das ist mein Leben.«

»Ich verstehe. Komm mit mir in die Küche. Ich werde für warmes Wasser sorgen — und für ein Abendessen.«

Sie schlüpfte aus ihrem Mantel, aber ihre düstere Stimmung blieb. Tol klapperte mit Töpfen, stellte Wasser und Essen auf die Herdplatte. »Könnte sein, daß ich etwas wärme, das eigentlich kalt gegessen werden sollte«, murmelte er.

Patt blickte in die Töpfe. »Nein, so ist es schon richtig.«

Auch diese Versicherung zeugte nicht von großer Gesprächigkeit. Tol zuckte die Achseln und rührte im Topf. »Ich war heute nachmittag in der öffentlichen Bibliothek, weil ich hoffte, ein paar Handbücher — Reparaturanleitungen — ausleihen zu können. Aber der Gonnegon wollte mich ohne Bibliothekspaß nicht einlassen.«

»Berregonbibliothek?« fragte sie ohne großes Interesse nach.

»Ja«, antwortete Tol. »Unten am Meer.«

Sie nickte.

Ihr Gespräch wurde ebensowenig warm wie die Herdplatte. Tol gab es auf, sich mit ihr unterhalten zu wollen und beschäftigte sich mit seinen Töpfen.

Eine halbe Stunde später konnte Patt ihre Hände in warmem Wasser entspannen, und eine weitere halbe Stunde danach saßen sie über ihrem Essen. Zehn Minuten später schob Patt ihren Teller leer zurück. Zögernd sagte sie: »Ich habe ein solches Handbuch.«

Tol blickte überrascht hoch. »Du? Woher?«

Ihre Augen starrten geradeaus. »Es gehörte meinem Elter.«

»Ich werd' ... Was ist es für ein Handbuch?«

Ihr Lächeln war kurz und traurig. »Eine Anleitung für die Wartung und Instandsetzung eines Kraftzweirads.«

»Kraftzweirad?« Tol versuchte sich vorzustellen, was sie meinte.

»Ein Mittelklassekraftrad. Der Fahrer saß ohne Gehäuse darauf, wie auf einem Dreirad. Aber es hatte nur zwei Räder, keine Pedale und kein Gepäckfach. Es war viel stromlinienförmiger, trotz seines weit größeren Gewichts.«

»Ein Motorrad?« rief Tol aufgeregt. »Wie ein Zweirad, doch schwerer? Und schnell — auch laut?« Bilder einer Kindheitserinnerung erwachten. Er hatte die letzten Motorradfahrer noch selbst gesehen, wie sie mit glänzenden Helmen oder flatterndem Haar und dröhnendem Motor vorübergebraust waren. Wie sehr er sie beneidet hatte!

Patt las den Traum aus seinen Augen. »Meine Eltern nannten es einfach Kraftzweirad, und ich habe überhaupt keinen Namen dafür, weil ich keines finden kann.«

»Kraftzweirad«, murmelte Tol nachdenklich, während sich seine Aufregung legte. Dann blickte er Patt an, jetzt verstand er. »Das ist die Maschine, die du suchst, nicht wahr? Die symbolische Maschine, die du nicht finden kannst?«

Ihre Augen wichen seinen nicht aus. Sie schwieg, aber ihre Miene verriet die Antwort.

»Deine Eltern besaßen eins?«

»Ich glaube, ein Elternteil.«

»Du bist nicht sicher?«

Sie zuckte die Achseln. »Ich war noch sehr klein. Ich erinnere mich, daß mein Elter mich einmal zu einem Ort mitnahm, wo er ein Zweirad reparierte. Ich war viel zu jung, ihm zu helfen. Aber möglicherweise ist es nicht einmal eine wirkliche Erinnerung, sondern eine Kindheitsphantasie, hervorgerufen durch meine unstillbare Sehnsucht, wieder bei meinem Elter sein zu dürfen.«

»Er ist tot?« erkundigte sich Tol.

Ihr Gesicht, ihre Augen verloren jeglichen Ausdruck. »Vielleicht nicht«, antwortete sie leise.

Tol forschte vergebens in ihren Zügen, aber er spürte, daß das Thema Handbuch, Kraftzweirad und Elter schmerzhaft für sie war. Auch in ihm war alles noch aufgewühlt. Er stand auf und räumte den Tisch ab.

»Was wirst du tun, Mensch, wenn das Gericht dich als Dreitteil Gonnegon Negs Haushalt zuspricht?«

Tol zuckte zusammen. Das war für ihn ein schmerzhaftes Thema. »Ich weiß nicht. Ich glaube nicht, daß es wirklich dazu kommen wird.«

»Das kann es aber sehr wohl.«

»Was ist mit dir? Wenn du eine Dreit eingehst, wird es völlig freiwillig sein?«

»Ich werde keine Dreit eingehen!«

»Du hast also die Wahl?«

Ein schwaches Lächeln spielte um ihre Lippen. »Ich habe eine Wahl. Ich bleibe im Berregonwaisenhaus oder steige hinauf.«

»Hinauf?«

»In die Berge.«

»Aber dort hast du doch keine Überlebenschance.«

»Das ist mir klar.«

Er studierte ihr Gesicht, spürte, wie sein eigenes sich spannte. »Ist es so schlimm? Selbst für einen Berregon?«

Sie zuckte die Achseln. »Ich habe die Wahl zwischen Freiheit und Unterwerfung, Unterwerfung und Tod. Ich kann Unterwerfung nicht wählen!«

»Aber du bist doch auch jetzt schon nicht mehr frei! Du lebst in einem Heim unter der Aufsicht eines Gonnegon. Wenn du ausgehst, wacht jemand darüber. Nein, du bist nicht frei!«

Heftig warf sie den Kopf zurück. »Mensch, auf dieser Welt ist das Heimleben Freiheit. Wir sind dreißig — und nur ein einziger Gonnegon. Er kann nicht auf alle dreißig gleichzeitig aufpassen, da wir in verschiedenen Schichten arbeiten, essen und schlafen. Auch die Heimallegons arbeiten schichtweise, und eine Allegon kann nicht jede Schicht über alle dreißig Bericht erstatten. Also gibt es einen gewissen Spielraum für persönliche Freiheit.«

»Nutzen die anderen das ebenfals aus?«

»Nicht im gleichen Maße wie ich. Das erleichtert es mir natürlich. Denn wenn die Mehrheit sich fügt, entspannt Gonnegon — und ich stehle mich hinaus.«

Tol nickte nachdenklich. »Nun, da du dir diese Nacht freigenommen hast, sollten wir sie auch nutzen. Ich habe mit der Reparatur des Boilers auf dich gewartet, damit wir sie gemeinsam vornehmen. Man könnte es als *meine* symbolische Handlung ansehen.«

Sie erhob sich trotz ihres muskulösen Körpers mit Grazie.

Die Einzelteile des Boilers lagen noch in der großen runden Wanne, und an ihrem Rand die Ersatzteile in ihrer Plastikschutzverpackung. Seine Skizzen hatte er mit Klebeband an die Steinwand geheftet.

»Zuerst erkläre ich wohl das Grundsätzliche«, sagte Tol. »Hast du dir schon einmal einen Boiler von innen angesehen?«

»Nein, nie«, antwortete Patt, die sich neben der Wanne niedergekniet hatte.

»Dann kannst du es jetzt gründlich tun.«

Zuerst beschrieb Tol ihr alles auf der angefertigten Zeichnung. Patts Auffassungsgabe war bewundernswert. Dann beschäftigten sie sich mit dem Boiler selbst. Und wieder hatte Tol allen Grund, über sie zu staunen. Sie war flink, und ihre Finger waren Präzisionsinstrumente. Sie verstand mit allem Werkzeug geschickt umzugehen und begriff jede Anweisung sofort.

Intensiv arbeiteten sie — Meister und Lehrling. Im Verlauf der Stunden ermüdete der Meister, und der Lehrling lebte auf. Kurz vor Morgengrauen war der Boiler wieder installiert, und Wasser lief ein. Tol war zu erschöpft, ihren Triumph würdig zu genießen. Müde murmelte er: »Es wird eine Weile dauern. Eine Stunde, bis er sich gefüllt hat und länger, bis er das Wasser erhitzt — wenn er es tut.«

»Wenn? Natürlich wird er!« erklärte Patt. Ihre Augen

glänzten vor Stolz. »Er wird die ganze Wanne mit warmem Wasser füllen. Bis ich die erste Nadel durch Leder steche, wirst du in dampfendem Wasser sitzen.«

Tol fuhr sich mit den schmutzigen Fingern durchs Haar. »Vielleicht, Berregon.«

»Nicht vielleicht, sicher! Und nun, da ich selbst gesehen habe, was getan werden kann, Mensch, glaube ich, daß du mit den richtigen Ersatzteilen alles reparieren kannst, nicht wahr?«

Er konnte ihre Begeisterung nicht teilen. »Mit den passenden Teilen — vielleicht.«

»Sehr enthusiastisch klingt das nicht.«

»Ich bin müde.«

»Ich nicht. Und so werde ich noch etwas anderes behaupten. Mit den richtigen Teilen, Mensch, brauchtest du nicht einmal zu reparieren, richtig?«

Er blickte sie verständnislos an. »Hm?«

»Mit den richtigen Teilen könntest du es doch einfach zusammensetzen ...«

»Das haben wir ja gerade getan — einen Boiler zusammengesetzt, aus alten und neuen Teilen.«

»Ja, aber du könntest es auch nur aus neuen Teilen, nicht wahr?«

»Wenn ich weiß, was ich zusammenbaue«, sagte er zögernd. »Wenn ich eine Anleitung hätte, die genau erklärt, wie es zusammengebaut werden muß.«

»Das meinte ich.« Ihre Augen glänzten. Sie ging durchs Zimmer und tippte auf die Zeichnungen, nach denen sie gearbeitet hatten.

Er runzelte die Stirn. Er war viel zu müde, um auf ihre plötzliche Begeisterung einzugehen. »Möchtest du etwas Warmes zu trinken?« fragte er.

»Nein. Nein, dafür ist es zu spät. Ich muß mich bei der Heimallegon sehen lassen, ehe ich zur Arbeit gehe. Und du willst sicher die anderen Lagerhäuser besuchen.«

»Ich ... nicht heute, Patt. Ich habe schon zwei Nächte nicht geschlafen. Heute interessiert mich nur mein Bett.«

»Na gut. Ich werde die kommende Nacht ohnehin im Heim bleiben müssen. Aber in der Nacht darauf, wenn ich meine Liste zusammengestellt habe, dann gehen wir, Mensch. Das wird meine Nacht sein!«

»Einverstanden.« Tol konnte die Augen kaum noch offenhalten.

»Ich finde selbst hinaus. Bis dann, Mensch.«

Er hob schwach die Hand zum Abschied. Dann schleppte er sich in die Küche und stellte einen Topf mit Wasser für ein heißes Getränk auf. Danach taumelte er erschöpft durch seine Zimmer und drückte immer wieder die Stirn gegen die kühlen Fensterscheiben und kalten Wände, bis er schließlich vor dem Bett stand. Er konnte nicht mehr widerstehen.

Er vergaß das Wasser auf der Heizplatte, das verwirrende Benehmen Patts, die Freude über den reparierten Boiler. Er streckte sich auf dem Bett aus — nur so lange, bis das Wasser kochte ...

Doch dann überwältigte ihn der Schlaf.

7. Kapitel

Es dauerte allerdings nicht lange, da erdröhnte seine Wohnungstür unter hartnäkkigem Klopfen, bis Tol auf die Füße taumelte und schlaftrunken zur Tür stolperte. Eine Allegon stand vor ihm. Ihr Klopfen hatte ihn geweckt. Verständnislos blickte er in ihr schmales gleichmütiges Gesicht. Dann schafften seine Augen es bis zu ihren Händen und dem farbigen Botschaftsumschlag. Benommen nahm er ihn ihr ab und öffnete ihn.

Bedaure, wieder nicht in der Lage abzuholen. Jedoch Ankunft von Miss Laarica Johns, Beauftragte von CalMega, um 10 Uhr. Taxi anbei, um zu erleichtern. Bis in ein paar Tagen. Die schnörkelige Unterschrift war die des Beauftragten des Zivilisationsbundes.

Tol fuhr sich müde übers Gesicht. Miss Laarica Johns, Beauftragte?

»Mensch ist bereit?« erkundigte sich die Allegon.

Bereit? Tol blinzelte, blickte in die unlesbaren Augen, dann wieder auf die Botschaft. Taxi anbei?

Ah, jetzt verstand er! Das Gesicht gehörte der Taxi-Allegon. Und die Nachricht bedeutete, daß sein Rechtsbeistand um 10 Uhr ankam — heute vermutlich. Der Zivilisationsbund-Beauftragte konnte Miss Johns nicht selbst abholen und hatte deshalb das Taxi geschickt, um Tol vom Acparkt zum Raumhafen zu bringen.

»Ja?« erkundigte sich die Allegon erneut und verengte die schmalen Augen.

»Ja? Oh! … ah … nein. Du hast mich gerade aufgeweckt. Ich muß mich erst rasieren und anziehen.« Und den Topf vom Herd nehmen, ehe das Wasser ganz verdunstet und der Topf verglüht.

»Allegon wartet.«

Der Topf war nicht in Gefahr. Das Wasser kochte

schwach sprudelnd. Tol trug es ins Bad, goß es ins Waschbecken und gab kaltes dazu. Dann wusch und rasierte er sich und fuhr mit dem Kamm durch das zerzauste Haar. Das Resultat stellte ihn nicht zufrieden. Stirnrunzelnd kämmte er sich sorgfältiger, und versuchte sich dabei einen weiblichen Rechtsberater vorzustellen. Aber er hatte noch nie mit Rechtsanwälten zu tun gehabt, geschweige denn mit weiblichen. Laarica Johns mochte jung sein oder alt, mitfühlend oder hochmütig, zugänglich oder selbstherrlich.

Er warf das Handtuch von sich. Wenn er so weitermachte, landete sie möglicherweise, noch ehe er am Raumhafen ankam. Hastig griff er nach seinen Sachen und zog sich an. Durch die Küche rannte er zur Wohnungstür und hinaus ins Grau des neuen Tages.

Das Taxi sah nicht klappriger und heruntergekommener aus als bei seiner ersten Fahrt. Er stieg ein, stützte den Kopf auf die hochragenden Knie und klammerte sich bei allzu steilen Stellen der Talfahrt an die Haltegriffe. Die Bremsen kreischten, die Reifen wimmerten, und der Wagen schaukelte, wenn sie um die Biegungen brausten.

Durch reines Glück erreichten sie den Fuß des Acparkts heil. Verhältnismäßig langsam holperte das Taxi durch das Labyrinth der Gassen an der Küste. Die Allegon auf dem Fahrersitz vor ihm konzentrierte sich voll aufs Chauffieren. Das Haar klebte feucht auf der schmalen Stirn. Tol widmete seine Aufmerksamkeit ihrer Fahrkunst, bis sie über dem zweiten Berg waren und über dem dritten. Als die Sonne aufging, war sein Kopf auf den Sitz gesunken, und er schlief tief und fest.

Die Stimme der Allegon weckte ihn. Erschrocken fuhr er hoch. Der Wagen stand still. »Mensch ist angekommen«, erklärte die Allegon und deutete auf einen grauen Steinfußweg vor der offenen Tür.

»Ist das der Raumhafen?« Seine Kehle war wie ausgedörrt, und das Sprechen fiel ihm schwer.

»Ja.«

Schwerfällig kroch er aus dem Taxi. Der Schlaf in der unbequemen Stellung hatte ihn nicht erfrischt. Seine Arme waren steif, die Beine verkrampft, und er wurde sich einer unangenehmen Vibration bewußt — ob außen oder innen, vermochte er nicht zu sagen. Nun, hier war jedenfalls der Fußweg. Auf das Drängen der Allegon hin setzte er die Füße darauf. Seine Beine bewegten sich. Die Blutzirkulation setzte wieder ein. Das Blut erreichte seinen Kopf, überschwemmte das Gehirn, löste die Schleier des Schlafes auf.

Erst als er den eigentlichen Hafenkomplex betreten hatte, bemerkte er, daß die Allegon ihn nicht begleitete. Vielleicht beabsichtigte sie überhaupt nicht zu warten, bis er mit Laarica Johns zurückkehrte? Er hielt an und kämpfte gegen die letzten Reste des Schlafs an. Es war in seinem gegenwärtigen Zustand ein langer Weg zurück zur Allegon. Aber es wäre ein noch längerer zum Acparkt, falls sie ihn im Stich ließ. Seufzend kehrte er um.

Das Taxi wartete, wo er es zurückgelassen hatte. Blinzelnd schaute er hinein, bis er sich vergewissert hatte, daß die Allegon tatsächlich nicht darin saß. Besorgt schaute er sich auf den umliegenden Wegen um, steckte den Kopf in ein halbes Dutzend baufälliger Schuppen und vollgestopfter Lagerhäuser und rief nach ihr. Vergebens. Die Allegon war nicht in der Nähe.

Er kehrte in den Komplex zurück. Fünf Minuten später hörte er ein Pfeifen über sich. Ein glitzerndes Shuttle senkte sich herab aus der veilchenfarbenen Himmelskuppel.

Die Fähre verschwand hinter den Gebäuden. Kurz darauf war das Geräusch ihres Aufsetzens zu hören.

Also war sie zumindest sicher gelandet. Die einzigen Hindernisse waren nun noch der Zollgonnegon und die Rückfahrt zum Acparkt. Er machte sich zum Landeplatz auf.

Doch der Komplex wurde jetzt im wahrsten Sinne

des Wortes komplex. Die Wege schnitten sich, gabelten sich, und manche endeten als Sackgasse. Tol verlief sich. Mit wachsender Verzweiflung rannte er herum, ohne das Landefeld zu finden. Als er eine Viertelstunde später grimmig um eine Ecke sauste, hätte er die Frau fast umgerannt.

Laarica Johns! Es bestand kein Zweifel, daß sie es war. Unmöglich konnten zwei Erdfrauen hier sein — auf diesem gottverlassenen Raumhafen, in diesem Irrgarten der Verwahrlosung! Eine Allegon trug ihr Gepäck. Tol sprang zurück, kämpfte um sein Gleichgewicht und starrte sie an. Sie war groß, schlank, feingliedrig. Weich umrahmte ihr Haar das feingeschnittene sympathische Gesicht mit der normal langen Nase, den normal großen haselnußbraunen Augen, den normal breiten Lippen, dem normal großen Kinn. Und doch war es kein alltägliches Gesicht, sondern eines, das sich einem einprägte, das — nach Tols Erachten — nicht einer Rechtsanwältin gehörte, sondern dem Mädchen aus der Nachbarschaft, mit dem man aufgewachsen und das nun zur Frau erblüht war.

Das heißt, wenn er in einer völlig anderen Gegend groß geworden wäre, wo die Mädchen aus gutem Hause kamen, wo sie anmutig und selbstsicher, doch nicht — nein, nie! — affektiert waren. Die Art von Gegend, wo die Mädchen lernten, sich mit sanfter Autorität durchzusetzen. Nur in seiner Nachbarschaft waren sie leider nicht so gewesen.

Während ihm all das durch den Kopf schoß, streckte sie ihm bereits die Hand entgegen, die verriet, daß sie weich und doch stark sein konnte. Ihre Stimme war leicht und trotzdem fest. »Tollan Bailey?«

Eine weitere ihrer Eigenschaften fiel ihm sofort wohltuend auf. Sie brachte andere dazu, sich in ihrer Gegenwart zu entspannen — nun, ihn zumindest. »Ja.« Wie ein Wunder war seine Stimme völlig frei. »Sie sind Miss Johns?«

»Laarica. Ich war mir nicht sicher, ob man Sie von meiner Ankunft benachrichtigen würde. Wohnen Sie in der Nähe?«

Der Rückweg durch den Komplex war viel einfacher. »Nein. Es ist sogar ziemlich weit von hier. Ich habe eine Wohnung auf dem Acparkt. Es sind mehrere Stunden Fahrt.«

Ihre Augen leuchteten erfreut auf. »Oh, großartig. In der Gegend war ich noch nicht.«

Schnell fragte Tol: »Dann waren Sie schon einmal hier? Auf Nor'Dyren?«

»O ja, auf einer Studienreise. Aber wir wurden ganz in der Nähe des Raumhafens untergebracht. Dieses Viertel, wenn man es so nennen kann, ist später erbaut als der Acparktteil, wenn ich mich nicht irre.«

»Tut mir leid, das weiß ich nicht«, gestand Tol. »Ich habe von hier kaum etwas gesehen. Ich landete in dichtem Nebel.«

»Und heute ist herrlichster Sonnenschein!« Sie freute sich sichtlich über den freundlichen Tag. »O ja, unsere Studiengruppe beschwerte sich ständig über den Nebel und den so kurzen Tag. Eigentlich haben wir damals Nor'Dyren überhaupt nicht gesehen.« Ihr Blick wandte sich Tol zu. »Aber ich glaube, ich sollte Sie lieber bitten, mir zu erzählen, was genau zwischen Ihnen und dem Gonnegon vorgefallen ist, der den Prozeß gegen Sie angestrengt hat.«

Tol zog die Brauen zusammen. »Heißt das, daß der Beauftragte des Zivilisationsbundes es nicht erklärt hat, als er CalMega benachrichtigte?«

»Allzuviel war seiner Botschaft nicht zu entnehmen, nur daß Sie einen Unfall hatten, bei dem eine Allegon ums Leben kam, und daß ein Gonnegon Sie deshalb verklagt. Ich weiß jedoch nicht, inwiefern Sie mit dem Tod zu tun hatten, und auch nicht genau, was der Gonnegon sich von dem Prozeß verspricht.«

Tol stöhnte. Nur zu deutlich erinnerte er sich an die

Formulierung der Botschaften, die er von dem Beauftragten erhalten hatte. Er massierte sich die Schläfen, sammelte seine Gedanken, ordnete sie und faßte sie in Worte.

Sie erreichten das Taxi, wo die Allegon gleichmütig wartete. Laarica schenkte der Trägerallegon ein kleines Fläschchen Duftwasser, setzte sich auf den Rücksitz und wartete, bis Tol neben ihr Platz genommen hatte, dann bat sie ihn weiterzuerzählen.

Sie hatten den ersten Gipfel hinter sich und tauchten in den Nebel, als sie sich vergewisserte, daß sie mit allen Einzelheiten vertraut war. Ihr Gesicht entspannte sich. »Als ich hier studierte, hörte ich nie von einem Fall dieser Art. Ich wollte, der Beauftragte des Zivilisationsbundes hätte sich etwas klarer ausgedrückt. Ist er ein Falteri?«

»Ich habe nicht die leiseste Ahnung. Jedenfalls spricht er nicht, wie er schreibt.«

Sie nickte. »Falteri. Sie sind ausgezeichnete Diplomaten und Verhandlungspartner, aber zur Verständigung müssen sie ihrem Gesprächspartner gegenüberstehen. Bei einer Planetenmission arbeiten sie gewöhnlich mit einem von einer anderen Spezies zusammen.«

»Ich nehme an, Nor'Dyren stehen keine zwei Diplomaten zu.«

Sie nickte und verstummte.

Nebel hüllte den Wagen ein. Tol kam es vor, als wäre er allein mit ihr in einer durch das All schießenden Raumkapsel. Er wußte, daß Laarica nachdachte, aber er mußte das Schweigen einfach brechen. »Es muß doch einen Weg geben, daß CalMega den Zivilisationsbund dazu bringt, mich freizukaufen. Daß dieser seinen Einfluß bei Gericht geltend macht. Können Sie mich nicht von hier wegbringen und mich auf der Erde vor Gericht stellen — wegen fahrlässiger Tötung?«

Langsam löste sie sich aus ihren Gedanken. »Nein. CalMegas Rechtsabteilung hat sich eingehend damit befaßt. Und ich studierte dicke Wälzer auf dem Weg hierher — und Nor'Dyrenisch. Da die Botschaft des Beauftragten so unklar war, hielt ich es für angebracht, alles, was mit Ihrem Fall zusammenhängen konnte, gründlichst durchzugehen. Ich fürchte, Sie unterstehen ohne Einschränkung der Nor'Dyrenischen Gerichtsbarkeit. Selbst wenn es Ihnen gelingen sollte, auf einen anderen Planeten zu fliehen, würden Sie hierher ausgeliefert werden und nicht zur Erde deportiert, wenn man Sie irgendwann verhaftet. Außer, natürlich, es gelingt Ihnen, auf eine Welt zu gelangen, die nicht zum Zivilisationsbund gehört. Aber ich fürchte, davon gibt es nur wenige, auf denen Menschen leben können.«

»Es muß doch irgendwelche Klauseln geben!« rief Tol. »Ich kam schließlich nur auf ein paar Monate hierher, nicht um mich hier niederzulassen. Sie sind doch qualifizierter Spezialist in interplanetarem Recht, nicht wahr?«

Ihre Augen weiteten sich. »Aber nein!« sagte sie erschrocken. »Ich bin von CalMegas Forschungs- und Entwicklungsabteilung, und in ihrem Auftrag hier. Ich befasse mich dort mit den anthropologischen Aspekten der Produkte, die für den Export bestimmt sind.«

»Sie ... Sie sind ...« Seine Stimme versagte. Er räusperte sich. »Sie sind ... keine Juristin? Keine Anwältin?« brachte er endlich krächzend hervor.

»Ach wo.« Sie blickte ihn besorgt an. »Ich hatte nicht angenommen, daß Sie das dachten. Ich studierte Anthropologie auf der Multiversität in Galder. Nach einem Jahr als Dozent ging ich in den diplomatischen Dienst und wurde auf eine Mission nach Marvel II geschickt. Nach Beendigung meiner Dienstzeit vor einem Jahr kehrte ich zur Erde zurück und bewarb mich bei Cal-Mega, wo ich seither beschäftigt bin. Ich bin vollqualifiziert, aber nicht als Rechtsbeistand.«

Er versuchte zu verstehen, aber er konnte es nicht fassen. Wochen hatte er ungeduldig gewartet — doch nicht auf einen Anthropologen. »Aber ich brauche einen Rechtsbeistand! Einen Verteidiger!« sagte er schwach. »Einen Fachmann in interplanetarem Recht.«

Sie verstand seine Verzweiflung. »Tollan, es tut mir leid, daß Ihre Erwartungen nicht erfüllt wurden. Aber der hiesige Beauftragte des Zivilisationsbundes ist im interplanetaren Recht viel bewandter als irgend jemand, den CalMega hätte schicken können.«

»Warum haben sie sich die Mühe gemacht, überhaupt jemanden zu schicken?« fragte Tol bitter.

»Direktor Hanzan bestand darauf. Und ich glaube auch, daß er ursprünglich einen Juristen senden wollte. Aber der Verwaltungsrat war der Ansicht, daß Sie von einem Anthropologen genausogut beraten werden könnten. Also wurden schließlich alle Namen beider Abteilungen in die Trommel gegeben.«

»Trommel?« fragte er verständnislos.

»Die Glückstreffertrommel. Das wurde als die vernünftigste Weise erachtet, einen Vertreter auszuwählen. Und als Direktor Hanzan die Hand in die Trommel steckte, zog er meine Karte.«

»Eine Ziehung?« fragte Tol mit kaum noch hörbarem Wispern. »Eine öffentliche Ziehung?«

»O ja. Es war ein recht spannendes Theater, das können Sie sich bestimmt vorstellen.« Ihrem Tonfall und ihrer Miene nach schien sie durchaus nichts dagegen gehabt zu haben.

Ja, er konnte es sich nur allzugut vorstellen. Während sie durch den Mittagsnebel tauchten, sah er Hanzan auf die Bühne stolzieren, sah wie seine Lippen sich verzogen, sah die manikürte Hand in die Trommel greifen. »Ich sehe es ganz deutlich vor mir!« stöhnte Tol.

»Ich verstehe, wie Ihnen zumute sein muß, Tollan. Aber tatsächlich glaube ich, daß ein Anthropologe hier besser zurechtkommen wird als ein Jurist. Ein Anwalt von einer anderen Welt kann sich schließlich nur oberflächlichen Einblick in das hiesige Gerichtssystem verschaffen. Ein Anthropologe dagegen entwickelt durch seine jahrelange Ausbildung und Erfahrung eine Einsicht in die Funktion fremder Gehirne, die ihm helfen kann, ein ungewöhnliches Verfahrenssystem — nicht nur rechtlicher Art — zu verstehen und vor allem auch die Dynamik dahinter. Ich bin der Meinung, wenn man Ihnen hier helfen kann, dann durch ein Verständnis der hiesigen Kultur.«

Tol widersprach nicht. Dem Schock war Benommenheit gefolgt. Sein Blick war leer. Er wandte sich ab und drückte die Stirn an die kalte Scheibe des Wagenfensters. Er wußte, was Anthropologen waren: kleine neugierige Vögel, die zu fernen Inseln flatterten und sich zwitschernd die Eingeborenen betrachteten. Und wenn sie wieder zu Hause waren, schrieben sie Bücher füreinander über die hundert verschiedenen Arten, wie man Freundschaftskränze und -girlanden flocht oder dergleichen. Er schloß die Lider und überließ sich seinem grenzenlosen Elend.

Erst nach etwa zwei Stunden richtete er sich wieder auf. Er drehte den Kopf und bemerkte, daß Laarica Johns interessiert die Gegend betrachtete. Sie wandte den Kopf, um durch sein Fenster zu blicken und lächelte ihn an. »Haben Sie Unterkunft in einem Hotel besorgt?«

Tol schüttelte den Kopf. »Wie ich bereits erwähnte, habe ich eine Wohnung nahe des Acparktgipfels gefunden, ich trete Ihnen gern ein Zimmer ab. Aber eine Biegung weiter unten ist auch ein Hotel. Wenn Sie lieber dort wohnen ...«

»O nein! Ich freue mich über die Möglichkeit, einmal in einer einheimischen Wohnung unterzukommen. Dieser Teil von Nor'Dyren ist viel älter als der, in dem wir während unseres Studienaufenthalts untergebracht waren. Offenbar ist er auch weniger dicht bevölkert. Und der Zustand der Baulichkeiten läßt sichtlich zu wünschen übrig.«

»Das kann man wohl sagen. Alles hier ist heruntergekommen.« Er fragte sich, was sie sagen würde, wenn sie seine Wohnung sah.

Es dämmerte bereits, als sie ankamen. Ihre Reaktion beim Anblick der Wohnung war nicht die, die er erwartet hatte. Er brachte ihr Gepäck in das für sie bestimmte Zimmer, aber sie blieb nicht darin, um auszupacken oder sich frischzumachen. Statt dessen schaute sie sich gleich in der ganzen Wohnung um, untersuchte sie begeistert, stellte Fragen und kommentierte Einzelheiten der Ausstattung und Bauweise, die ihm kaum aufgefallen waren.

»Das ist ja wirklich großartig!« sagte sie, als sie im Wohnzimmer angelangt war: »Wissen Sie, Tollan, daß ich heute zum erstenmal eine Nor'Dyrenische Wohnung mit vier Schlafzimmern gesehen habe?«

Aber das besserte seine Stimmung nicht. »Irgendwo mußten ja auch die Kinder schlafen, nehme ich an.«

»O nein! Das vierte Schlafzimmer war nicht für die Kinder, denn jedes Kind schläft mit seinem leiblichen Elter. Das ist auch der Ausstattung nach zu erkennen, wie in jedem anderen Nor'Dyrenischen Zuhause, das ich zu Studienzwecken besuchen durfte. Dieses vierte Schlafzimmer ist — ich muß ehrlich sein, ich weiß wirklich nicht, wofür es ist. Aber gerade das macht mich neugierig ...«

»Ich habe Hunger«, brummte er, um das Thema zu wechseln.

Sie lachte vergnügt. »Ich auch. Was gibt es denn Feines?«

Er holte heißes Wasser aus dem Bad. Während er kochte, stöberte sie in den Unterschränken herum und holte diverse kleine Päckchen heraus, mit denen er sich bisher noch nicht näher befaßt hatte.

»Hiesiger Tee. Gibt es noch etwas heißes Wasser?«

»Im Bad.«

Später saßen sie über einem lauwarmen Mahl und

bitterem Tee. Tol faßte neuen Mut. »Wie lange waren Sie das letztemal hier?« fragte er.

»Nur drei Wochen. Viel lernten wir hier nicht. Nor'Dyren war zuvor nie in den Lehrplan eingegliedert worden, und selbst die Multiversität konnte im voraus nicht viel erfahren. Also mußten wir uns mit dem Nebel abfinden, der Kürze des Tages, der extremen Erstarrung der Gesellschaft, dem Mangel an Informationsmaterial und noch ein paar Widerwärtigkeiten. Unsere Bibliothekspässe bekamen wir, beispielsweise, erst zwei Tage vor unserem Abflug. Infolgedessen kamen wir kaum noch dazu, hiesiges Material zu studieren. Und man gestattete uns auch nicht, von irgend etwas Kopien zu machen, mit denen wir uns dann später eingehend hätten beschäftigen können.«

Tols Stimmung fiel wieder. »Wollen Sie mir so Mut machen?«

»Oh! Tut mir leid. Bücher sind nicht alles, wissen Sie? Wir sahen eine Menge und unterhielten uns mit ziemlich vielen Allegons und Berregons; wir wurden auch von mehreren nach Hause eingeladen. Und wir stellten viele Fragen. Das ist etwas, worin ich besonders geschickt bin.«

Munter machte sie sich daran, es zu beweisen. Bis sie mit dem Essen fertig waren, hatte sie ihm alles entlockt, was er über den Zustand der Industrie auf Nor'Dyren wußte, zumindest über den Teil am Acparkt. Laarica räumte den Tisch ab. »Ich sehe, wie müde Sie sind, Tollan. Ich spüle das Geschirr ab. Gehen Sie ruhig gleich ins Bett.«

»Danke«, murmelte er ein wenig verlegen und stand auf. »Im Boiler ist genug heißes Wasser, wenn Sie gern ein Bad nehmen möchten.«

»Vielleicht gönne ich es mir. Aber ich glaube, ich schaue mich statt dessen lieber eingehend um, dann können wir die Sache morgen richtig angehen.«

Sache? fragte er sich dumpf. Doch er dachte nicht

lange darüber nach. Die Diele war kurz, und sein Bett schien ihm entgegenzufliegen. Voll angezogen ließ er sich darauf fallen und wurde geradewegs in ein schwarzes Nichts gerissen.

Und dann klopfte es wieder einmal an seiner Tür — und diesmal heftig, anmaßend. Er war aus dem Bett und zur Tür geeilt, ohne daß er sich des Sonnenscheins bewußt wurde, der durch die Fenster fiel.

Nach dem gebieterischen Klopfen hatte er einen Gonnegon erwartet; statt dessen stand eine Allegon vor ihm und rasselte hochmütig die Botschaft herunter. Tol konnte kaum glauben, daß sie wirklich eine Allegon war. »*Mensch Bailey, es ist Gonnegon bekannt, daß Menschen Rechtsbeistand vom Planeten Erde angekommen ist. Von dieser Tatsache wurde Gericht sofort unterrichtet, und deshalb hat Mensch Bailey ohne Verzögerung mit Rechtsbeistand dort zu erscheinen. Mensch wird jetzt gezwungen werden, seine Pflicht gegenüber Dreit von Neg zu erfüllen.*« Die schmalen senkrechten Augen schlossen sich. Als sie sich wieder öffneten, blickten sie in die Ferne.

Doch der Blick kehrte zu Tol zurück, und alle Anmaßung war aus ihm geschwunden. Es war wieder die Stimme einer Allegon, die bescheiden sagte: »Das war Botschaft, die Allegon hier aufsagen mußte.«

Tol versuchte den Schlaf abzuschütteln und das zu verdauen, was er gehört hatte. »Du bist Bote von Neg?«

»Allegon dient«, bestätigte sie mit tiefer Verneigung.

»Hör zu, das ist ein verdammt gemeiner Trick. Mein Verteidiger ist erst gestern angekommen, und wir verbrachten den ganzen Nachmittag im Taxi, bis wir endlich hier waren. Wir hatten noch keine Zeit, uns auf den Prozeß vorzubereiten.«

Die Augen der Allegon weiteten sich mitfühlend. »Das ist sehr bedauerlich, Mensch.«

Tol knirschte mit den Zähnen. Sein Ärger nutzte nichts. Mit einem Anthropologen als Verteidiger würde er auch dann nicht besser dran sein, wenn sie eine ganze Ewigkeit zur Vorbereitung hätten. »Oh, ist schon gut. Sag Neg, daß wir kommen, sobald wir gefrühstückt haben.«

Schnell wiederholte die Allegon seine Botschaft genau auf seine Weise. »Richtig?«

Nur zu richtig. Auf ihre Wiedergabe seines dumpfen Ärgers, seiner Apathie und seiner frühmorgendlichen Benommenheit hin, beschloß er, sich zusammenzunehmen, selbst wenn das, was vor ihm lag, nicht eitel Freude und Sonnenschein war. Er schloß die Tür vor der Allegon und ging, um Laarica Johns aufzuwecken.

Aber sie war nicht in ihrem Zimmer, auch nicht im Bad, ja überhaupt nicht in der Wohnung. Als er in jedem Zimmer nachgesehen hatte, kehrte er in ihr leeres zurück und starrte auf das ordentlich gemachte Bett. Sie war nirgends.

Sie würde ihm vor Gericht verdammt viel nützen, wenn er sie nicht finden konnte. Als ob es nicht schon schlimm genug wäre, daß die falsche Art von Spezialist aus der Trommel gezogen worden war! Wenn sie sich irgendwo herumtrieb, statt ihn zu verteidigen, war sie für ihn von überhaupt keinem Nutzen.

Ohne Frühstück und verärgert rannte er ins Treppenhaus, um die Suche dort fortzusetzen.

Er fand sie im Parterrekorridor, wo sie gerade, mit einem Schmutzflecken auf der Nase, aus einem leeren Apartment trat. Sie strahlte ihn an. »Tollan, haben Sie gewußt, daß die meisten Wohnungen hier leerstehen?«

»Ja. Aber hören Sie ...«

»Und jede Wohnung hat vier Schlafzimmer! Verstehen Sie, Tollan? Jede einzelne! Nur drei konnte ich nicht untersuchen. Sie unterscheiden sich lediglich in der Größe, doch die meisten ...«

»Hören Sie, jetzt ist nicht die Zeit, sich mit der Nachbarschaft zu beschäftigen, Johns. Ein Bote von Neg war hier. Wir müssen bereits heute vormittag vor Gericht erscheinen — sobald wir gefrühstückt und Sie Ihre

Nase gewaschen haben. Ich habe Sie doch überall gesucht!«

Das machte sie absolut nicht verlegen. »Oh, das ist natürlich unerwartet. Aber ich habe bereits gefrühstückt; also kann ich Sie jederzeit begleiten, sobald ich mein Notizbuch hervorgekramt habe.«

Aber ihre Gelassenheit beruhigte ihn nicht.

Zehn Minuten später sahen sie sich dem Problem gegenüber, wie zwei Terraner mit einem Dreirad den Berg hinunterkommen könnten. Schließlich machte Laarica es sich so gut es ging in dem Gepäckfach bequem. In ihrem geblümten Straßenanzug sah sie aus, als gehörte sie hinein. »Ich hoffe, es macht Ihnen nichts aus zu fahren, Tollan. Ich hatte noch keine Gelegenheit, mich mit einem Dreirad vertraut zu machen.«

Das war eine weitere ihrer angenehmen Eigenschaften, mußte Tol sich widerwillig eingestehen. Sie hatte ganz einfach die Gabe, überall, wo sie gerade war, so auszusehen, als gehöre sie dorthin. Ganz im Gegensatz zu mir, dachte er säuerlich, während er sich aufsetzte. Ich scheine überhaupt nirgendwo hinzugehören.

Die dunkle Wolke seiner Gereiztheit begleitete sie den ganzen Weg bergab. Erst als er vor dem Gerichtsgebäude anhielt, hellte sie sich ein wenig auf. Egal, wer auf der heutigen Gerichtssitzung bestanden hatte, heute war *seine* Anhörung. Es war der Tag, da er seine Seite der Angelegenheit darlegen durfte. Und dieser Anhörung würde ein Richter vorsitzen, der ausgewählt worden war, weil er Sympathie für Bailey empfand.

Ganz bestimmt würde heute zu seinen Gunsten entschieden werden.

Nicht nur, daß die Wolke jetzt ganz verschwand; eine rosige, watteweiche löste sie ab, die ihm neuen Antrieb verlieh. »Haben Sie gewußt, daß die Hälfte der Gerichtssitzungen in meinem Interesse sind, mit einem speziell für mich gewählten Richter, ohne Beweisführung des Anklägers und dergleichen?«

Laarica war aus dem Gepäckfach geklettert. »O ja. Ich bin auch mit dieser Eigenart des hiesigen Gerichtssystems vertraut. Aber wissen Sie, wir dürfen uns nicht zu sehr nur darauf verlassen. Es ist schließlich nur ein Faktor, und im großen ganzen vielleicht nicht einmal ein so bedeutender.«

Aber ihre Worte vertrieben die rosa Wolke nicht.

Das gelang nicht einmal dem Gonnegon, der ihm wenige Minuten später Zutritt zu seiner eigenen Anhörung verweigerte. »Mensch hat jetzt formellen Beistand«, erklärte der Gonnegon an der Tür zum Gerichtssaal unfreundlich. »Mensch wird gerufen werden, wenn seine Aussage erforderlich ist. Seewärts sind Wartezimmer.«

Seewärts war sogar ein Erker, von dem aus man das Meer, etwa anderthalb Kilometer entfernt, gegen die Felsküste branden sehen konnte. Aber Tol hielt es dort nicht lange aus. Er wollte an der Tür stehen, wenn er gerufen wurde, und bereit sein, seinen Fall darzulegen. Und später wollte er in der Nähe sein, wenn die mächtige Flügeltür wieder aufschwang, wenn Neg klein und geschlagen herauskam, wenn der Richter von seinem hohen Podium stieg, um dem Beklagten zu seinem Sieg zu gratulieren, und wenn Laarica Johns mit strahlendem Gesicht auf ihn zueilte.

O sicher, auch mit dem Urteil zu seinen Gunsten würde es eine dritte Sitzung geben müssen. Doch Richter und Vorsitzende waren dann unparteiisch. Und natürlich würde jeder wahrhaft unparteiische Richter Neg und seine winselnde Brut summarisch abweisen. Daran bestand kein Zweifel.

Tol starrte auf seinen Armbandchrono, kaute auf der Lippe. Nor'Dyrener kamen, Nor'Dyrener gingen. Eine Allegon huschte herum, leistete ihre Dienste in dem Dutzend Räumen. Gonnegonische Kuppelköpfe wiegten sich vor Wichtigkeit. Und der Vormittag zog sich dahin. Aus dem Saal, den Laarica betreten hatte, waren murmelnde, sorgenvolle Stimmen zu hören; sie hoben und senkten sich. Anfangs stapfte Tol auf und ab, doch dann ließ er sich auf eine niedrige Bank sinken.

Es war schon fast Mittag, als die Flügel der Tür aufschwangen und der Saal sich leerte. Sofort sprang Tol von der Bank auf und hielt Ausschau nach den Gesichtern, die er lesen wollte: Neg und Laarica.

Und Laarica lächelte erfreut.

»Wir haben gewonnen?« fragte er heiser. Er griff nach ihrer Hand, zerquetschte sie fast. »Wir haben gewonnen!«

Ihr Lächeln änderte sich. »So gut ist es leider auch wieder nicht, Tollan. Ich konnte eine Vertagung erwirken, damit ich genügend Zeit für ein eingehendes Studium habe, ehe ich Ihre Verteidigung vorbereite. Und — das war ein echter Sieg! Es gelang mir, sie zu überzeugen, daß sie mich während meines Aufenthalts als Gonnegon anerkennen müßten. Dadurch habe ich nun unbeschränkten Zugang zu sämtlichen Bibliotheken und öffentlichen Einrichtungen.«

Gesicht und Haltung verrieten seine Enttäuschung. »Das ist zumindest etwas, nehme ich an. Sie brauchen also nicht auf einen Paß zu warten?«

»O nein! Pässe aller Art sind lediglich für Nichtgonnegons. Und mein neuer Status wird auch in anderen Beziehungen seine Vorteile haben. Mein Ansehen wird dadurch beachtlich an Gewicht gewinnen. Das Gericht läßt eine eigene Kennmarke für mich herstellen.«

Mit einem flüchtigen besorgten Blick musterte er ihr Gesicht. Aber nein, nein, es würde Laarica nicht zu Kopf steigen, daß sie einem Gonnegon gleichgestellt war.

Nachdenklich fragte er: »Beabsichtigen Sie, gleich mit dem Studium von Nachschlagwerken anzufangen?«

Auch jetzt gelang ihr ein strahlendes Lächeln, das gepflegte, blitzend weiße Zähne entblößte. »Ich halte es für nicht weniger produktiv, heute am Meer zu speisen und mich danach in der Gegend umzusehen. Ich habe das Gefühl, daß mir die Häuser hier unten ganze Geschichten erzählen können.«

Vor dem Gerichtsgebäude blickte Tol sich skeptisch um.

»Lassen wir das Dreirad hier. Wir können es uns später holen, wenn wir es brauchen«, schlug Laarica vor.

Achselzuckend folgte Tol ihr.

Nahe der See fanden sie eine Allegon, die einen grünen Blattspinat in große Schalen füllte, darüber goß sie eine saure Soße. Sie führte die beiden Menschen an einen kleinen Steintisch und ließ sie allein.

»Haben Sie meinen Zettel gefunden?« fragte Laarica.

»Zettel?«

»Ich legte ihn auf Ihren Toilettentisch. Ihr Freund Patt kam am Abend noch vorbei, als Sie schon im Bett lagen. Er bat mich, Sie nicht zu wecken. Er wird sich wieder sehen lassen, sobald er kann.«

»Er?« fragte Tol ein wenig verwirrt. »Hat Alp sie begleitet?«

»Sie? O nein, es war nur ein Berregon.« Sie leckte die Soße von den Fingern, ehe sie diese erneut in die Schale tauchte. »Es ist interessant, daß er seinen Namen P-a-t-t, also mit zwei t schreibt.«

Er starrte sie an. Die saure Soße in seinem Mund wurde übelkeitserregend süß. Das also war seine Anthropologin, der Rettungsring, der ihn zu seiner eigenen Welt zurückbringen sollte, seine einzige Hoffnung! Und sie vermochte nicht einmal einen weiblichen von einem männlichen Berregon zu unterscheiden! Wie von selbst sackten seine Finger auf den Tisch. Sie wurden zu schwer, das Essen fortzusetzen.

Laarica fiel seine plötzliche Appetitlosigkeit nicht auf. »Normalerweise wird der Name aus dem Initial des Gonnegonelternteils, gefolgt von dem des Berregons und abschließend dem des Allegons zusammengesetzt. In Patts Fall gab ein Elter offenbar zwei Initialen.« Säuberlich wischte sie ihre Schale aus. »Während unseres Studienaufenthalts stießen wir nur auf einen Fall dieser Art, und der Betreffende konnte nicht erklären, weshalb seinem Allegonelter erlaubt worden war, dem Namen zwei Buchstaben zu geben.«

Tol ballte die Fäuste, daß seine Fingerknöchel sich weiß abzuheben begannen. Verdammt, er würde sich nicht von Verzweiflung überwältigen lassen. Wenn Miss Johns beschloß, ihn *Mrs.* Bailey zu nennen, wenn sie anfing auch die Schreibweise seines Namens zu analysieren ... nun, dann mußte er sich eben damit abfinden, denn sie war der einzige Erdenmensch hier, alles, was er hatte.

Verbissen beendete er sein Hauptgericht und aß etwas Süßes, eine Kleinigkeit, als Nachspeise, während Laarica sich eine zweite ordentliche Portion des grünen Blattzeugs aufhäufen ließ. Dann befaßten sie sich mit der Umgebung, von hier angefangen bis zum Meer. Tol fand die Bauweise verwirrend, anarchisch, Laarica dagegen ungemein bedeutungsvoll. Sie machte Skizzen in einem dicken Notizbuch und zeichnete mit endloser Begeisterung Einzelheiten.

»Haben Sie bemerkt, daß jedes Gebäude in dieser Gegend von einem völlig anderen Konzept ausgeht?« fragte sie. »Jedes folgt seinem eigenen Muster. Es gibt keinerlei Anzeichen von Planung eines ganzen Blocks oder einer Straßenfassade. Statt dessen findet man überall Individualismus.«

Tol beschränkte sich auf ein gelegentliches nichtssagendes Brummen. Für ihn war das Ganze ein Haufen verrückter Bauten, die zusammen eine Stadt oder vielmehr ein Stadtviertel ergaben. Ein Haus strebte dem Himmel entgegen, das andere kauerte sich auf den Boden, ein drittes wurde von merkwürdig behauenen Säulen gestützt, ein viertes war nichts weiter als ein massiver Würfel, von dessen Seiten der Putz abbröckelte und so die Wandmalereien darunter stellenweise entblößte.

»Sehen Sie, wie viele überputzt sind?«

Sie nickte und tupfte nachdenklich mit ihrem Schreibstift an die Zähne. »Offensichtlich gab es auf dieser Straße überall Fassadenmalerei. Wollte da einer mit dem anderen wetteifern? Ich würde mir gern das richtige Handwerkzeug besorgen und einen Teil des Putzes entfernen. Ich möchte wissen, warum man die Malereien damit überdeckt hat.«

»Vielleicht gefiel der nächsten Generation der Stil nicht. Oder vielleicht entschieden die Gonnegons, daß es archaisch sei. Wer weiß?«

Sie lächelte flüchtig. »Eben. Wer weiß?«

Tol zuckte die Achseln. »Vielleicht werden Sie dahinterkommen, wenn Sie sich in den Bibliotheken umsehen.« Was immer das auch nutzen würde.

Später am Nachmittag hielten sie ein vorüberfahrendes Taxi an, das sie auf einen benachbarten Gipfel brachte. In der Dämmerung fuhren sie wieder hinunter und ließen sich von der Allegon zum Gerichtsgebäude bringen, wo sie das Dreirad zurückgelassen hatten. In dichtem Nebel kamen sie schließlich zu Hause an.

Nachdem Tol heißes Wasser aus dem Bad geholt und das Abendessen zum Wärmen aufgestellt hatte, befreite er seine eiskalten Füße aus den feuchten Schuhen und schlüpfte in warme Hausschuhe. Auch seinen nebelklammen Anzug wechselte er gegen einen dicken Pullover und eine warme Hose aus.

Laarica zog sich ebenfalls um. Mit pelzgefütterten Stiefeletten und einem Kleidungsstück, dessengleichen Tol noch nie gesehen hatte, kam sie in die Küche. Es reichte von den Handgelenken zu den Knöcheln, war aus fast durchsichtigem Gespinst und hauteng. Tol konnte nicht anders, als sie anzustarren.

»Es ist ein Thermalanzug«, erklärte sie ohne jegliche Verlegenheit. »Er ist sehr sehr warm.«

Und sehr sehr offenbarend, dachte Tol.

Das Abendessen schien wärmer zu sein als üblich, und Laarica zollte Tols Kochkünsten ein Kompliment, indem sie eine dreifache Portion aß. Dann sagte sie großmütig: »Ich wasche wieder ab, Tollan.«

Also ging er vor ihr ins Bad. Am Rand der großen Wanne dachte er über Ethik, Ritterlichkeit und dergleichen nach. Der überholte Boiler lieferte genug warmes Wasser für ein Bad, aber, befürchtete Tol, für kein zweites mehr heute abend. Außer er erhitzte sich viel schneller, als er es für möglich hielt.

Also, wem stand das warme Bad zu? Ihm oder ihr?

Die Ritterlichkeit sagte: ihr.

Ein Gedanke kam ihm, ein sehr ungalanter — daß er sich jetzt in die Wanne stürzen und nachher vortäuschen konnte, er habe nicht gewußt, daß das Wasser nicht für ein zweites Bad reichte. Wer war schließlich im klammen Nebel den Acparkt hochgeradelt? Wer war den Elementen ausgesetzt gewesen, während Laarica in dem Gepäckfach verhältnismäßig geschützt gewesen war?

Er hätte nicht so lange zögern sollen. Er ließ sich die Alternativen immer noch durch den Kopf gehen, als seine Beraterin eintrat und die Wanne zu ihren Füßen betrachtete. Sie steckte prüfend die Finger ins Wasser. »Ein willkommener Tagesabschluß«, murmelte sie. Ehe Tol sich zurückziehen konnte, war sie schon aus ihrem hautengen Thermalanzug und den Stiefeletten geschlüpft und stieg nackt in die Wanne.

Sie lächelte zu Tol hoch und streckte sich genießerisch in der großen Wanne aus. »Kommen Sie schnell rein, Tollan. In dieser Meereshöhe kühlt das Wasser rasch ab.«

Er wußte nicht, was er tun und sagen sollte. Steif erklärte er: »Ich fürchte, der Thermostat funktioniert nicht richtig. Ich werde nach einem neuen suchen.«

»Oh, ich bezweifle, daß Sie einen finden werden, der

das Wasser richtig heiß macht, Tol. Die Nor'Dyrener erachten lauwarm als brennend heiß.«

»Ich ... ich werde mich trotzdem in den anderen Wohnungen umsehen. Vielleicht kann ich einstweilen einen ausleihen. Morgen werde ich dann ...«

»Morgen — oder übermorgen.« Sie ließ nicht locker. »Heute fängt das Wasser bereits abzukühlen an. Mir macht mein Bad keinen Spaß, wenn ich weiß, daß Ihres kalt sein wird.«

Sie war zur Gastgeberin geworden, der der Gast den Abend verderben würde, wenn er so unhöflich war, die Hauptspeise nicht zu kosten. Ihm fiel einfach keine Ausrede mehr ein.

»Es ist wirklich genügend Platz, Tollan. Bei den Nor'Dyrenern badet die Familie immer gemeinsam, mit Ausnahme der älteren Allegon, die die anderen im Bad bedient.« Sie lehnte sich an die Wannenseite. »Sehen Sie denn nicht, daß Sie mich in Verlegenheit bringen, wenn ich so allein, entgegen der Etikette, baden muß?«

Die Tatsache, daß sie es ernst meinte, brachte wiederum ihn, angekleidet, wie er war, in Verlegenheit, mehr, als wenn er bereits ausgezogen gewesen wäre. Aber erst als er sich mit Wasser bedeckt hatte, wagte er es, ihr wieder ins Gesicht zu blicken.

Sie lächelte. Es war eine ganz besondere Art von Lächeln. Sein erster Eindruck von ihr war gewesen, daß sie ein Mädchen aus der Nachbarschaft sein konnte — wenn er in einer ganz anderen Nachbarschaft aufgewachsen wäre. Und nun behauptete ihr Lächeln, daß sie tatsächlich in der gleichen Gegend aufgewachsen waren. Und eine weitere ihrer liebenswerten Eigenschaften war, daß sie ihre Nachbarschaft zu seiner machte, nicht umgekehrt.

8. Kapitel

Tol erwachte irgendwann am Vormittag im großen länglichen Schlafzimmer. Eine Weile blieb er noch wohlig erschöpft im Nest ihres gemeinsamen Bettzeugs liegen und dachte über sein neues Verhältnis zu seiner Rechtsberaterin nach; und er fragte sich, wohin sie so früh schon verschwunden sein mochte.

Ihr Frühstücksgeschirr fand er im Spülbecken. Für sein Frühstück ließ er sich Zeit und spielte mit dem Gedanken, der ihm am Abend zuvor im Bad gekommen war: sich Teile aus den leerstehenden Wohnungen im Haus zu holen, um seine ganz in Schuß zu bringen. Sein Tag wäre damit sinnvoll ausgefüllt. Das einzige Problem war die Ethik.

Aber allzusehr plagte sie ihn nicht. Doch ehe er sich voll dagegen gewappnet hatte, kehrte Laarica zurück und brachte Alp mit, der neben ihr doppelt so massiv, doppelt so muskulös wirkte.

Und doppelt so unsicher.

Dafür mochte ein Grund der nicht zu übersehende Anhänger an einer Kette um Laaricas Hals sein. »Ich bin den Berg hinunter, um meine Kennmarke zu holen«, erklärte sie und zeigte sie Tol. »Jetzt bin ich offiziell einem Gonnegon gleichgestellt. Deinen Freund habe ich unten getroffen. Alp, darf ich dir eine Tasse Tee anbieten?«

Sie lasen es in seinen Augen, daß er nicht mit einem Gonnegon trinken würde. »Berregon lehnt dankend ab.«

Laarica verstand sofort und zog sich taktvoll zurück. »Gut, dann werde ich abspülen.«

Kaum waren sie allein, kam Alp zur Sache. »Mensch, Patt hat zu Berregon gesprochen, und Berregon hat nachgedacht, und Berregon glaubt jetzt, vielleicht fälschlich, daß die Argumente von Mensch und Berregon Patt, was die Maschinenreparatur betrifft, stimmen.«

»Sie hat dir erzählt, daß wir den Boiler gerichtet haben?«

Der Berregon nickte ernst. »Darum ist Berregon jetzt hier: um zu fragen, ob Mensch das gleiche für Berregons Drehbank tun kann, was er für den Heißwasserbereiter getan hat. Es ist natürlich eine Belästigung«, fügte er mit unlesbarer Miene hinzu.

Tol las sie trotzdem, und ihm gefiel die Umstellung von Alps Denkprozeß. »Ich kann es natürlich versuchen. Aber vielleicht sollte ich lieber mit etwas für dich weniger Wichtigem anfangen als ausgerechnet mit deiner Drehbank, die du ständig brauchst. Als ich mich bei euch umgesehen habe, fiel mir eine andere Drehbank auf der anderen Seite eures Stockwerks auf. Sie war zwar ziemlich unter Schrott vergraben, aber sie sah den Maschinen, wie ich sie von der Erde her gewöhnt bin, ähnlicher. Ist es dir recht, wenn ich mein Glück erst einmal an ihr probiere?«

Der Berregon nickte sichtlich erleichtert.

»Dann bewundere einstweilen den Boiler, bis ich das Werkzeug zusammengepackt habe.«

Als das warme Wasser über Alps Hände floß, wurde Tol klar, daß der Berregon doch ein wenig an Patts Worten gezweifelt hatte. Jetzt blickt er völlig aufgewühlt hoch. »Patt hatte recht. Mensch hat hier warmes Wasser produziert.«

Tol schnallte sich seinen Werkzeuggürtel um. »Wenn du es so nennen willst! Ich würde sagen, daß ich einige Ersatzteile und Werkzeug benutzte und so den Boiler dazu brachte, wieder warmes Wasser zu produzieren.«

»Nein, Mensch. Am Ende der Arbeit von Mensch ist ein Produkt, und dieses Produkt ist Badewasser.« Alp drückte den Armaturenhebel ganz hinunter, und das Wasser rauschte mit vollem Schwall ins Badebecken.

»Im Haushalt, den Berregon sein Zuhause nennt, sind die Schößlinge noch sehr jung. Allegon ist schwer beschäftigt. So manchen Abend kann Allegon nicht genügend warmes Wasser in Kesseln am Herd für Familienbad wärmen. Sowohl Allegon als auch Berregon haben Gonnegon gebeten, Berregon zu gestatten, warmes Wasser zu produzieren. Aber Gonnegon — puh! — Gonnegon verzichtet lieber auf warmes Wasser, als zuzulassen, daß Berregon ›dient‹. Doch jetzt weiß Berregon eine andere Formulierung für sein Gesuch, damit Gonnegon Berregon erlaubt, einen Zustand von Reparatur des Boilers herzustellen. Dann kann Allegon mit Leichtigkeit die Dienstleistung vollbringen, das Badebecken einlaufen zu lassen.«

Laarica war mit nasser Handwäsche über dem Arm zurückgekommen. »Wie lange funktioniert denn euer Boiler schon nicht mehr, Alp?«

Alps Erregung war stärker als seine Zurückhaltung gegenüber Gonnegons. »Boiler hat noch nie funktioniert, seit Dreit in Wohnung lebt. Gonnegon hat Wohnung wegen funktionierendem Herd ausgewählt, der wichtiger war als ein Heißwasserbereiter. Auch war der Nahrungsbelieferer anfangs dort in Ordnung — bis Gonnegonschößling laufen lernte, dann nicht mehr. Gonnegon sucht neue Wohnung.«

»Macht ihr es hier immer so? Wenn etwas kaputtgeht zieht ihr woanders hin?«

Der Berregon nickte. »So ist es.«

»Aber warum?« bohrte Laarica. »Weil niemand fähig ist, eine Reparatur vorzunehmen?«

Mit ernstem Gesicht dachte Alp darüber nach. »Erstens, weil niemand diese Fähigkeit hat. Zweitens, weil niemand auch nur gedacht hat, daß Reparaturen möglich sind. Nicht, daß man sie für unmöglich hielte, es kam nur niemand je auf diese Idee.«

»Außer Berregon Patt. Und vielleicht noch ein paar anderen«, meinte Tol.

»Dieser Berregon kennt keine anderen. Aber da ist Berregon Klnl, den Mensch noch nicht kennengelernt hat.«

»Interessiert er sich für Reparaturarbeiten?«

»Nein. Berregon Klnl kommt aus einer Familie, die sich mit Geschichte befaßt. Berregon Klnl weiß Dinge über die Zeit, da die Maschinen noch alle funktionierten. Berregon Klnl hat folgende Meinung: daß es die Gonnegons sind, die die Reparatur von Maschinerie verhindern, daß die Gonnegons aus irgendeinem Grund dafür sorgen, daß niemand mehr etwas von Reparaturarbeiten versteht.«

Laaricas Augen blitzten interessiert: »Was hält Berregon Alp von Berregon Klnls Meinung?«

Alp blickte verlegen zu Boden. »Berregon Alp ist noch nicht sicher.«

Laarica nickte nachdenklich. »Weiß Klnl, wer die ursprünglichen Hersteller der Maschinen sind? Welche Spezies?«

»Das wurde gefragt, wenn Klnl die Geschichten erzählt, doch Klnl weiß es nicht.«

»Glaubst du, euer Gonnegon wird eine Wohnung in besserem Zustand als eure gegenwärtige finden?« fragte Laarica. Alp wirkte besorgt. »Gonnegon zieht in Betracht, Wohnung im Osten zu nehmen. Dort wurde mit Rücksicht auf alles Erforderliche gebaut, unabhängig von Maschinen.«

Laarica nickte. »Ja, in dem Viertel, in dem ich bei meinem ersten Besuch hier untergebracht war, gab es Kohleöfen zum Heizen und Kochen. Natürlich können funktionierende Geräte die Hausarbeit erleichtern. Aber Apartments mit defekten Haushaltsmaschinen ohne Alternativgerätschaften sind nicht bewohnbar.«

Der Berregon zuckte resigniert die Achseln. »Wenn Familie ins Ostviertel zieht, wird Allegon Herdfeuer haben — und Berregon hat viel weiter zu seiner Arbeitsstätte.« Sein Blick war leer. »Gonnegon entscheidet.«

»Um so schneller solltest du ihn überzeugen, daß die Reparatur eures Boilers Produktion, und nicht Dienstleistung ist«, sagte Tol.

Eine Viertelstunde später machten die drei sich auf den Weg, den Acparkt hinunter — Laarica, um sich ein Dreirad zu besorgen, Tol und Alp, um ihren Reparaturangriff auf Gonnegon Tux' verwahrloste Maschinenhalle vorzunehmen.

Gonnegon Tux stellte kein Hindernis dar. Seine Augen leuchteten auf, als er erfuhr, daß Laarica Sachverständige für Fremdkulturen war. Gleichmütig erlaubte er Tol, die Drehbank auseinanderzunehmen. Schließlich litt niemand darunter, wenn etwas Wertloses beschädigt wurde.

Kurz darauf stand Tol vor einem Schrotthaufen unter dem, wie er stark vermutete, eine terranischen Modellen ziemlich ähnliche Drehbank verborgen war, noch dazu eine, mit der sich Fahrradachsen herstellen ließen. Sie brauchte lediglich ausgegraben, zerlegt und repariert wieder zusammengebaut zu werden.

»Also, Alp«, sagte er, nachdem er zweimal über den Haufen geklettert war und den Schrott vorsichtig entfernt hatte. »Ich fürchte, ich brauche mehr als nur Ersatzteile, ich brauche auch einen kräftigen Gehilfen.«

»Dieser Berregon wird helfen, wenn es möglich ist. Berregon Mpx hat Schößling, der vielleicht für diesen Berregon das heutige Soll erfüllen kann.«

»Sehr gut!« Tol blickte zur Decke hoch. »Wir brauchen auch einige neue Lichtwürfel. Und eine Leiter, um sie aufzuhängen, wenn es hier überhaupt eine Leiter gibt.«

Es gab keine. Schließlich schafften sie es, die Lichtwürfel zu befestigen, indem Alp sich auf Mpx' Schultern stellte, und Mpx' Schößling Lml auf Alps Schultern. Doch das war erst möglich gewesen, nachdem sie eine Menge Gerümpel zur Seite geschafft hatten, um überhaupt stehen zu können.

Am Nachmittag waren sie endlich soweit, mit dem Auseinanderbauen anfangen zu können. Als Tol den öligen Schmutz und Staub eines ganzen Jahrhunderts weggekratzt hatte, stellte er erfreut fest, daß es zumindest zu keiner Oberflächenkorrosion gekommen war, und kurz danach, daß sich auch innen nirgendwo Rost festgefressen hatte. Die Maschine ließ sich ohne Schwierigkeit auseinandernehmen. Sie arbeiteten zügig und legten alle Teile säuberlich auf den frischgekehrten Boden. Gewiß, auch im Lagerhaus hatte es Teile gegeben, die sogar unverpackt nicht angerostet gewesen waren. Doch es war nicht der richtige Tag, darüber nachzudenken. Es mußte erst einmal fest gearbeitet werden.

Als es dunkel wurde, schickten sie Mpx, Patt zu holen. Patt löste Alp ab, damit der seinen Familienpflichten nachgehen konnte. Schweigend und voll Eifer wurde die Arbeit fortgesetzt.

Der Abend war schon weit fortgeschritten, als Patt und Tol sich zusammensetzten, um ihre Aufzeichnungen zu studieren. Tol schüttelte verärgert den Kopf. »Mit regelmäßiger Pflege würde diese Maschine heute noch funktionieren, so gut ist sie konstruiert. Wie weit ist es bis zum besten Ersatzteillager?«

Patt wischte sich die Hände an einem öligen Lappen ab. »Fünf Biegungen den Nauparkt hoch. Dort gibt es alles, was wir brauchen, um diese Maschine zu überholen.«

»Das ist aber gar nicht notwendig. Und fünf Biegungen den Nauparkt hoch mag dir vielleicht nicht so weit vorkommen, aber ich will verdammt sein, wenn ich auch nur ein Kilo Metall mehr von dort hierherschleppe, als unbedingt sein muß.«

»Und das sagst du, der mich gelehrt hat, Mensch.«

»Ich habe dich noch nicht alles gelehrt.«

Die Berregon spreizte herausfordernd die Finger. »Nein?«

Tol betrachtete sie: ihre plötzlich fast arrogante Haltung, ihren geschorenen Kopf. »Nein, Patt, noch nicht. Aber mit der Zeit ...«

Ratten hatten sich das Nauparkt-Lagerhaus zum Quartier gemacht; außerdem herrschte ein fürchterliches Durcheinander. Und die Ersatzteile waren schwer, obgleich Tol darauf bestanden hatte, daß sie nur die mitnehmen sollten, die unbedingt ausgetauscht werden mußten. Trotzdem graute bereits der Morgen, bis sie alles in Gonnegon Tux' Fabrik geschafft hatten.

Die lange Nacht und die harte Arbeit schienen Patt nicht viel ausgemacht zu haben. Unter der Öl- und Schmutzschicht strahlte ihr Gesicht. »Jetzt muß ich mich waschen und beeilen, damit ich rechtzeitig zur Arbeit komme«, sagte sie. »Ich erwarte, daß die Drehbank wie neu ist, wenn ich zurückkomme, Mensch.«

»Ha ha!« brummte Tol. Doch ihre Begeisterung hatte sich auf ihn übertragen und hielt an, während er allein weitermachte: Als Alp und Mpx zur Arbeit kamen, beschäftigte Tol sich immer noch voll Eifer mit der Maschine. Am frühen Vormittag überwältigte ihn dann jedoch die Müdigkeit. Gerade, daß er es noch den Acparkt hoch schaffte. Schmutzig, wie er war, fiel er ins Bett und schlief tief und fest, bis Laarica gegen Abend heimkam.

Als erstes verordnete sie ihm ein (sehr) warmes Bad, das sie zu seinem Bedauern in ihrer Ruhelosigkeit nicht mit ihm teilte. Statt dessen schritt sie, während Tol im Becken saß, am Rand hin und her. »Ich war jetzt zwei Tage hintereinander in der Gonnegon-Bibliothek«, sagte sie, und ihre Stimme klang verärgert. »In diesen beiden Tagen wurde mir klar, daß die Gonnegons engstirnig, arrogant, starrsinnig und von Grund auf autoritär sind ...«

»Hast du auch was Neues erfahren?«

Ihre haselnußbraunen Augen blitzten verärgert. Sie streifte mit heftiger Bewegung das Haar zurück. »Absolut nichts!« Sie setzte sich im Schneidersitz auf den Boden. »Aber ich sage dir, was mir auffällt, wenn ich aus der Gonnegon-Bibliothek komme, aus all diesem Starrsinn und dieser Engstirnigkeit: Das, was ich in der Stadt sehe, wenn ich mich so umschaue, paßt einfach nicht zu dem, was in der Bibliothek zu finden ist. Selbst die Architektur der Bibliothek weist auf etwas anderes hin. Die Stadt wurde nicht von den Intelligenzwesen geschaffen, auf die diese Bücher hindeuten, aber auch nicht von denen, die auf den Straßen herumlaufen. Die Architektur dieser Stadt — vor allem in diesem älteren Viertel — verrät Originalität, Kreativität, Vielfalt, ja sogar eine glückliche Form der Anarchie. Die Gonnegon behaupten, für das Denken und Planen hier zuständig zu sein. Nun, Tollan, ich kann es einfach nicht glauben, daß sie — hm, beispielsweise das Gerichtsgebäude entworfen haben, oder die Berregon-Bibliothek, die du mir unten an der Küste gezeigt hast, und auch nicht die Gonnegon-Bibliothek, genausowenig wie irgendwelche Wohnhäuser und städtischen Einrichtungen, die ich hier oder drüben auf dem Nauparkt gesehen habe. Ich halte die Gonnegons dieser Art von Kreativität gar nicht für fähig. Meines Erachtens sind sie künstlerisch steril.«

Tol rutschte zum Rand des Beckens und stützte sich auf die Ellbogen. »Ich glaub', du bist da auf was gestoßen. Ich kann mir auch nicht vorstellen, daß Gonnegons diese Stadt geplant haben. Sie ist zu — menschlich.«

Laarica nickte heftig. »Ja, sie verrät Überschwang, eine gewisse ... ah ... Leichtigkeit, Extravaganz — und irgendwie Wetteifer.«

Tol streckte sich genußvoll wieder im Wasser aus. »Vielleicht ist es Berregon-Architektur. Berregon produziert.« Er lächelte.

»Ja, Berregon produziert, aber schau dir doch an, *was* Berregon produziert! Es ist schmucklos, farblos. Ich habe auf dem Markt nichts gesehen, was ein bißchen Originalität bewiesen hätte. Du?«

Er ließ, was er gesehen hatte, Revue passieren, und schüttelte den Kopf. »Nein, es waren, ohne Ausnahme, plumpe, grob hergestellte Gebrauchsartikel.«

Sie nickte. »Es gibt keine symbolhaften Motive, keinen modischen Krimskrams. Alles ist genau, wie es sein muß und nicht mehr.«

»Aber mein Bademantel hat eine Art Bordüre über dem Saum.«

Sie schüttelte den Kopf. »Das ist keine Bordüre. Ich habe es mir näher angesehen. Man hat lediglich über einen Gewebefehler einen Streifen genäht.«

Tol zuckte die Achseln. »Na ja, man muß schließlich die Arbeitsbedingungen in Betracht ziehen. Jeder Berregon arbeitet angestrengt, nur um das Lebenswichtigste herzustellen. Da die meisten Maschinen nicht mehr funktionieren und sie fast alles mit der Hand machen müssen, bleibt ihnen keine Zeit für Verzierungen und Unnötiges. Aber mit ein paar ordentlichen Maschinen ...« Den Rest konnte sie sich selbst denken.

Aber sie war nicht seiner Meinung. »Nein, Tollan, den Berregon geht etwas ab. Ich werde mich wohl näher damit beschäftigen müssen. Morgen bleibe ich den ganzen Tag in der Berregon-Bibliothek. Und morgen abend haben wir Badegäste.«

Tol setzte sich erschrocken auf. »Gäste?«

»Ich habe auf dem Rückweg bei Alp vorbeigeschaut und ihn eingeladen«, sagte sie. »Er wird Patt und Klnl mitbringen, wenn sie Zeit haben.« Sie hielt inne, als sie Tols entsetzte Miene sah. »Man erachtet es hier als sehr gastfreundlich, wenn man Freunde zum Bad einlädt. Ich werde mir auf dem Markt noch einen Bademantel besorgen. Aber, was ich fragen wollte: Hast du Hunger?«

Hastig verdaute er die Idee eines Gemeinschaftsbades und erklärte Laarica, daß sein Magen tatsächlich schon knurrte.

»Na schön, dann stelle ich etwas auf, und du kannst noch so lange im Wasser bleiben, bis es fertig ist.«

Nach dem Essen fehlte ihr immer noch die Ruhe, sich einen gemütlichen Abend zu machen. »Ich werde mich noch ein bißchen draußen umsehen«, erklärte sie.

Tol bickte erschrocken von seinem technischen Handbuch auf. »Ich komme mit.«

»Nein, danke, das ist nicht nötig. Ich kann ganz gut auf mich selbst aufpassen. Sehr gut, sogar.«

Er wollte es nicht so recht glauben. Doch sie blieb eisern. Und er war dummerweise immer noch wie erschlagen. Ihre Diskussion endete schließlich damit, daß er sie bis zur Tür begleitete und sich gleich darauf mit ungutem Gefühl auf ihrem gemeinsamen Bett ausstreckte — und trotz seiner Besorgnis sofort einschlief.

Er erwachte früh am Morgen mit einem ausgewachsenen Muskelkater — und neuem Arbeitsgeist. Bis Alp in der Fabik ankam, hatte er sich schon eine Stunde mit der Drehbank beschäftigt.

Alp machte ein bedrücktes Gesicht. »Mensch, Berregon Mpx kann Schößling heute nicht mitbringen, um dieses Berregons Soll zu erfüllen.«

Langsam richtete Tol sich auf. »Alp, ich brauche deine Hilfe aber unbedingt, wenn wir diese Maschine fertigkriegen wollen.«

»Es geht nicht, Mensch. Achsen müssen gemacht werden.«

»Ah, ist heute wieder Achsentag?« Tol bemühte sich um eine Überzeugung, die er nicht so recht empfand. »Dann sage ich dir, wie Berregon sein Achsensoll erfüllen kann: Heute wird Berregon Mensch beim Zusammenbau der Drehbank helfen, dann kann Berregon morgen mehr Achsen in einer Stunde damit herstellen, als den ganzen heutigen Vormittag mit der defekten Drehbank.«

Alps Augen schienen Tols forschend zu durchbohren, dann wanderten sie unsicher zu der noch nicht wieder zusammengebauten Drehbank. Der Berregon seufzte tief. »Mensch bestimmt.«

Tol brauste auf. »Mensch bestimmt nicht, Alp. Mensch repariert.«

Alps Blick kehrte zu Tols Gesicht zurück, haftete lange darauf, dann nickte der Berregon.

Berregon und Mensch arbeiten.

Zweimal kam Gonnegon Tux herauf und schaute ihnen zu. Einmal, kurz vor Mittag, hörten sie ihn gar nicht, als er sich hinter sie stellte und sie beobachtete und wortlos wieder verschwand. Am Nachmittag kam er wieder und ging um die inzwischen halb zusammengebaute Drehbank herum, ehe er sagte: »Gonnegon stellt fest, Berregon Alp hat vergessen, daß heute Achsentag ist.«

Die Schultermuskeln des Berregons spielten. Er stand auf, um dem herrischen Blick des Gonnegons zu begegnen. »Berregon produziert auf neue Weise.«

»Ah?«

»Berregon produziert, indem er Mensch hilft, diese Drehbank wiederherzustellen. Morgen wird Berregon heutiges Achsensoll mit Leichtigkeft in einer Stunde erfüllen.«

Die Augen Gonnegon Tux' leuchteten interessiert — wenn auch nicht ohne Skepsis — auf. »Eine neue Art der Produktion, Berregon. Bestätigt Mensch Behauptung dieses Berregon?«

Nun erhob auch Tol sich und schaute Tux fest in die Augen. »Ich garantiere es. Es war meine Idee.«

»Nicht Berregon Patts?«

»Nicht diesmal.«

Wieder ging der Gonnegon um die Maschine herum. Die Haare auf seinen Ohren stellten sich auf. »Wir werden sehen, Berregon und Mensch.« Wieder benutzte er die antiquierte Sprachweise. »Ich bezweifle, daß diese Maschine auch nur eine Achse herstellen wird. Ich glaube eher, Berregon wird die andere Drehbank morgen bis spät in die Nacht hinein bedienen, um das heutige Soll mit zu erfüllen.« Gleichmütig zuckte er die Achseln. »Und das, sage ich, ist Berregons Sache — diesmal!« Sein Blick bekräftigte diese Erklärung. Dann schlossen sich die Lider, und als sie sich wieder öffneten, waren Tux' Gedanken anderswo. Der Gonnegon zog sich ohne ein weiteres Wort zurück.

Später fragte Alp: »Mensch, was würde auf der Erde geschehen, wenn ein Vorgesetzter einen Arbeiter bei der Arbeit stört?«

Allzu deutlich erinnerte sich Tol an Hanzan und Kammer 32D, an Glückstreffer und alles andere. »Alp, die Umstände sind so völlig anders, daß ich es wirklich nicht sagen kann. Jedenfalls meine ich, daß wir von Glück reden können, hier einen solchen Vorgesetzten zu haben.«

Alp brummelte ein wenig. »Meinung ist hier, daß Gonnegon Tux Zweifel an Wirklichkeit von physischem Universum hegt.«

Tol lächelte. »Das könnte natürlich seine Einstellung beeinflussen.«

»Das könnte es. Aber Berregon weiß sicher, daß Gonnegon Tux viel von Sollerfüllung hält.«

»Mach dir deshalb keine unnötigen Sorgen. Wenn ich es nicht schaffe, daß diese Maschine dir bei deinem Soll hilft, dann drehe ich die Achsen höchstpersönlich.«

Glücklicherweise bemerkte Tol den zweifelnden Blick nicht, mit dem Alp seine nur allzu menschlichen Bizepse bedachte.

An diesem Abend ließ Tol Wasser aus dem Boiler ins Badebecken einlaufen, während Laarica nach den drei großen Kesseln sah, die sie zum Kochen auf den Herd gestellt hatte. »Wenn das Wasser im Becken abzukühlen beginnt, gießen wir aus den Kesseln nach, und bis wir alles aufgebraucht haben, hat sich das im Boiler wieder erwärmt.«

Die Berregons kamen pünktlich an. Alp und Patt trugen graue Bademäntel, so grob wie der Tols, aber durch langen Gebrauch angenehmer im Griff. Klnl dagegen, ein hochgewachsener Berregon mit schiefergrauen Augen, prunkte in einem Bademantel mit geradezu hypnotisierenden Schnörkeln und starrenden Gesichtern auf einem Gewebe, das sich bei jeder Bewegung zu kräuseln schien und sich gleich wieder von selbst glättete. Tol konnte den Blick nicht davon losreißen.

Laarica sagte staunend: »Dein Mantel muß sehr alt sein.«

Klnl zog den Mantel weit auseinander, um ihn besser herzeigen zu können, dadurch wirkte das Muster noch hypnotisierender. »Älter als irgend jemand sich zurückeinnern könnte. Es gibt heutzutage keinen zweiten mehr wie ihn.«

Laarica begutachtete Stoff, Säume und Nähte eingehend. »Wie oft wird er getragen?«

»Täglich.«

Sie schüttelte den Kopf. »Bemerkenswert! Man sieht es ihm nicht an. Nicht einmal an den Säumen.«

»Die Farben verblassen unmerklich, das ist alles. Mein Großelter fand ihn in einer uralten Truhe.« Als der Berregon ihn neben dem Becken auszog, wirkten die vielen Gesichter auf dem Häufchen unwahrscheinlich lebendig, dafür jedoch Klnl selbst nicht mehr so beeindruckend.

Doch die Geschichten, die er erzählte, waren nicht weniger faszinierend als der Mantel. Mit einer Stimme, die aus der Vergangenheit zu kommen schien, berichtete er von einer längst vergangenen Zeit, als alle Nor'Dyrener farbige, gemusterte Mäntel trugen, als elektrische Webstühle herrliche Seidenstoffe und elektrische Nähmaschinen prächtige Kleidungsstücke herstellten. Er erzählte von Allegons, die Speisen und Getränke mit kompliziertem Ritual in Gefäßen servierten, die in wundersamen Farben von innen heraus leuchteten. Er erzählte von Berregons, die prächtig gekleidet an ihren Maschinen gesessen und fein verzierte Hebel gezogen hatten, um ein Füllhorn materiellen Reichtums zu produzieren.

»Das sind die Worte aus der Erinnerung meines Großelters Elter, und in meiner Familie glauben wir, daß sie die Wahrheit ausdrückten — schon deshalb, weil wir diesen Mantel haben und einen Teller von einer Farbe, die dieser Berregon nicht beschreiben kann. Und dieser Berregon hat sich in den Ruinen jener Werke umgesehen, die solche Sachen herstellten. Dieser Berregon hat die Hebel gesehen, an denen die Vorfahren saßen. Aber alles kommt einmal zu einem Ende, und nach einer gewissen Zeit wollten die Maschinen nicht länger weben, nicht länger schneiden, nicht länger nähen, denn ihre Zeit war abgelaufen. Und so fiel die schwere Bürde des Produzierens auf die Schultern der Berregons. Nun bleibt Berregon keine Zeit mehr zu sticken, Muster zu malen und Stoffe bunt zu färben. Und so hat Berregon das alles verlernt. Nun bleibt Allegon keine Zeit mehr für komplizierte Rituale beim Servieren. Auch diese Rituale sind für immer verloren. Jetzt erinnern sich nur noch sehr wenige daran, was einst war, oder wissen, was Maschinen früher hier leisteten. Jetzt ist die Zeit der Sklaverei. Jetzt ist die Zeit, da alles verloren ist — und niemand weiß es!« Wie körperlos schien Klnls Stimme über ihnen in der Luft zu hängen.

Schließlich sagte Laarica. »Ist denn niemand auf die Idee gekommen, vereint gegen den Tod der Maschinen zu protestieren?«

Klnls Gedanken brauchten Minuten, um von ihrem Flug aus der Vergangenheit zurückzukehren. »Hat man es auf Erd-Terra so gemacht?«

Laarica wählte ihre Worte mit Bedacht. »Berregon, auf der Erde kam es nie zu einer ähnlichen Situation. Dort ließ man den Tod der Maschinen von vornherein nicht zu. Sie wurden und werden laufend gepflegt, und wenn sie wirklich einmal den Dienst versagen, sofort repariert, damit sie fehlerlos produzieren können. Auch wurden mit der Zeit immer vollkommenere Maschinen entwickelt, die mehr und mehr der Arbeitslast von den Schultern der Menschen zu nehmen vermögen und Leistungen vollbringen, die der Mensch ohne sie nie schaffte. Doch wenn es Produktionsprobleme gibt, tun die Menschen sich auch jetzt noch zusammen und protestieren gegen untragbare Zustände, bis diese behoben werden. Produktionsarbeiter haben durch ihre Vereinigung eine beachtliche Verhandlungsmacht — in einer Kultur, die sich eine Regression nicht leisten kann.«

Berregon Klnl studierte ihre Worte mit einer Sorgfalt, als wären sie in Stein gemeißelt: Nach langem Nachdenken sagte er zögernd: »Dieser Berregon versteht nicht, wie Vereinigung und Protest den Wiedereinsatz von Maschinen herbeiführen können. Nachdem Gonnegons sich Protest angehört haben, würden sie sagen: ›Zurück zum Plansoll!‹ Und Berregons würden sich wieder an ihre Arbeit machen. Das wäre alles.«

»Nein, nein, das versuche ich ja zu erklären; damit ist es nicht zu Ende, Berregon. Schön, natürlich würden Gonnegons sagen: ›Zurück zum Plansoll‹, aber Berregons würden daraufhin sagen: ›Keine Arbeit mehr, bis Gonnegons Reparatur von Maschinen erlauben.‹ Klnl, bedenke doch, daß *alle* Nor'Dyrener — Allegons, Gonnegons und Berregons — von den Berregons abhängig sind; ohne ihre Arbeit hat keiner eine Überlebenschance. Wenn die Berregons sich also zusammentun und sich weigern weiterzuproduzieren, bis die Maschinen repariert werden, haben die Gonnegons überhaupt keine Alternative. Sie müssen nachgeben, sonst gibt es ganz einfach nichts mehr. Denn den Allegons bleibt bei all ihren Dienstleistungen keine Zeit für Produktion, und den Gonnegons fehlt die Muskelkraft. Für die Herstellung gibt es eben nur die Berregons.«

Der Berregon, der sich mit der Geschichte befaßte, war kein schneller Denker. Minutenlang überlegte er mit geschlossenen Augen. Als er endlich die Lider wieder hob, sagte er: »Diesem Berregon wurde noch nie offenbar, daß Allegons die Fähigkeit entwickeln könnten, mit Maschinen umzugehen. Also wie würde es Berregons helfen, eine Forderung zu stellen, die die Gonnegons gar nicht erfüllen können?«

Haselnußbraune Augen begegneten schiefergrauen. »Vielleicht könnten die Berregons die sein, die Maschineninstandhaltung beherrschen.«

Der Ausdruck von Berregon Klnl kam Entrüstung schon sehr nahe. »Dienstleistung ist für Allegons! Nicht für Berregons!«

»Aber Maschinenreparatur könnte für Berregons sein«, warf Patt eifrig ein — ihre ersten Worte an diesem Abend. »Wenn eine Maschine wieder funktionsfähig gemacht wird, produziert der Berregon, der den Hebel drückt. Deshalb ist das Ergebnis des Berregons, der repariert, Produktion. Stimmt das etwa nicht, Klnl?«

Verunsichert dachte Klnl darüber nach. »Es ist ein Argument«, gestand er nach einer Weile.

»Es ist kein Argument, sondern Tatsache. Und Berregons sind imstande, Reparatur zu erlernen. Während Berregons produzieren, lernen Berregons, wie das Verschiedenste zusammenkommt, um ein Produkt zu erzeugen. Das ist etwas, was die Allegons nicht lernen. Außer in der Küche«, fügte Patt mit abfälligem Achselzucken hinzu. »Maschinen sind schwierig. Viele — sehr viele Teile müssen auf ganz bestimmte Weise zusammengefügt werden: Einige Berregons würden es vermutlich für einfacher halten, Tag für Tag weiterzumachen wie jetzt, mit ihrer simplen Handarbeit. Dieser Berregon glaubt jedoch, daß die Berregons damit nicht mehr zufrieden sein werden, sobald erst einmal ein paar Maschinen wieder funktionsfähig sind. Sie werden wieder Steuermänner der Maschinen sein wollen, wie ihre Vorfahren es waren. Und sobald sie gelernt haben, ein Stadium der Maschinenreparatur zu produzieren, können sie auch wieder an den Hebeln sitzen.«

Klnl und Alp beunruhigte diese Leidenschaftlichkeit Patts sichtlich.

»Gibt es denn in der Berregon-Bibliothek keine Bücher, die euch beim Selbstunterricht helfen würden?« fragte Laarica. »Ich sah Regale um Regale mit Handbüchern.«

»Bücher, die die Produktion von Maschinenreparatur erklären?« fragte Klnl bedächtig. »Gibt es welche, Patt?«

Patt nickte, zögernd fast. »Sehr wenige, aber ...« Ihr Gesicht verdüsterte sich.

Ehe Tol sie dazu bringen konnte, das Wartungs- und Instandhaltungshandbuch zu erwähnen, wurde ihre Badesitzung durch heftiges Klopfen an der Tür unterbrochen.

»Ich sehe nach.« Tol schlüpfte hastig in seinen Bademantel.

Es war Gonnegon Neg, dessen asymmetrische Züge verhärmt wirkten. »Mensch Bailey, Heimallegon ist mit Krankheit in Allegons Unterkunft zurückgekehrt. Die jungen Negs benötigen sofortige Fürsorge. Dieser Gonnegon ist gekommen, um ehrenhafte Begleichung zu fordern.«

»Das ist Sache des Gerichts, Neg«, sagte Tol steif.

Der dürre Hals hielt den schweren Kopf des Gonnegon kompromißlos hoch. »Ist es Sache des Gerichts, wenn die jungen Negs heute hungrig und verstört sind? Es ist Mensch Bailey, der Allegon ausgelöscht hat. Nun ist es soweit für Mensch!«

Insgeheim mußte Tol bedrückt zugeben, daß Neg nicht so ganz unrecht hatte. Mensch Bailey war in gewissem Maße verantwortlich. »Ich ...«

Laarica ließ sich nicht so leicht beeinflussen. »Neg, haben Sie denn keine neue Allegon vom Heim angefordert?«

Negs Augen glitzerten feucht. »Neg wird sich heute nacht mit keiner fremden Allegon zufriedengeben. Mensch ist verpflichtet.«

»Das stimmt nicht, Neg. Der Fall ist noch nicht geklärt, und es wird auch noch eine ganze Weile dauern, bis das Urteil gesprochen ist. Und Mensch wäre eine sehr schlechte Wahl für die Betreuung von unglücklichen Schößlingen sogar seiner eigenen Spezies. Neg selbst sollte sich heute nacht ihrer annehmen.«

»Das kommt nicht in Frage! Mensch Bailey, genug des Widerspruchs! Gonnegon befiehlt! Mensch wird Neg begleiten und dienen!«

Neg war zum Befehlen geboren. Tol spürte, wie seine Füße sich zum Gehorchen in Bewegung setzen wollten.

Ein zweiter Gonnegon trat dazwischen. »Neg, ich erinnere Sie daran, daß ich hier Gonnegon bin«, sagte Laarica brüsk. »Ich verbiete Mensch, Neg zu begleiten und schon gar Neg zu dienen. Aber als Menschenfrau werde ich selbst Sie begleiten und Ihnen helfen, die Kinder ins Bett zu stecken. Ich tue es als Geste der Freundschaft zwischen unseren beiden Rassen.«

Das Gesicht Negs lief dunkel an und die überhängende Stirn wurde dabei fast purpurn. »Das ist nicht annehmbar!«

»In diesem Fall werden Sie dann wohl doch zum Allegonheim gehen und um Ersatz ersuchen müssen. Mensch Bailey steht nicht zur Verfügung.«

Negs Stirn schwoll an. Mit aller Willensstärke beherrschte er sich. Seine Augen wurden kalt und leuchtend. »Gonnegon verlangt zu erfahren: Wer sind diese Berregons?«

Patt, Alp und Klnl hatten sich hinter ihre Gastgeber gestellt. »Das sind unsere Badegäste.«

Negs Blick wanderte von Berregon zu Berregon und kam auf Patt zu ruhen. »Berregon, von welcher Dreit kommst du?«

»Von keiner, Gonnegon.«

»Heim, also. Und diese beiden anderen kennt Gonnegon, auch diese sind nicht hier gedreit.« Seine Stimme wurde noch herrischer. »Aus diesem Grund wird dieser Gonnegon morgen Anklage erheben und verlangen, daß dieser nicht gedreite Haushalt aufgelöst wird und seine Komponenten — Gonnegon Johns und Allegon Bailey — in Heime eingewiesen werden. Dann werden Johns und Bailey Verständnis für Negs Lage bekommen.«

Laarica schüttelte den Kopf. »Ich bezweifle, daß Sie damit Glück haben werden, Neg. Unsere Anerkennung als Besucher von einer anderen Welt besteht weiter.«

»Ha! Das bildet Gonnegon Johns sich ein!« Die Wimpernkränze waren in Aufruhr. Dann schlossen die Lider sich, und als sie sich wieder öffneten, verschwand Neg aus der Wohnung.

Der kleinen Badegesellschaft fiel es schwer, zu einer entspannten Stimmung zurückzufinden. »Wir trinken jetzt Tee«, bestimmte Laarica. »Tol, läßt du bitte das Wasser aus dem Becken?«

Später, als sie beim heißen Tee saßen, bemerkte Alp: »Es erscheint diesem Berregon, selbst Neg müßte sehen, daß Mensch nicht zufriedenstellend dienen kann.«

»Gonnegon ist nicht an Leistung interessiert«, erklärte Patt ungeduldig. »Gonnegon will nur Dreit aufrechterhalten. In Heim könnte Neg niemandem Befehle erteilen.«

»In Heim wäre Neg selbst Befehlen unterworfen«, fügte Klnl hinzu. »Negs Motivation ist nicht schwierig zu erkennen.«

Als die Berregons sich verabschiedet hatten, schenkte Laarica die Tassen für Gastgeber und Gastgeberin noch einmal voll. Nachdenklich blickte sie in ihre. »Nun, was meinst du?«

Tol zuckte — aus seinen Gedanken gerissen — zusammen. »Wozu?«

»Zu den Berregons. Glaubst du immer noch, sie könnten die kreativen Kräfte hinter der Architektur hier gewesen sein? Oder hinter Klnls Mantel?«

Tol hob die Schulter. »Ich kann mir die Berregons bei

der eigentlichen Arbeit am Bau vorstellen, aber nicht bei der Planung. Und du?«

Sie lächelte humorlos. »Ich bin ganz deiner Meinung. Die technische Fähigkeit ist vorhanden, aber es ist mehr als sie vonnöten. Zuerst einmal bedarf es des zündenden Funkens und des Zunders, ihn aufzunehmen. Und irgendwie kann ich mir weder die Berregons noch die Gonnegons als kreative Planer vorstellen.«

»Die Allegons genausowenig«, setzte Tol hinzu. »Aber sei ehrlich, wenn du es nicht genau wüßtest, würdest du mich für die gleiche Spezies wie, sagen wir zum Beispiel, Michelangelo halten?«

Ihr Lächeln schwand. »Ich würde sagen, nach ein paar Gesprächen mit dir, würde ich doch sagen können, daß du aus einer Zivilisation kommst, die sich durch Michelangelo weiterentwickelt hat. Doch wenn es hier wirklich einmal Genies von Bedeutung gab, haben die Leute nicht nur deren Namen vergessen, sondern auch das, was sie von ihnen bekamen. Der Verbindungsfaden hat sich durchgewetzt und ist gerissen.«

»Du hast in der Berregon-Bibliothek also nichts Erhellendes gefunden?«

»Gar nichts. Und etwas ist mir bei beiden Bibliotheken aufgefallen: Es gibt keine wirklich alten Werke. Auf der Erde wäre das nicht erstaunlich, da dort immer alles auf dem neuesten Stand gehalten wird. Ältere Werke werden von den öffentlichen Bibliotheken zurückgezogen, um den neuesten Platz zu machen. Aber hier stagniert die Zivilisation bereits seit geraumer Zeit. Etwas Neues zu drucken, ist fast unmöglich, und etwas Neues zu schreiben genauso, denn die Arbeit, nur um das Lebensnotwendige zu produzieren, läßt dazu keine Zeit. Also müßte die Tendenz dahin gehen, jedes noch vorhandene Buch zu hegen. Es gibt jedoch so gut wie gar nichts in den Bibliotheken, das älter als hundertfünfzig Jahre ist — außer einer vielbändigen Monographie über Funktionsaufteilung, die hundertzweiundneunzig Jahre alt ist und sich unter anderem auch mit Streitfragen bei den Pflichten der drei Spezies beschäftigt. Ich habe sie nur flüchtig durchgeblättert, aber ich glaube, die Funktionsaufteilungen sind in allen Einzelheiten aufgeführt. Bloß war es natürlich nicht das, was ich dort eigentlich suchte.«

Tol seufzte. »Vielleicht sollten wir uns jetzt auf die rechtlichen Aspekte des Falls konzentrieren.«

»Tol, es gibt nur sehr wenige rechtliche Aspekte, auf die wir uns konzentrieren könnten. Das einzige Ungewöhnliche an diesem Fall ist, daß ein Außerplanetarier darin verwickelt ist. Ansonsten sind diese Fälle fast alltäglich. Was ich suche, und leider noch nicht finden konnte, ist Material über den Ursprung der Dreit und ihre Unverletzlichkeit. Ich muß wissen, ob das von Anfang an so war — ich meine, ob es schon immer gegen die Sitten war, daß ein Gonnegon und ein Berregon die Schößlinge ohne eine Allegon aufzogen, und ob die Dreit beim Tod eines der Dreitpartner ausnahmslos immer aufgelöst wurde.

Ich habe mich an allen wahrscheinlichen Orten danach umgesehen, ab morgen werde ich mein Glück an weniger wahrscheinlichen versuchen.«

Später fanden sie Patts Schärpe im Wohnzimmer. Laarica legte sie zusammengefaltet zur Seite. »Er wird sie bestimmt in den nächsten Tagen holen kommen.«

Aber Tol steckte sie in eine Tasche seines frisch gewaschenen Tagesanzugs. »Ich sehe sie vermutlich schon eher in der Fabrik. Und ich glaube wirklich nicht, daß sie ein er ist.«

»Nun, er ist jedenfalls ganz bestimmt keine sie«, antwortete Laarica abwesend. »Zumindest sehe ich ihn nicht so. Obgleich es durch die verborgene Geschlechtsstruktur und das Fehlen von sekundären Merkmalen schwierig ist, einen Geschlechtsunterschied zu erkennen.« Sie drehte sich zu Tol um, und die haselnußbraunen Augen verrieten, daß sie nun voll bei der

Sache war. »Nicht, daß es für uns eine Rolle spielt, oder?«

So direkt befragt, mußte Tol zugeben, daß es das wirklich nicht tat.

Noch später wurde Tol aus tiefem Schlummer gerissen und taumelte schlaftrunken zur Wohnungstür. Eine sehr alte Allegon entschuldigte sich mit dem Hauch einer Stimme: »So leid zu stören, aber es ist erforderlich, daß Berregon Patt zum Heim zurückkehrt. Heimgonnegon befielt es.«

Mit Schlaf in den Augen blinzelte Tol auf seinen Chrono und erklärte der Allegon, daß Berregon Patt schon vor Stunden die Wohnung verlassen hatte. Diese Auskunft drückte die Allegon sichtlich nieder. Mit schmerzhaft verzogenem Gesicht und hängenden Schultern zog sie sich zurück.

»Wer war's denn?« murmelte Laarica schläfrig.

»Die Heimallegon. Sie wollte Patt holen.«

Laarica rollte sich herum und setzte sich auf. »Neg?«

»Nein, eine Allegon auf Suche ...«

»Ich wollte damit sagen, daß Neg zum Berregonheim gegangen und sich beim Heimgonnegon über Patts Anwesenheit hier beschwert haben muß.«

»Ah! Jetzt ist also auch der Heimgonnegon auf dem Kriegspfad und hinter Patt her.«

Laarica nickte. »Ich frage mich, wo er ist.«

»In irgendeinem Lagerhaus«, vermutete Tol und kuschelte sich in die Kissen. »Wenn Neg sich soviel Zeit für seine Familie nähme wie dafür, herumzulaufen und anderen Schwierigkeiten zu machen, brauchte er keine Allegon.«

»Wenns und Unds«, murmelte Laarica und streckte sich wieder aus.

»Wir können sie leider nicht ausmerzen.« Noch ehe Tol sich weiter damit befassen konnte, schlief er ein.

9. Kapitel

Der Morgen graute kaum, als Tol die Fabrik erreichte, doch als er Licht über dem Arbeitsplatz machte, sah er, daß Alp bereits wartete. Der Berregon blickte ihn an und sagte überzeugt: »Heute wird die Reparatur fertig.«

Tol ließ sich seine Überraschung nicht anmerken und antwortete mit der gleichen Überzeugung: »Heute vormittag. Nachmittags probieren wir die Maschine aus.«

»Ah!« Alp freute sich sichtlich.

Gegen Mittag mußte nur noch die Verkleidung befestigt werden, doch zuvor unterwies Tol Alp in der Bedienung der Maschine. »Die hier leistet mehr als die einfache Drehbank, die du gewöhnt bist«, sagte er zu ihm. »Sie hat auch ein Kopierprogramm. Wir brauchen lediglich eine gedrehte Achse hier einzulegen und die Rohlinge hier einzuspannen. Dann ziehen wir am Hebel, und wenn wir die Reparatur richtig gemacht haben, kommen die fertigen Achsen hier heraus. Das einzige, was fehlt, ist die Selbstjustierung. Wenn du wolltest, könntes du einen Gehilfen an diese Drehbank stellen. Nur, wie gesagt, mußt du dich um die Justierung kümmern.« Er senkte die Stimme, als er Gonnegon Tux herbeikommen sah. »Vorausgesetzt natürlich, daß sie auch wirklich funktioniert.«

Der Ausdruck in den Augen des Gonnegon war anders als sonst. Er stapfte gleichgültig rund um die Maschine. »Interessant«, sagte er. »Dieser Gonnegon wurde soeben gewarnt, daß ein bisher zuverlässiger Fabrik-Berregon sich mit einem verdächtigen Fremden zusammengetan hat.«

Tol erstarrte.

»Was noch interessanter ist: Informant vermutet, daß dieser Fremde den Berregon zur Sabotage anstiftet, und, natürlich, zu weiteren unerfreulichen Handlungen.«

»Der Informant kann nur Neg sein!« sagte Tol finster. »Nun, ich sehe verdammt wenig, was in diesem Laden sabotiert werden könnte!«

»Ha!« rief Alp jetzt aufgebracht. »Wozu Mensch Berregon anstiftet, ist Produktion!« Wütend warf er sein Werkzeug von sich. »Und jetzt ist es soweit, daß Gonnegon es selbst sehen kann. Diese Maschine ist bereit!« Ehe Tol dagegen protestieren konnte, hatte Alp einen Rohling eingespannt und die Maschine eingeschaltet.

»Gehen Sie zur Seite«, warnte Tol den Gonnegon. »Wir haben den Schutzschild noch nicht angebracht.« Trotzdem durfte eigentlich nichts passieren, aber die Kopieranlage war noch nicht justiert.

Die ausgespuckte Achse war jedoch nahezu perfekt! Gonnegon Tux sperrte verblüfft den Mund auf und fing sie auf, als Berregon Alp sie ihm geradezu hochmütig zuwarf. Seine Hand zitterte, als er mit dem Finger prüfend darüber strich. Seine Augen schwammen fast. Tol war klar, wie schwer es Tux fiel zu glauben, was er sah — ja, die ganze Situation war unfaßbar für ihn.

Doch als er schließlich den schweren Kopf wieder hob, hatte er sich gefangen. »Das ist sehr beeindrukkend«, gestand er. »Aber bedenkt, Mensch und Berregon haben drei Tage und noch mehrere Stunden eines vierten gebraucht, um diese Achse zu produzieren!«

Alp schob das wuchtige Kinn vor. »Und in einer Minute kann Berregon eine weitere Achse produzieren und in der nächsten Minute wieder eine, und noch mal eine und so weiter, bis zum Ende des Tages, wenn nicht vorher das Material ausgeht. Richtig, Mensch?«

»Richtig«, mußte Tol ihm beipflichten.

Die Wimpernkränze des Gonnegons gerieten in Bewegung und schlossen sich um die Augen. Tol konnte fast sehen, wie die Berechnungen sich hinter seiner Stirn überschlugen. Aber als Tux die Lider wieder hob, sprach keine Freude aus den Augen. »Haben Berregon und Mensch sich auch folgendes überlegt: Mit dieser Maschine könnte Berregon bis zum Ende des Tages das gesamte Monatssoll erfüllen, doch morgen wird Berregon sich dann dem Problem gegenübersehen, alle diese Achsen zu schleifen — und diese Arbeit wurde durch Reparatur dieser Maschine nicht beschleunigt. Also bleibt das Problem, das Soll von fertigen Achsen zu erfüllen.«

Tol vermochte Ungeduld und Ärger kaum zu unterdrücken. »Dort drüben steht eine Präzisionsschleifmaschine, Tux. Soviel ich gehört habe, ist sie erst seit sieben Jahren außer Betrieb.«

»Aber schon zuvor hat Maschine so gut wie nichts mehr getaugt«, erklärte Alp.

»Welche Maschine?« wollte Tux wissen.

Beide zeigten sie ihm. Sein Gesicht war skeptisch.

»Auch diese Maschine kann in Gang gebracht werden?«

Tol zuckte die Achseln. »Vermutlich. Ich hatte bisher noch keine Zeit, sie mir näher anzusehen.«

Des Gonnegon Skepsis wuchs, als er die Schleifmaschine umrundete. Doch bei der zweiten Runde faßte er seinen Entschluß. Arrogant warf er den Kopf zurück. »Also gut, Mensch, mach Maschine wie die andere.«

Tol konnte seinen Ärger kaum noch beherrschen.

Doch der Berregon nutzte die Gelegenheit. »Dieser Berregon ist natürlich abgestellter Gehilfe?«

»Natürlich.«

»In diesem Fall ist es erforderlich, einen zweiten Gehilfen einzusetzen.«

Der Gonnegon dachte mit finsterem Gesicht darüber nach. »In diesem Fall wird Gonnegon sich noch einmal Gedanken darüber machen, ob die erfolgreiche Reparatur dieser ersten Maschine nicht vielleicht reiner Zufall war — was dieser Gonnegon durchaus für möglich hält.«

So leicht ließ Alp sich nicht einschüchtern. »Ha! Mensch Bailey kann jede Maschine in dieser Halle reparieren — ja auf jedem Stockwerk jeder Fabrik!«

»Dieser Gonnegon ist lediglich an einer Maschine auf einem Stockwerk einer einzigen Fabrik interessiert«, erinnerte ihn Tux. »Dieser Gonnegon wird einstweilen nicht auf die Beschuldigungen eines gewissen anderen Gonnegon achten, und Mensch Bailey einen Gehilfen, Berregon Alp, zuteilen.«

Als Tux gegangen war, sagte Tol mit finsterem Gesicht: »Damit hätten wir die Maschine also ausprobiert.«

Berregon Alp ließ sich seine Begeisterung nicht nehmen. »Dieser Berregon wird nun Wochensoll produzieren, damit Mensch nachmittags Gehilfe zur Verfügung steht.«

Tol studierte das entschlossene Gesicht und seufzte. »Okay, Alp. Doch zuvor müssen wir die Drehbank noch genauer einstellen und dann die Schutzverkleidung montieren.«

Danach wandte Tol sich der Schleifmaschine zu. Schon bald bedauerte er, daß er seine Zustimmung zu ihrer Reparatur gegeben hatte. Nachmittags kauerte er mitten darin. Dreck und Rost rieselten auf seinen Kopf herab, seine Arme zitterten vor Müdigkeit, und er wünschte sich aus tiefster Seele, er könnte die verdammte Maschine einfach aus einem Fenster kippen und sie vergessen. Sie war in der Konstruktion nicht mit der Drehbank zu vergleichen — nicht im entferntesten! Sie war die abartige Schöpfung eines Wahnsinnigen: ein einen Techniker zur Verzweiflung treibendes komplexes Mittel zur Erreichung eines einfachen Ergebnisses. Das Erstaunliche an ihr war nicht, daß sie Jahrzehnte ohne Wartung funktioniert hatte, sondern daß sie überhaupt funktioniert hatte.

Trotzdem gab er nicht auf. Alp half ihm, und Mpx

saß in seiner Ecke und fuhr fort, Achsen mit der Hand zu schleifen.

Am Spätnachmittag rächte die Schleifmaschine sich für ihre Mißhandlung. Eingezwängt in ihre Innereien, hieb Tol den Hammer mit aller Kraft auf den Meißel — der rutschte ab und drang ihm ins Handgelenk. Mit einem Aufbrüllen befreite er sich aus der Maschine und der Situation. Und dann, während sein Blut floß, tat er seinen Gefühlen keinen Zwang mehr an.

In der Fabrik gab es keine Allegon, die sich um die Wunde hätte kümmern können. Berregons und Gonnegon sammelten sich besorgt um ihn. Tux funkelte Alp und Mpx finster an. »Es ist Pflicht von zumindest einem, sofort ärztliche Hilfe zu produzieren. Sofort! Mensch verliert Essenz!«

Ehe die Berregons reagieren konnten, sagte Tol beißend: »Es würde schon genügen, wenn einer einen Erste-Hilfe-Koffer produziert — oder Verbandmull — oder irgend etwas, womit die Blutung gestillt werden kann!«

Das war schon einfacher. Alp brachte aus dem unteren Stockwerk ein Bündel sauberen Stoffes, von dem Tol sich selbst etwas um das Handgelenk wickelte. Als die Blutung nachließ, bewegte er versuchsweise vorsichtig Finger und Daumen.

»Braucht Mensch jetzt ärztliche Hilfe?« erkundigte sich Tux.

Tol schüttelte den Kopf. »Nein, ich habe eine Erste-Hilfe-Ausrüstung und Medikamente zu Hause. Das wird schon wieder heilen.«

Die Gesichter um ihn wirkten immer noch besorgt. »Aber Mensch ist jetzt nicht imstande, Reparatur fortzusetzen.« Der Gonnegon sprach aus, was alle dachten.

Tol seufzte. »Leider. Mensch wird mehrere Tage nicht in der Lage sein, mit dieser Hand zu arbeiten. Also werde ich mich wohl solange ausruhen müssen.«

»Und Berregon ist nicht imstande, Reparatur allein fortzuführen.«

»Das ist Berregon ganz sicher nicht«, pflichtete Tol Tux ungerührt bei.

»Aber mit Anleitung und einem Gehilfen ist dieser Berregon imstande«, erklärte Alp und schob das Kinn entschlossen vor. Er blickte Mensch und Gonnegon fest an.

Stirnrunzelnd studierte der Gonnegon die Schleifmaschine. Er schaute hinein, betrachtete sie von unten und allen Seiten. Als sein Gesicht wieder auftauchte, wies es einen sehr seltenen Ausdruck auf: Unzulänglichkeit. »Nein, ist nicht möglich. Gonnegon hat nicht Fähigkeit zur Anleitung für diese Arbeit.«

Aus Alps Stimme klang kaum verhohlene Verachtung. »Ha! Niemand außer Mensch Bailey hat Fähigkeit zur Anleitung dieser Arbeit.«

Des Gonnegon Augen leuchteten auf, wandten sich Tol zu. »Bailey ist in der Lage, Aufsicht zu führen und Anleitungen zu geben? Mit verletzter Hand?«

Diesmal antwortete Tol nicht so unüberlegt. »Mensch braucht erst Ruhe. Diese Maschine ist kompliziert.«

Der Kuppelkopf neigte sich kurz. »Gut. Nach Ruhe wird Berregon einen Gehilfen erhalten, dann hat Mensch Aufsicht über die zwei.« Seine Augen überzogen sich milchig-feucht. »Manche Gonnegons würden Trick vermuten, um zweiten Gehilfen zu bekommen.« Er verzog das Gesicht. Doch dann zuckte er fast gleichmütig die Schultern. »Es ist Meinung dieses Gonnegon, daß manche Gonnegons zuviel Gewicht auf die Wirklichkeit des physischen Universums legen.«

Während Tol den Acparkt hochradelte, mußte er sich Tux' Meinung über das physische Universum fast anschließen: Immer wieder schien es Sekundenbruchteile vor seinen Augen zu verschwinden. Vor der Wohnungstür stand die Heimallegon mit trostloser Miene. »Hat Mensch heute mit Berregon Patt gesprochen?«

Tol war zu müde und fühlte sich zu elend, um das bedauernswerte Geschöpf zu bemitleiden. »Ich habe sie nicht gesehen.«

»Bitte, Mensch. Heimgonnegon ist sehr verärgert. Wenn Mensch Berregon Patt sieht ...«

Nachdem er seine Hand verarztet und neu verbunden hatte, dachte er über die Bedeutung von Patts unerwartetem Verschwinden — offenbar nur in einen Bademantel gekleidet — nach.

Er saß bei einer Tasse Tee, als Laarica zurückkehrte. Ihre übliche Munterkeit und gute Laune schien ein wenig gelitten zu haben. Sie schüttelte die Nebelnässe aus ihrem Haar.

»Bist du vorangekommen?« fragte er, als sie sich auch eine Tasse Tee eingeschenkt und sich ihm gegenüber gesetzt hatte.

Sie hob die Schultern. »Ich habe Klnls Berregonelter aufgestöbert.«

»Und?«

»Oh, er hat so ziemlich das gleiche noch mal erzählt, was wir gestern von Klnl selbst erfahren haben, allerdings konnte ich noch ein paar Einzelheiten erfragen. Trotzdem kamen wir nicht weiter zurück als bis zu dieser Gonnegon-Monographie. Er gab mir die Namen anderer Familien, die mündliche Überlieferungen der Geschichte haben. Also kann ich zumindest weitermachen. Wie schlimm ist denn deine Hand?«

»Es geht.« Er betrachtete sie nachdenklich und erinnerte sich, wie schnell Gonnegon Tux der Verletzung wegen zu Zugeständnissen bereit gewesen war. »Weißt du, ich frage mich, ob es helfen würde, wenn man das Gericht darauf aufmerksam machte, daß ich in der Nacht krank war — im Fieberwahn.«

Sie nickte, ehe er zu Ende geredet hatte. »Ich habe mich bereits mit der Erde in Verbindung gesetzt und um ein ärztliches Gutachten ersucht.«

Tol staunte. »Wann?«

»Vorgestern, nachdem ich festgestellt hatte, daß das Gericht in manchen Fällen den Angeklagten freisprach, weil er zur Tatzeit oder überhaupt körperbehindert war — also, schlecht sah oder hörte oder dergleichen.«

»Und hast du schon Antwort?«

Sie lächelte flüchtig. »O nein. Ich sandte meine Bitte nicht per Expreß. Selbst wenn das Gutachten nicht helfen sollte, haben wir doch zumindest Zeit gewonnen.«

Tol ließ enttäuscht den Kopf hängen. Nicht nur, daß ihr die Idee, die er für so großartig gehalten hatte, selbst gekommen war — sie hatte sie nicht einmal für wichtig genug gehalten, sie ihm gegenüber zu erwähnen. Düster gab er sich seiner Erschöpfung hin. Er hatte das Gefühl, jeder einzelne Muskel schmerzte. »Ich glaube, ich brauche einen Sonntag.«

Sie nickte mitfühlend. »Ich werde morgen in der Fabrik Bescheid geben, daß du dich ausruhen mußt.« Sie trug seine und ihre leere Tasse zum Spülbecken. »Aber es gibt ein paar irdische alte Samstagabend-Bräuche, die vielleicht ein bißchen helfen könnten. Möchtest du ein schönes warmes Bad?«

Anderthalb Stunden später, nachdem er aus dem Badebecken gestiegen war, entspannte er sich noch mehr über einem guten Abendessen und sah den weiteren Freuden eines Samstagabends entgegen.

Aber Laarica erhob sich vom Tisch und zog ihren Mantel an. »Die Allegon ist jetzt fort, da kann ich schnell zum Markt hinunterfahren und Leder für Patt holen.«

»Patt?« Tol starrte sie verwirrt an.

»Ich habe ihm einen deiner Tagesanzüge geliehen, aber er ist ihm viel zu groß.«

»Patt kommt hierher?«

»Nicht in die Wohnung. Er hat sich im Kellergeschoß hinter der Nahrungsbelieferungseinheit einquartiert. Aber wir dürfen uns mindestens ein bis zwei Wochen lang so wenig wie möglich sehen, bis das Heim das Interesse an ihm verloren hat.« Sie lächelte. »Soll ich dir etwas vom Markt mitbringen?«

»Uh — nein.« Er mußte erst einmal verdauen, was sie ihm da erzählt hatte. Jedenfalls war seine Samstagabendstimmung wieder verflogen.

Seinen Sonntag genoß er bis zum Mittag. Doch dann schlich sich Langeweile ein. Ruhelos ging er durch die Wohnung umher. Eine Stunde später war er mit frisch verbundener Hand in der Fabrik.

Alp begrüßte ihn ohne Staunen. »Ist Mensch bereit anzuleiten?«

Genauso knapp antwortete Tol: »Bereit. Aber sag mir zuerst: Was kannst du mir für den Transport der schweren Ersatzteile besorgen?«

Alp brachte einen Karren an, ziemlich schwerfällig und mitgenommen. »Geht das?«

Tol betrachtete die abgefahrenen Holzräder und die rissige Deichsel. »Es muß wohl«, brummte er. »Also, wer soll dir jetzt helfen?«

Alp war sichtlich beunruhigt. »Dieser Berregon dachte, Gonnegon Tux könnte vielleicht Berregon Patt von der Näherei anfordern. Aber Berregon Patt ist seit dem Bad nicht mehr in das Heim zurückgekehrt. Sie ist nirgends zu finden.«

Tol entschied sich dagegen, Alp einzuweihen. »Ja, ich weiß. Die Heimallegon hat unsere Tür belagert und gewartet, daß Patt zum Vorschein kommt.«

Alps Miene wurde düsterer. »Es ist sehr bedauerlich. Aber es bleibt ja Mpx.«

»Mpx? Als Gehilfe?« Irgendwie erschien Mpx in seinem Muskelkäfig Tol nicht der Richtige für diese Arbeit.

Doch ein anderer als Mpx war nicht zu bekommen, und das war auch ganz gut so; denn unter seinen knorrigen Händen gab die Schleifmaschine nach, und seinen muskelbepackten Armen ergab sie sich schließlich.

Als es dunkel wurde, lagen ihre Teile einzeln auf dem Boden.

Tol stöhnte, denn ihm war klar, welche Arbeit vor ihnen lag. Im Vergleich mit dieser Maschine war die Drehbank klassisch einfach gewesen. Außerdem war letztere aus rostfreiem Metall hergestellt, dem Tol für sich den Namen ›Perma‹ gegeben hatte, und hatte eine Menge noch verwendbare Teile gehabt. Die Schleifmaschine dagegen würde fast völlig aus Ersatzteilen neu zusammengestellt werden müssen.

Als Alp und Mpx gegangen waren, klappte Tol sein Notizbuch zu, straffte die Schultern und wappnete sich gegen Nacht und Nebel. Der Karren holperte und knarrte. Tols Hände verkrampften sich fast um die Deichsel. Er hatte Angst, man könnte ihn erneut anklagen, weil er sich mit einem so gefährlichen Ding auf die Straße wagte.

Im Morgengrauen stand er wieder grübelnd vor der auseinandergebauten Schleifmaschine. Er hatte das Lagerhaus am Nauparkt durchstöbert, ohne sich von den zahllosen Ratten dort stören zu lassen, und hatte zwei Karrenladungen voll zum Acparkt gezogen. Trotzdem hatte er immer noch nicht alles beisammen, um die Schleifmaschine zusammensetzen zu können — außer er versuchte, ein paar der mechanischen Verrücktheiten zu übergehen. Aber das wollte er lieber doch nicht wagen, denn Gonnegon Tux würde ihm zweifellos zusehen, und Berregon Alp setzte schließlich sein ganzes Vertrauen in seine Fähigkeit, die Maschine wiederherzustellen.

Blieb nur Patt, Spezialistin für Lagerhäuser — und gegenwärtig Flüchtling. Patt konnte ihm vermutlich genau sagen, in welchem Lagerhaus er die fehlenden Teile finden würde. Aber die Gefahr bestand, daß ihr Versteck entdeckt würde, wenn er sie aufsuchte.

Er brütete immer noch darüber, als Alp und Mpx zur Arbeit erschienen. Kaum hatte er ihnen Anweisungen erteilt, tauchte auch Gonnegon Tux auf. Ein lebhafter Funke glitzerte in seinen sonst so gleichmütigen Augen, und sie leuchteten noch weiter auf, als er die aufgestapelten Ersatzteile entdeckte. Er beugte sich darüber und berührte das Metall, dann richtete er sich hoch auf. »Mensch, ich habe nachgedacht. Bist du imstande, zusätzlich zu diesem Arbeitsteam auch noch ein zweites anzuleiten?«

»Du meinst ein zweites an einer weiteren Maschine?«

»Richtig.« Die Augen in den Wimpernkränzen blickten ihn eindringlich und erwartungsvoll an.

Tol blinzelte verwirrt. »Ich denke schon. An welche Maschine haben Sie denn gedacht?«

Der Gonnegon streckte den Arm aus und schwang ihn im Kreis. »Irgendeine. Spielt es eine Rolle?«

»Nein. Logischerweise sollte wohl die Bohrmaschine als nächstes repariert werden. Sie funktioniert gerade noch, obwohl ich nicht verstehe, wie.«

Gonnegon Tux pflichtete ihm ruhelos bei. »Gut, dann die Bohrmaschine.« Mit blitzenden Augen stapfte er hin und her. »Ich habe mir alles durch den Kopf gehen lassen — und Nachforschungen angestellt, sowohl in ethischer Literatur als auch bei bestimmten Bekannten, sehr vorsichtig, natürlich. Und nun bin ich bereit, mich und meine Fabrik zur Verfügung zu stellen. Morgen werden zwei weitere Berregons kommen.« Er wirbelte herum. »Mensch, wer weiß von dieser Arbeit?«

Tol versuchte, in den brennenden Augen zu lesen, doch vergebens. »Ich, Sie, die Berregons Alp, Mpx, Patt und Mpxs Schößling — und Laarica Johns, mein Rechtsbeistand.«

»Gut. Das sind alle, die davon wissen werden, und die beiden zusätzlichen Berregons. Was sagt Mensch dazu?«

»Wieso das? Ist diese Arbeit ungesetzlich? Oder unethisch?«

»Ich habe Erkundigungen eingezogen, nachgeforscht

und nachgedacht. Ich kann nichts Konkretes gegen diese Arbeit finden. Doch ich gewann trotzdem den Eindruck ...«

Tol nickte. »Auch ich habe diesen Eindruck.«

»Aber Eindrücke stellen keine Dreiräder her«, sagte Tux entschieden. Er betrachtete die beiden stämmigen Berregons, die Ersatzteile säuberten und zum Einbau vorbereiteten. »Ich hoffe, diese Maschinen werden es.« Seine Augen blickten Tols suchend an.

Was wollte er? Daß er es ihm versicherte? Nein, dazu hatte Tol keine Lust. Nicht heute.

Ein paar Stunden später machte er sich im dicken Morgennebel auf den Heimweg. Auf dem Küchentisch fand er eine Nachricht von Laarica und daneben, säuberlich zusammengerollt, eine von Patt gezeichnete Karte.

In seiner Müdigkeit leicht benommen, studierte er die Karte, drehte sie um, suchte nach einer Erklärung, fand jedoch keine. Es gab nur die unübersehbar eingetragene Route zu einem Punkt in der Küstenebene, wo er bisher noch nicht gewesen war.

Hatte sie geahnt, daß er etwas aus einem anderen Lagerhaus brauchte? Oder war die Karte lediglich ein Hinweis, sie an dem angekreuzten Punkt zu treffen? Er überlegte.

Wie dem auch war, vor Einbruch der Dunkelheit durfte er nicht dorthin aufbrechen. Also war jetzt Zeit zu schlafen.

Und das brauchte er sich nicht erst einzureden.

10. Kapitel

Er erwachte sechs Stunden später gut ausgeruht. Aus der Küche roch es verführerisch.

Schnuppernd ging er diesen verlockenden Düften nach. Sein Rechtsbeistand kochte. Aber leider war Laaricas Miene weit weniger vielversprechend, als das, was in einem Topf blubberte. »Riecht gut«, sagte er vorsichtig und nahm die zusammengezogenen Brauen und das Blitzen der haselnußbraunen Augen auf.

Heftig riß Laarica ein Päckchen auf und ließ den Inhalt in den Topf fallen. »Entschuldige. Wenn ich wirklich schlimm frustriert bin, koche ich.«

»Oh?«

»Oh! Weißt du, was ich heute getan habe?«

Er schaute in den Topf. »Nein.«

»Ich habe ein Lehrzentrum besucht, das ich das Glück hatte zu entdecken. Ich verbrachte den ganzen Tag damit, Regal um Regal mit uralten Werken durchzustöbern, die fast bis zum Anfang der Zeit — Nor'Dyrens Zeit — zurückreichen.«

Er schaute sie verwirrt an. »Und das hat dich so frustriert?«

Ihre Augen funkelten vor Ärger. »Weißt du, was ich feststellen mußte? Daß man jedes Werk, das älter als zweihundert Jahre ist, verstümmelt hat: Seiten waren herausgerissen, Illustrationen unkenntlich gemacht, ganze Kapitel fehlten. Ich fand absolut nichts, was ich nicht schon wußte!«

»Im ganzen Zentrum nicht?«

»Oh, ich stieß auf eine Menge unwichtiger Kleinigkeiten. Ich blätterte durch die — lückenhaften — Biographien verschiedener historischer Persönlichkeiten und durch einige harmlose philosophische Abhandlungen. Aber den Schlüssel zu unserer Situation fand ich nicht. Dann habe ich auch noch die Gelehrten dort interviewt; jetzt bin ich völlig sicher, daß sie nicht mehr wissen als ich. Und sie haben Angst — alle —, sich auch nur Gedanken über diese Geschichtsverstümmelung zu machen. Verstehst du, Tollan? Es *hat* einen Schlüssel zu dieser Situation gegeben. Doch vor hundertfünfzig oder auch zweihundert Jahren *hat jemand ihn entfernt!*«

Es fiel ihm schwer in seiner Lage, die Sache objektiv zu sehen, obgleich er wußte, wie sehr Laarica sich auch seinetwegen hineinkniete. »Bist du sicher, daß sie die fehlenden Seiten nicht irgendwo abgelegt haben? In einen Safe oder einen geheimen Kellerraum? So auf die Art ›aus den Augen — aus dem Sinn‹?«

»Wenn sie es tatsächlich in einem Gewölbe versteckt haben, weiß zumindest niemand, wo es ist. Aber es weiß ja auch niemand von der Existenz eines solchen Geheimraums. Und ich glaube nicht, daß es einen gibt. Ich bin überzeugt, daß diese Leute alle schriftlichen Überlieferungen auf nicht wiedergutzumachende Weise verstümmelt haben — und ich möchte wissen, warum!«

Tol betrachtete ihre blitzenden Augen, ihre gestrafften Schultern, das vorgestreckte Kinn. Er wünschte fast, er könnte sich für ihre anthropologischen Forschungen ebenso begeistern wie sie. »Du wirst es herausfinden, Laary, wenn das überhaupt jemand kann«, versuchte er sie zu beruhigen.

Sie schnitt eine Grimasse und wandte sich dann wieder dem Topf zu. Der Kochlöffel scharrte über den Boden.

Tol seufzte und starrte durchs Fenster hinaus auf die schwarze Erhebung der Steinterrasse hinter dem Haus. »Hast du schon etwas von der Erde gehört — wegen des Sachverständigengutachtens?«

Ihre Brauen zogen sich noch weiter zusammen, so daß sie sich fast trafen. »Nein. Und wir wollen hoffen, daß es nicht ankommt, ehe ich mehr Zeit hatte, den Schlüssel zu finden.« Ihr Blick fiel auf den Tisch. »Ist die Karte von Patt?«

Tol nickte und erklärte ihr seine Interpretation. Auf ihre Frage erzählte er ihr auch von seiner Arbeit in Tux' Fabrik.

»Diese Nor'Dyrenische Maschinerie, die du bisher untersucht hast, Tol, womit würdest du sie vergleichen?«

Er zuckte die Achseln. »Sie dürfte in etwa auf einem Stand gewesen sein, den wir auf der Erde etwa gegen Mitte des vergangenen Jahrhunderts erreicht hatten. Nichts wirklich Weltbewegendes, aber wenn nur die Hälfte der Maschinen in diesem Viertel funktionierten, würde der Lebensstandard in die Höhe schnellen!« Er zupfte am Verband um sein Handgelenk. »Bei normaler Lebenserwartung und einem zuverlässigen Reparaturtrupp könnte es mir vielleicht gerade gelingen, in meinem Leben diese Hälfte wieder einsatzfähig zu machen.« Kurz verloren seine Gedanken sich in der Vorstellung, den Rest seines Lebens in den Eingeweiden von Maschinen herumzuwühlen.

»Und du würdest das für ein erstrebenswertes Lebensziel halten?«

Das angenehme Bild vor seinem inneren Auge schwand. Er durchforschte ihre Miene nach einem Anzeichen von Spott. »Hat Hanzan dir von meiner Sucht erzählt?«

»Sucht? Welcher Art?«

»Keine, die meine Umwelt in Gefahr bringen könnte. Es handelt sich nur um einen schlimmen Fall von protestantischer Arbeitsethik. Das jedenfalls ist Hanzans Diagnose.« Kurz und trocken erzählte er ihr seinen Lebenslauf: vom Handwerker zur industriellen Ausbildung und schließlich als R3 bei CalMega. »Ich wußte natürlich, daß ich nach meiner Ausbildung als Techniker keine handwerkliche Arbeit mehr zugeteilt bekommen würde. Auf vage Weise war mir sogar klar, daß es in der Industrie mehr Betriebsangehörige als Arbeit gab. Trotzdem sah ich nur die Herausforderung an mein Können und konnte nicht widerstehen.«

»Ah, dann war es deine protestantische Arbeitsethik, die dich in diesen Schlamassel brachte — sie verführte dich zu einem größeren, besseren Job mit entsprechender Arbeit, die es jedoch in Wirklichkeit gar nicht gab.«

Er runzelte die Stirn. »Nun, so könnte man es sehen.«

Sie blickte geistesabwesend in den Kochtopf. »Wie leicht es doch ist, die falsche Wahl zu treffen. Ich frage mich, für welche ich mich entscheiden werde, wenn wir das hier hinter uns haben.«

»Du? Welche Möglichkeiten hast du denn?«

»Oh, eine ganze Menge. Einhundertzweiundzwanzig davon im Zivilisationsbund. Für einen Anthropologen gibt es Arbeit auf jeder Mitgliedswelt. Selbst CalMega hat auf etwa zwölf eigene Anthropologen für Produkt- und Materialforschung.«

»Oh? Ich nehme an, man muß ganz oben auf der Dienstrangliste stehen, um dafür in Frage zu kommen.«

»Durchaus nicht. Eine Versetzung auf eine Mitgliedswelt ist leicht zu erreichen.« Sie lehnte sich mit verschränkten Armen an den Geschirrschrank und vergaß den Topf. »Auf einer fremden Welt muß nämlich wirklich gearbeitet werden, und zwar acht Stunden jeden Tag, fünf Tage in der Woche — also eine richtige altmodische 40-Stunden-Woche. Und das ohne Erholungs- und Unterhaltungsprogramme, und häufig, nach irdischen Verhältnissen, unter kaum zumutbaren Lebensbedingungen. Und du kannst dir ja vorstellen, je weiter oben auf der Rangleiter ein Anthropologe steht, desto weniger ist er bereit, Unbequemlichkeiten auf sich zu nehmen. Ich spreche natürlich von der Art von Anthropologen, wie man sie bei CalMega findet.«

»Hält das dich zurück? Die Arbeitsbedingungen?«

Sie lächelte dünn. »O nein. Ich war sehr, sehr glücklich während meines Studiums und auf Marvel II. Ich bewarb mich sogar um meine Versetzung nach Tarin, wo es sehr interessante Arbeit für mich gegeben hätte. Aber ich mußte Rücksicht auf meine Eltern nehmen.«

»Sie waren dagegen?«

»Nicht mit Worten. Oh, ich wußte natürlich, daß Vater sich gegen die Mitgliedschaft der Erde im Zivilisationsbund ausgesprochen hatte. Doch damals hatte er noch nicht den Einfluß wie jetzt. Aber jedenfalls tat er alles in seiner Macht Stehende — innerhalb der Legalität, natürlich —, um die Mitgliedschaft zu verhindern. Und es war mir immer klar, daß meine Mutter einen krankhaften Abscheu gegen Fremdrassen hat. Er steckt so tief in ihr, daß sie einfach nicht dagegen ankommt, so sehr sie sich auch bemüht. Keiner von beiden versuchte, mir das Anthropologiestudium auszureden. Ich selbst wußte sehr wohl, daß es im Grunde eine Auflehnung gegen sie war. Ich glaube, diese Auflehnung gegen Eltern, und überhaupt gegen Gängelei als solche, ist typisch für alle Jugendlichen in einem bestimmten Alter. Kurz vor Ende meines Vertrags auf Marvel II, nachdem ich mich um meine Versetzung nach Tarin beworben hatte, bekam ich schrecklich bedrückende Briefe von Mutter, die über Krankheiten, Gebrechen und ihr fortschreitendes Alter klagte. Ich hatte mein rebellisches Stadium gerade hinter mich gebracht und war verwundbar, bereit, mich schuldig zu fühlen. Also gab ich Tarin auf und kehrte heim, um meinen Eltern in ihrem hohen Alter Trost und Stütze zu sein.« Laarica lächelte, dann lachte sie laut. »Wirklich, es war zu lächerlich. Meine Eltern waren immer aktiv und liebten Geselligkeit. Vater gelang es, die Rolle eines Altersschwachen drei Wochen lang durchzuhalten, meiner Mutter um ein weniges länger. Doch als ich erkannte, daß es wenigstens zur Hälfte gespielt war, wurde mir klar, wie sehr sie mich zu Hause haben wollten — so sehr, daß sie sich regelrecht erniedrigten, um mich heimzuholen aus den Abgründen des Weltalls. Das erhöhte verständlicherweise mein Schuldgefühl. Um die ganze Sache noch schlimmer zu machen, nahm ich eine Stellung bei CalMega an — von Arbeit war natürlich auch nicht viel die Rede. Jedenfalls versuchte ich, bei meinen Eltern wiedergutzumachen, was ich ihnen angetan hatte. Aber mein Schuldgefühl schwand nach den ersten sechs Monaten bei CalMega. Du kannst dir nicht vorstellen, wie erleichtert ich war, als ich diesen Auftrag bekam.«

»Und deine Eltern erhoben keine Einwände?«

Sie lachte. »Das war ja das Schöne daran, Tollan. Nur die Stellung bei CalMega hielt mich auf der Erde. Hätte ich den Auftrag abgelehnt, wäre mir die Planstelle genommen worden, und die Eintragung in meinen Personalakten hätte dafür gesorgt, daß ich keine Stellung mehr auf der Erde bekommen hätte. Das wußten meine Eltern, also mußten sie sich damit abfinden.

Die Frage ist jetzt nur, soll ich nach Beendigung dieses Auftrags in den weichen Schoß CalMegas zurückkehren, oder meinem eigenen Stern folgen?« Ihr Gesicht entspannte sich beim Überlegen. »Oder das Abendessen anbrennen lassen?« fügte sie hastig hinzu und rührte schnell im Topf.

Tol schnüffelte. »Ich fürchte, das hast du bereits getan.«

Das Essen war tatsächlich leicht angebrannt, trotzdem schmeckte es gar nicht so schlecht. Bald wurde es dunkel. Die beiden schlüpften in ihre schweren Mäntel und holten ihre Dreiräder aus dem Schuppen.

»Es kann vielleicht die ganze Nacht dauern. Bist du sicher, daß du mitmachen willst?« fragte Tol.

»Ganz sicher.«

Hintereinander radelten sie den Acparkt hinunter. Nach der siebten Biegung kamen sie in Nebel, nach der achten in Regen. Als sie fast eine Stunde später den auf

Patts Karte eingezeichneten Punkt erreichten, klebten ihre Mäntel an ihnen.

Das Lagerhaus war völlig verwahrlost. Regen sickerte durch das schadhafte Dach. Ihre Dreiräder ließen sie am Eingang stehen und stolperten ins Innere.

Ein gelber Lichtstrahl blendete sie kurz, dann fiel er auf den altersnarbigen Boden. »Du bist also gekommen, Mensch!«

»Wir warteten, bis es dunkel war«, erklärte Tol und spähte in die Dunkelheit, um sie zu sehen.

Sie kam näher. Die Haarstoppeln waren ein wenig gewachsen, und ihre Augen wirkten aufgewühlt. »Könnt ihr meinen Werkraum von hier finden?«

»Werkraum?« Tol schaute sich so gut es ging in dem Unrat und den Trümmern um. Ein Mondstrahl drang durch ein Loch im Dach, verschwand jedoch gleich wieder. »Nein«, gestand Tol.

»Na gut, dann muß ich euch führen!« Sie leuchtete mit ihrer Lampe auf den Boden und wies ihnen so den Weg. Sie zwängten sich durch Maschinen und Trümmerstücken hindurch, kletterten darüber und krochen unter ihnen hindurch. Und dann waren sie hinter einer behelfsmäßigen Trennwand. Lichtwürfel baumelten von der Decke. Und in der Mitte dieses provisorisch abgetrennten Raumes stand ...

»Ein Kraftzweirad?« fragte Tol bedächtig und betrachtete es von allen Seiten.

»Wenn es fertig ist, ja.«

»Wo hast du es gefunden?«

Stolz warf Patt den Kopf zurück. »Ich habe es nicht gefunden, sondern die einzelnen Teile zusammengetragen; und jetzt setze ich sie zusammen. Es wird nicht so sein, wie das meines Elters, denn ich muß improvisieren. Aber ich werde damit fahren können. Seht her, hier ist das Energierad, noch originalverpackt.«

Tol kniete sich nieder und studierte das dosenähnliche Metallding. Verwirrt klopfte er mit den Fingerknöcheln darauf. »Weißt du«, sagte er, »ich muß zugeben, ich habe keine Ahnung, wie du beabsichtigst, diese Maschine in Gang zu bringen.«

»Das ist einfach. In dieser Dose ist ein leistungsstarkes Schwungrad vakuumverpackt. Wenn das Kraftzweirad zusammengesetzt ist, wird es einen Elektromotor haben, den ich mit einer Batterie auf Touren bekomme. Dann wird er zum Generator, angetrieben durch das Schwungrad, und versorgt die kleinen Motoren des Vorder- und Hinterrads mit Strom. Motor und Schwungrad werden durch Magnetkupplungen verbunden. Dadurch gibt es keinen Direktanschluß an die Vakuumdose.

Das Fahrzeug selbst ist simpel, Mensch. Nicht so einfach für mich war dein Konzept: daß es gar nicht nötig ist, mit einem kompletten Kraftrad zu beginnen — daß es aus Einzelteilen zusammengesetzt werden kann. Und sie waren leicht zu beschaffen, das wußte ich.«

Alle drei schwiegen. Tol war wieder aufgestanden und studierte das schmutzverschmierte Gesicht mit den leuchtenden Augen. »Du bist auf dem richtigen Weg«, sagte er.

»Aber wohin?« warf Laarica ein. »Auf diesem Fahrzeug bist du nicht zu übersehen. Ich bezweifle, daß der Heimgonnegon dir so ruhig erlaubt, die Maschine zu behalten und zu benutzen.«

Trotz trat in Patts Augen. »Laarica Johns, ich unterwerfe mich nicht länger dem Heim und dem Heimgonnegon. Ich stehe jetzt auf eigenen Füßen. Und Tollan Bailey wird mir helfen, dieses Zweirad fertigzustellen.« Durchdringend brannten ihre Augen in ihrem Gesicht. »Ist es nicht so, Mensch?«

Tol wich ihrem Blick verlegen aus. »Ich ... ich fürchte, ich würde dich damit nur in noch größere Schwierigkeiten bringen, Patt.«

Sie schüttelte heftig den Kopf. »Nein, denn wenn diese Maschine fertig ist, werde ich damit zu dem Ort fahren, von dem mein Elter das Reparaturhandbuch her hatte. Noch etwas anderes fand mein Elter dort: anerkannte persönliche Freiheit. Dessen bin ich sicher. Und darum muß ich dorthin.«

Tol und Laarica wechselten Blicke. Die Frage stand im Raum. Laarica sprach sie aus: »Was ist das für ein Ort, Patt?«

Patt schüttelte den Kopf. »Ich war damals noch sehr jung. Ich erinnere mich nur an Kleinigkeiten — Bruchstücke, die durch die Perspektive meiner Kindheit verzerrt sind. Doch wenn das Zweirad fertig ist und ich darauf sitze, wird die Erinnerung mich führen und mir helfen. Dann werde ich mehr wissen.«

Laarica zog nachdenklich die Brauen zusammen. »Patt, willst du damit sagen, daß dein Elter weder verdreit noch einem Heim unterworfen war?«

»Mein Elter war weder noch. Das wurde mir erst in den vergangenen Tagen klar. Der Abend im Bad führte meine Gedanken einen alten Pfad zurück, einen, der mir entfallen war. Als Kind verstand ich nicht, wohin er führte. Doch jetzt bin ich erwachsen. Nun habe ich ihn wiederentdeckt und weiß, was an seinem Ende liegt.«

»Und was ist es?« fragte Laarica ernst. »Ich fürchte, ich kann dir nicht folgen, Patt.«

Patts Augen flammten auf. »Das brauchst du auch nicht. Heute brauchst du nur zu helfen — wenn du willst.« Ihr fragender Blick galt auch Tol; der als erster antwortete: »Ich stehe auf deiner Seite, so wie du mir beigestanden hast, Patt.«

»Laarica Johns?«

Laarica zögerte. »Ich kann nicht sehr lange bleiben. Ich muß morgen einigen Hinweisen nachgehen — außer, du kannst auch Tols Freiheit garantieren, wenn du das Ende deines Pfades erreichst.« Ihre Miene verriet, was ihre Worte verschwiegen.

»Wenn ich es kann, werde ich es. Das ist selbstverständlich.«

Laaricas Brauen hoben sich fragend: »Aber du kannst es nicht garantieren?«

»Nein, das kann ich nicht.«

Haselnußfarbene Augen begegneten schwarzen. Es war Laarica, die ihren Blick als erste senkte. »Also gut, ich mache mit. Was kann ich tun?«

Als Tol eingeweiht war, hielt er es für das beste, daß Laarica sich im Lagerhaus nach den paar noch fehlenden Teilen umsah. Er schabte Rost von einigen Teilen ab, der sich während der langen Lagerung angesetzt hatte, und feilte andere zurecht, die nicht ganz zusammenpaßten.

Später machten sie eine kurze Pause. Tol zeichnete die Teile auf, die er noch für die Präzisionsschleifmaschine brauchte. »Weißt du, wo ich so etwas finden kann?« fragte er Patt.

Patt studierte die Zeichnungen. »Das ist ein neues Projekt!«

»Stimmt.« In Kürze erklärte Tol die neue Situation in der Dreiradfabrik.

Patt schien nicht erfreut darüber zu sein. Sie gab Tol die Zeichnungen zurück. »Mensch, du tust diese Arbeit für Gonnegon!«

Er schaute sie scharf an. »Nein. Nein, ich tue es für Berregons, für Alp und Mpx.«

»Nein. Gonnegon Tux war intelligent genug einzusehen, daß Reparatur möglich ist. Aber wenn die Maschinen funktionieren, wenn das Soll erfüllt und weit überstiegen wird, ist es Gonnegon, der davon profitiert.«

Widerstrebend mußte Tol ihr recht geben. »O sicher. Unter den Gonnegons wird Tux die Lorbeeren ernten, und unter den Berregons Alp und Mpx und die anderen, die dem Team hinzugefügt werden.« Scheinbar gleichmütig setzte er hinzu: »Und ich werde immer wissen, daß ich derjenige war, der die Arbeit ermöglichte. Na, und wer war es, der von vornherein behauptete, daß Berregons diese Arbeit lernen konnten?«

»Ich sagte es, weil ich darauf stolz war«, antwortete Patt, ohne mit der Wimper zu zucken. »Doch inzwischen hatte ich Zeit, darüber nachzudenken, wer im Grund genommen profitiert — und mir scheint, das sind die Gonnegons.«

»Und ist das so schlimm, Patt? Wem macht es wirklich etwas aus, wenn ein Gonnegon davon profitiert und versucht, die Bedingungen zu diktieren? Sobald wir die Maschinen wieder in Gang haben, werden sowohl die Berregons als auch die Allegons Zeit und Energie finden, zu ihrem Recht zu kommen.«

»Pah! Glaubst du, die Allegons wüßten mit persönlicher Freiheit etwas anzufangen?«

Tol dachte an die Allegons, die er kennengelernt hatte: die am Fährenhafen, auf dem Markt, im Hotel. »O ja. Damit will ich nicht sagen, daß die Allegons sich mit einemmal in Intelligenzbestien verwandeln. Doch sobald sie einmal von der Plackerei befreit sind, werden sie sich verändern. Und ich glaube nicht, daß die Allegons unter den Berregons stehen.«

Patt verzog verärgert das Gesicht. »Das glaubst du nicht, Mensch?«

»Nein, das glaube ich nicht.«

Sie würgte an einer wütenden Antwort. »Mensch, hör zu! Wenn diese Welt wieder im richtigen Gleis ist, wirst du sehen — und davon bin ich überzeugt —, daß die Berregons der wahre Grundstock der Gesellschaft sind. Ja, Mensch, du wirst sehen, daß die Berregons die Erbauer, die Schöpfer — und die Ausgebeuteten sind. Du wirst sehen, glaube ich, daß die Berregons viel mehr tun werden, als sich ein paar Rechte zu erkämpfen.«

Tol blinzelte. »Willst du damit sagen, du glaubst, daß die Berregons die Gonnegons als die führende Rasse ablösen werden?«

Patts stoppelhaariger Kopf war stolz erhoben. »Ja, das glaube ich.«

Mit Mühe zwang Tol sich, die verkrampften Schultern- und Rückenmuskeln zu entspannen. »Wenn man bedenkt, was die Gonnegons in ihrer Führungsposition aus der Spitze der Pyramide gemacht haben, wundert es mich, daß du sie für so begehrenswert hältst, Berregon. Ich hätte mehr Respekt für euch in einer anderen Position. Außerdem, wie willst du die Gesellschaft zu euren Gunsten umkrempeln, ohne zuerst die Maschinen in den verschiedensten Fabriken der Gonnegons zu reparieren?«

Patt senkte die Augen. Widerwillig setzte sie zum Rückzug an. »Darüber habe ich noch nicht nachgedacht.« Dann blitzten ihre Augen wieder auf. »Aber ich werde es, Mensch!«

Tol seufzte. »Gibt es inzwischen irgendwo ein Lagerhaus, in dem ich diese Teile finden kann?«

Aus dem Blick, den Patt ihm zuwarf, erkannte Tol, daß mit ihr jetzt nicht vernünftig zu reden war. »Natürlich gibt es solche Lagerhäuser! Und wenn das Zweirad fertiggestellt ist, werde ich dir Karten geben. Doch bis ich auf dem Zweirad fahren kann, hat *dieses* Projekt Vorrang — für dich wie für mich!«

Tol gab nach. »Na gut. Du bist der Gonnegon hier, jetzt zumindest.«

Patt akzeptierte seine Kapitulation schweigend.

»Ich richte uns einen Bissen zu essen, Berregon, wenn du mir sagst, wo du deinen Vorrat aufbewahrst«, erbot sich Laarica.

Patt wirbelte herum. »Ich habe nichts zu essen. Jetzt ist nicht die Zeit zu essen!«

»Du hast nichts von dem Nahrungsmittelbelieferungssystem aus unserem Keller mitgenommen?«

Patts Finger verkrampften sich um ihr Reparaturhandbuch. »Es war versiegelt. Und ich brauche auch nichts zu essen, ich komme wochenlang ohne Essen aus.«

»Du meinst, ehe du verhungerst? Doch darum geht es wohl nicht, oder?«

Patt schob das Kinn vor und schwieg.

»Na gut. Aber ich fürchte, Tols und meine körperliche Beschaffenheit stellt größere Ansprüche. Wenn wir nicht essen, werden wir schwach und infolgedessen läßt unsere Leistung nach. Dann sind wir keine große Hilfe. Also werde ich zum Markt radeln und sehen, was ich bekommen kann.«

Die Augen, die ihr nachsahen, als sie den Werkraum verließ, waren dunkel und undurchdringlich.

»Du kannst Laary vertrauen«, erinnerte Tol Patt.

»Wenn ich überhaupt jemandem vertrauen kann!« brummte Patt.

Eine halbe Stunde später kehrte Laarica mit einem Armvoll Proviant zurück. Sie baute Flaschen und Behälter entlang der Werkraumwand auf. »Na, wie wär's jetzt mit einem kleinen Imbiß?«

Tol schloß sich Laarica dankbar an.

Verbissen arbeitete Patt weiter, doch als der verlokkende Essensduft in ihre Nase drang, entglitt ihr das Werkzeug.

»Ich will dich ja wirklich nicht zum Essen zwingen, Patt«, sagte Laarica. »Aber im allgemeinen ist es doch so, daß die Leistungen größer sind, wenn die grundlegenden Bedürfnisse gestillt sind.«

Unfreundlich setzte Patt sich zu ihnen. Laarica öffnete einen neuen Behälter, und bald darauf einen zweiten. Patt leerte hungrig beide. Ihre Züge glätteten sich, und der wilde Ausdruck ihrer Augen milderte sich.

»Besser?« erkundigte sich Laarica.

»Besser«, gab Patt zu. Sie erhob und streckte sich.

Eine Stunde später entschuldigte sich Laarica. »Ich würde ja gern noch länger bleiben«, sagte sie, »aber ich muß morgen arbeiten.« Sie legte die Hand sanft auf Tols Schulter. »Du solltest auch bald zusehen, daß du schlafen kommst. Es ist dir vielleicht nicht aufgefallen, aber man merkt nicht nur deinen ständig ölverschmierten und schwieligen Händen an, wieviel du arbeitest, sondern du entwickelst auch den Ausdruck eines Mannes, der sich übernimmt. Und ich könnte nicht sagen, daß du viel besser aussiehst, Berregon.«

Erstaunlicherweise widersprach Patt nicht. »Wenn ihr noch eine kurze Weile bleiben könnt, zeichne ich euch schnell auf, wie ihr zu ein paar weiteren Lagerhäusern kommt, und dann machen wir alle drei Schluß für heute.«

Tol unterdrückte sein Staunen über diese unerwartete Gesinnungsänderung, was die Priorität betraf.

Patt lieh sich sein Notizbuch aus und beugte sich darüber. Sie kritzelte und deutete. »Hier findet ihr vermutlich die gewünschten Teile. Wenn nicht, weise ich euch den Weg zu entfernteren Lagerhäusern.«

Tol warf einen Blick auf ihre Kartenskizzen. »Großartig, danke. Sobald ich kann, komme ich wieder, um dir zu helfen.«

Sie machte eine fast gleichmütige Handbewegung. »Ist schon gut, Mensch, laß dir Zeit! Laarica Johns hat recht. Wenn Berregon ihrem Körper hilft, wird ihr Körper vermutlich auch ihr helfen. Dieses Projekt ist vielleicht vollendet, ehe du zurückkehren kannst.«

Tol grinste. »Berregon ist geschickt, Berregon ist flink. Aber ich werde auf jeden Fall wiederkommen.«

Es hatte zu regnen aufgehört, die Luft war klar, und am Himmel leuchteten Sterne. »Sie hat ihre Einstellung erstaunlich schnell geändert«, sagte Tol fast benommen.

»Ich glaube, er würde sich noch weit mehr entspannen, wenn wir ihn systematisch aufpäppelten«, antwortete Laarica. »Hunger mag zwar die Arbeitskraft eines Berregon nicht beeinträchtigen, zehrt aber sehr an seiner seelischen Verfassung.«

Tol schwang sich auf sein Dreirad und fuhr neben ihr her.

»Da kann ich dir nur beipflichten«, brummte er im Brustton der Überzeugung.

11. Kapitel

Am nächsten Tag tat sich nichts Besonderes, doch am Morgen darauf riß das ihm inzwischen bekannte, heftige Klopfen an der Wohnungstür Tol aus dem Schlaf. Mit gestrafften Schultern und vorgeschobenem Kinn stellte er sich vor die Botenallegon.

»Diesem Haushalt wird hiermit mitgeteilt, daß Laarica Johns, Gonnegon auf Beschluß, in einer Stunde vor Gericht zu erscheinen hat, um Stellung zur Anklage zu nehmen, einen Zögling des Berregonheims zur Subversion aufgewiegelt zu haben.«

»Wer hat diese Anklage erhoben?« fragte Tol schnell, ehe die Allegon sich aus ihrem Gonnegonstadium zurückversetzte.

»Diese Anklage wurde von Gonnegon Mmu vom Berregonheim zusammen mit Gonnegon Neg, dem Betroffenen, erhoben.«

»Oh? Inwieweit ist Neg betroffen?«

Zu spät. Die Gonnegonaugen hatten sich geschlossen, und als die Lider sich wieder hoben, war nur die Allegon geblieben. »Gibt es eine Nachricht von diesem Haushalt an Gonnegon Neg?« erkundigte sie sich.

Tol verkniff sich die wütende Antwort.

»Was gibt es, Tol?« Laarica kam zur Tür.

Wieder zu spät. Die Botenallegon hatte sich bereits zurückgezogen.

»Eine freudige Botschaft«, sagte Tol sarkastisch. »Du darfst den heutigen Tag im Gericht vergeuden. Gonnegon Mmu vom Berregonheim und Gonnegon Neg, sogenannter Betroffener, beschuldigen dich, einen gewissen Heimzögling zur Subversion aufgewiegelt zu haben.«

»Heute?« fragte sie verärgert.

»Jetzt. Dein Hearing beginnt in einer Stunde.«

Nun konnte sie alles, was sie sich für heute vorgenommen hatte, verschieben. Sie seufzte tief. »Dann ziehe ich mich wohl besser an.«

»Ich mich auch. Ich komme mit.«

Sie hob eine Braue. »Man wird dir den Zutritt zum Gerichtssaal verweigern, das ist dir doch klar?«

»Natürlich. Ich werde als lebende Drohung auf dem Korridor hin und her stapfen. Das ist reine Schikane; ich habe keine Lust, sie völlig untätig hinzunehmen. Unterwegs werde ich Tux schnell Bescheid geben, daß ich heute nicht kommen kann.«

Ein zweiter mußte alles verschieben, was er für heute geplant hatte. Ein Schatten zog über Gonnegon Tux' Gesicht. »Es ist wohl notwendig«, gestand er Tol widerwillig zu.

»Allerdings«, brummte Tol. »Alp und Mpx wissen, was sie inzwischen tun können, und das zweite Team schicken Sie am besten bis zum Nachmittag nach Hause.«

Auch das tröstete den Gonnegon nicht. »Mensch, es muß dir doch klar sein: Da beide Werkstattberregons in den letzten Tagen mit Reparaturarbeiten beschäftigt waren, wurde das Soll an metallenen Ersatzteilen — und infolgedessen an überholten Dreirädern — nicht erreicht. Gegen Ende der Woche wird der Transporthüter peinliche Fragen stellen. Möglicherweise kommt es sogar wegen Mißwirtschaft zur Anklage.« Die feuchten Augen drückten die volle Bedeutung dieser erschrekkenden Möglichkeit aus.

»Ich verstehe«, sagte Tol gedehnt. »Ich wußte nicht, daß Sie sich so weit exponiert haben. Ich komme sofort nach der Anhörung hierher.«

Im Gerichtsgebäude ließ Laarica Tol auf dem Korridor zurück, wo ihm die Ehre zuteil wurde, Neg und Mmu in streitbarer Haltung durch die Tür treten zu sehen. Giftigen Blicks, aber wortlos, stolzierte Neg an ihm vorbei und zog Mmu, einen sichtlich weniger energischen Gonnegon, hinter sich her. Knarrend schloß die Gerichtssaaltür sich hinter ihnen.

Tol ging auf und ab, setzte sich auf eine Bank, lehnte sich an die Wand, stand auf und ging wieder hin und her. Nach einer Stunde gönnte er sich eine Abwechslung und schaute durch das Fenster auf den in der Ferne gegen die Klippen brandenden Ozean. Nach zwei Stunden schwang die Tür des Gerichtssaals auf, und zwei sichtlich verstimmte Gonnegons mit vor Entrüstung nassen Augen schlurften heraus.

»Du hast also gewonnen?« fragte Tol, als Laarica zu ihm herauskam.

»O ja. Aber mir steht immer noch meine Anhörung und danach mindestens noch eine Verhandlung bevor.«

»Brrr.« Tol schüttelte sich. »Mit welcher Strafe hast du zu rechnen, falls du nach der endgültigen Entscheidung für schuldig befunden wirst?«

Laarica lächelte. »Den Entscheid gegen mich.«

Er starrte sie ungläubig an. »Das ist alles?«

»Das genügt, wenn man ein Gonnegon ist. Die öffentliche Erklärung, eine Fehlentscheidung getroffen zu haben, ist doch ziemlich erniedrigend, findest du nicht?«

»Das würde dich stören?«

»Wer weiß? Vielleicht bin ich in ein paar Monaten so sehr Gonnegon, daß es mich tatsächlich kränken würde.«

Wieder speisten sie am Meer: *Apna-ta* mit saurer Soße. Laarica hatte ihre erste Portion gegessen, als sie Tol auf eine am Straßenrand lauernde Gestalt aufmerksam machte. »Ich glaube, unser Freund will sein Eigentum nicht mehr aus dem Auge verlieren.«

Verärgert starrte Tol auf Neg, der eingefallen und verbittert wie ein Raubvogel auf seinem Dreirad kauerte. Unwillkürlich schüttelte Tol sich.

Laarica bestellte eine zweite Portion *Apna-ta* für sich. »Ich hoffe, er bleibt dir nicht den ganzen Tag auf den

Fersen. Aber immer noch besser, er verfolgt dich als mich.«

Eine Viertelstunde später trennten sie sich, und Neg hängte sich tatsächlich an Tols Fährte wie ein finsterer Schatten. Tol radelte über die Küstenebene, plagte sich die Biegungen des Acparkts hoch, und als er in Gonnegon Tux' Fabrik fuhr, folgte Neg ihm immer noch ...

... und stieß sofort auf ein Hindernis. Sichtlich erbost erhob Gonnegon Tux sich hinter seinem Schreibtisch. »Besteht Grund, daß Neg schon wieder hierherkommt?«

Neg stieg von seinem Dreirad und bemühte sich um eine imposante Haltung. Die Wimpernkränze zuckten. »Neg kommt in seiner Eigenschaft als Haushaltsvorstand. Neg erachtet es für angebracht, sich persönlich zu überzeugen, wie dieser Allegon seine Tagesarbeit vollbringt.«

»Ah? Dieser Mensch verbringt den Tag in Gonnegon Tux' Werk unter direkter Aufsicht von Gonnegon Tux.«

»So? Es bleibt Gonnegon Negs Recht, sich zu überzeugen. Es ist notwendig, die Leitung dieses Allegons zu erlernen.«

»Dieser Mensch wurde Negs Dreit noch nicht zugestanden!«

»Aber das wird diese Allegon, wenn Gerechtigkeit zugesprochen wird. Deshalb ...«

Tux warf arrogant den Kopf zurück. »Dieser Gonnegon erinnert Neg jetzt, daß dies kein Dienstleistungsbetrieb ist. Darum ist es unmöglich, Dienste in der Schulung von Anleitungen zu erweisen.«

Gonnegon Neg bemühte sich um die gleiche Arroganz. »Ah? Und wenn dies kein Dienstleistungsbetrieb ist, wie arbeitet Allegon dann hier?«

»Dies ist ein Produktionswerk. Mensch produziert!«

Gonnegon Negs Gesicht erbleichte vor Wut. »So! In dieser Fabrik erlaubt ein geachteter Gonnegon einer Allegon zu produzieren? In diesem Fall ...«

Als Tol bemerkte, daß die beiden Gonnegons viel zu sehr mit Haarspaltereien beschäftigt waren, als auf ihn zu achten, verschwand er hastig die Treppe hoch. Zwei Instandsetzungsteams erwarteten ihn und zwei Werkzeugmaschinen: Schleif- und Bohrmaschine — metallene Alpträume, deren Innereien auf dem Boden herumlagen. Tols Handgelenk war bereits soweit verheilt, daß er sich das Vergnügen leisten konnte, selbst mitanzupacken. Er griff nach seinem Werkzeug, schloß sich seinen Arbeitstrupps an, und schon kehrte seine gute Laune wieder.

Eine Stunde später kam Tux die Treppe hoch und in die Halle. Tol richtete sich auf und blickte ihm entgegen. »Haben Sie Neg rausgebracht?«

Hinter des Gonnegons Stirn tobte ein Gewitter. »Neg wurde aus dem Gebäude verwiesen, aber ich kann ihm den Aufenthalt auf der Straße davor nicht verbieten, wo dieser Gonnegon jetzt wartet — auf dich!«

»Sie glauben, er wird es dort stundenlang aushalten?« fragte Tol düster.

»Es ist Negs ausdrücklicher Vorsatz, auf Mensch zu warten. Ich glaube nicht, daß irgend etwas ihn davon abbringen kann.«

Tol knirschte mit den Zähnen. »Wie soll ich dann die Ersatzteile besorgen, wenn Neg mir auf den Fersen bleibt?«

Die Wimpernkränze zuckten besorgt. »Es gibt Grund zur Annahme, daß das nicht möglich ist?«

»Das kann man wohl sagen. Es darf niemand wissen, woher ich sie hole, und schon gar nicht Gonnegon Neg. Das war eine der Bedingungen der Person, die mir den Weg zu den Lagerhäusern wies. Und diese Bedingung werde ich ganz sicher einhalten!«

Tux ging überlegend auf und ab. »Es wäre nicht möglich, daß Allegon diese Teile für dich holt?«

»Das wäre es keineswegs. Nur ich hole sie. Allein!«

Sorgenvoll runzelte der Gonnegon die Stirn. Mit einem Finger deutete er ins Innere der Bohrmaschine und betrachtete die auf dem Boden ausgebreiteten Teile. »Ich überlege mir folgendes, Mensch: Wenn es nicht möglich ist, Allegon zur Gleichung hinzuzufügen, wäre die Lösung, wie mir scheint, Gonnegon abzuziehen. Pflichtest du mir bei?«

Tol blickte in die listigen Augen, die entschlossen funkelten. »Sie haben doch nicht etwa gar vor, ihn für immer verschwinden zu lassen?«

Der Gonnegon schnaubte entrüstet: »Ha! Keinesfalls. Das wäre strafbar. Ich dachte so: Unten ist eine Abstellkammer mit schwerer Tür und ohne Fenster. Es ist kein angenehmer Aufenthaltsraum. Aber es ist ja auch nicht erforderlich, Gonnegon Neg länger als eine Stunde abzuziehen. Richtig?«

Tol nickte bedächtig. »Eine halbe genügt vielleicht. Aber ich kann mich erst nach Einbruch der Dunkelheit auf den Weg machen.«

Wie durch Zauber klärte sich Tux' Miene. »Einverstanden. Ich werde Allegon besorgen, um den Dienst der Subtraktion zu übernehmen.«

Tol quälten immer noch Gewissensbisse. »Diese ... ah ... Subtraktion, ich meine, ihn gegen seinen Willen festzuhalten — ist das nicht strafbar?«

»Es kann höchstens eine Rüge einbringen — nichts von Bedeutung.«

»Ja, aber *wer* wird gerügt? Sie? Ich? Oder die Allegon?«

Die Sache war offenbar wirklich nicht der Rede wert. »Dieser Gonnegon, natürlich. Aber es wird mir ein Vergnügen sein. Neg ist unausstehlich, ein unwürdiger Vertreter unserer Spezies.«

Ein wenig kopfscheu machte Tol sich wieder an seine Arbeit.

Später, als er mit Neg auf den Fersen von einem schnellen Abendessen am Fuß des Berges zurückkehrte, säuberte eine Allegon von ungewöhnlich kräftiger

Statur das untere Büro. Drahtige Strähnen dunklen Haares klebten auf einer stark gewölbten Stirn. Beachtliche Muskelwülste spielten an den langen Armen und Beinen. Gonnegon Tux' Augen brannten unruhig. »Du wirst bis spät zur Produktion bleiben, Mensch?«

»Ja«, versprach ihm Tol und musterte die Allegon zweifelnd.

»Diese Allegon ist sehr verläßlich«, versicherte ihm Tux, der seine Skepsis bemerkte. »Es ist bedauerlich, daß du das Schauspiel nicht miterleben kannst.«

Tol betrachtete das wuchtige Kinn der Allegon, Tux' rachsüchtige Miene und den fast gebrechlich wirkenden Neg auf der Straße vor der Tür. »Ja«, murmelte er gedehnt.

Das Schauspiel ging offenbar glatt über die Bühne. Tol hatte sein Werkzeug gesäubert und für die Nacht verstaut, als der Gonnegon auf der Treppe erschien. »Jetzt!« rief er Tol zu.

Tol lauschte auf mögliche hörbare Entrüstung aus der Kammer, vernahm jedoch nichts. Er stieg auf sein Dreirad, schlug sein Notizbuch mit Patts Karte auf und machte sich auf den Weg zum Ta'aparkt, drei Gipfel entfernt.

Eine halbe Stunde später, auf dem Nauparkt, kam ihm der Verdacht, daß er beschattet wurde. In der Dunkelheit hinter ihm verfolgte ihn das unentwegte Quietschen nichtgeölter Räder. Er nahm es mehr mit dem Instinkt als mit den Ohren auf. Irgendwie empfand er ein seltsames nagendes Gefühl in der Nackengegend. Als ihm seine Bedeutung klar wurde, trat er auf die Bremse und drehte sich um.

Eine nur vage sichtbare Gestalt hinter ihm bremste ebenfalls und hielt an.

Nachdenklich radelte Tol weiter. Wer war das? Neg? War er so schnell aus der Kammer entkommen? Aber nein, sein Schatten war nicht so schmal gewesen. Doch wenn nicht Neg, wer dann?

Mit einer Hand schob Tol das Notizbuch in die Tasche. Dann legte er alle Kraft in die Waden und trat in die Pedale. Das Pflaster schien unter den Rädern dahinzufliegen. Er sauste um eine sanfte Biegung, strampelte eine kurze Strecke bergauf und nahm mit hoher Geschwindigkeit eine scharfe Biegung. Hastig trat er auf die Bremse und versteckte sich in einer Sackgasse.

Sein Schatten bog quietschend um die Ecke, radelte an der Sackgasse vorbei und hielt an, als er Tol nicht mehr sah. Tol leuchtete der Gestalt, die suchend die Dunkelheit nach ihm durchspähte, mit der Taschenlampe ins Gesicht. Eine Allegon blinzelte dümmlich unter den zerzausten Strähnen auf der gewölbten Stirn.

Zunächst war Tol genauso irritiert wie die Allegon. Sein erster Gedanke war, daß Neg sie bestochen und sie ihm an seiner Stelle nachgeschickt hatte. Aber beim zweiten Gedanken sah er die Sache klarer. Er erinnerte sich des listigen Blicks der funkelnden Augen Tux' und der Verschlagenheit dieses seltsamen Philosophen. Plötzlich zweifelte er nicht, daß Tux ihm diese Allegon nachgeschickt hatte.

Auch Tux' Beauftragte hatte die kurze Verschnaufpause zum Überlegen benutzt. Entschlossen drehte die Allegon ihr Dreirad um, radelte hinter Tols und blieb stehen.

»Großer Gott!« entfuhr es dem verblüfften Tol. »Wie kommst du darauf, daß ich mir deine Beschattung weiter gefallen lasse?«

Dunkle Augen blinzelten im Taschenlampenschein. »Allegon dient.«

»Na gut. Wenn Allegon dienen will, kann Allegon umkehren und zu Gonnegon Tux zurückradeln, um ihm folgendes auszurichten: ›Es bleibt ein Geheimnis, wo Lagerhaus ist. Mensch führt niemanden dorthin!‹«

Die Allegon dachte gar nicht daran zurückzufahren. »Allegon dient Gonnegon Tux«, erklärte sie.

»Und nicht mir? Nun, worum ich dich bitte, ist ja,

Tux zu dienen. Tux weiß es vielleicht nicht, doch solange ich eine Allegon auf meinen Fersen habe, werde ich keine Ersatzteile für Tux' Maschinen holen, und Tux' Soll wird um so länger nicht erfüllt werden können. Wenn du also Tux wahrhaft dienen willst, mußt du ihm das ausrichten, und ich besorge die nötigen Maschinenteile.«

Die Augen der Allegon blieben stumpf. »Allegon dient«, wiederholte sie hartnäckig und wartete.

Tol blickte den Berg hinauf und hinunter. Mit Zeit und flinken Waden würde er die Allegon abschütteln können. Wenn nicht hier, dann auf der Küstenebene in dem Gassenlabyrinth. Aber wenn er an die klamme Kälte dachte, an die Nebelschwaden, die immer wieder nach ihm griffen, an all die Stunden, die er bereits für Tux geopfert hatte und daran, daß er schließlich auch jetzt für ihn unterwegs war, verging ihm alle Lust, sich weiter für ihn zu strapazieren.

In einer so kalten Nacht war es zu Hause viel schöner. Er konnte ein heißes Bad nehmen, etwas Heißes trinken und sich in ein warmes Bett kuscheln.

Sollte Gonnegon Tux sich doch zum Teufel scheren — wenigstens heute nacht!

Er teilte der Allegon seinen Entschluß mit. Dann wendete er sein Dreirad und rollte den Berg wieder hinunter. Die Allegon folgte ihm. Gemeinsam radelten sie an Gonnegon Tux' Fabrik vorbei und erreichten den Gipfel des Acparkt. Als Tol von seinem Dreirad stieg, tauchte eine einsame Gestalt aus den Schatten der Straße auf, ganz klein und bibbernd vor Kälte. Negs tiefliegende Augen funkelten vor Grimm, und er setzte zu einer Tirade an, doch da entdeckte er die Allegon. Die Augen wurden plötzlich trocken, und das Gesicht verlor alle Farbe.

Geschickt wich Tol beiden aus, rannte die Treppe hoch, verriegelte seine Wohnungstür und lehnte sich feixend dagegen.

Laarica, in ihrem rosigen spinnwebdünnen Thermalanzug, kam aus der Küche. »Oh, hallo!« begrüßte sie Tol. »Ich dachte, du bleibst die Nacht über bei Patt.«

»Nicht daran zu denken.« Schmunzelnd erzählte Tol ihr von den Hindernissen, die einem nächtlichen Ausflug im Weg standen.

»Es kann eben nicht immer alles glatt gehen«, sagte Laarica philosophisch. »Was hältst du von einem heißen Mahl und einem nicht weniger heißen Bad?«

Tol hielt von beidem sehr viel. Sie nutzten den Abend und genossen ihn noch mehr, wenn sie an die selbstgewählte Unbequemlichkeit dachten, die die unten hartnäckig ausharrenden zwei — die Allegon und Neg — sich aufgehalst hatten.

12. Kapitel

Es war Vormittag, als sie den Berg wieder hinunterradelten: Tol, die Allegon und Neg. Der Unterschied zwischen dem ausgeschlafenen Vordermann, der gut gefrühstückt hatte, und den eingefallenen und durchfrorenen Verfolgern war kraß. Gonnegon Tux' Augen weiteten sich, als Tol mit der Allegon auf den Fersen ankam. Tux trat hocherhobenen Hauptes hinter dem Schreibtisch hervor.

»Sie haben sich ins eigene Fleisch geschnitten, Tux«, wandte Tol sich grinsend an ihn.

Der Gonnegon blickte nervös von Tol auf die Allegon und zurück. »Ich mußte Neg natürlich wieder freilassen.«

»Oh, das habe ich nicht gemeint. Sie haben mir diese Allegon nachgeschickt, um herauszubekommen, wo das Lagerhaus ist. Statt dessen bekam ich heraus, daß sie mir folgte. Also mußte ich meinen Besuch im Lagerhaus abblasen. Und was haben wir dadurch gewonnen? Sie haben keine Ersatzteile für Ihre Maschinen oben, und ich habe Neg wieder auf dem Hals.«

Die Augen des Gonnegons wurden kurz feucht. »Das ist ein Problem«, gab er zu. »Vielleicht ist es sogar die Schuld dieses Gonnegons. Die verständliche Neugier war zu groß.«

Tol schnaufte: »Ja, sicher. Haben Sie eine Idee, wie ich Neg wieder loswerde? Er wird sich bestimmt kein zweitesmal in die Abstellkammer sperren lassen.«

Tux' lange Finger spielten mit einem Bündel Papieren. »Mensch, du mußt die Sache von der richtigen Warte sehen und umdenken. Deine Anweisungen und Aufsicht bei der Reparatur oben sind unbezahlbar und nicht übertragbar. Die Metallteile zu holen dagegen, ist rein mechanische Arbeit — eine Dienstleistung, die Funktion einer Allegon, nichts weiter. Deshalb ...«

»Nein!«

Der Gonnegon krümmte die Finger. Der Kopf neigte sich unter seinem Gewicht nach vorn. »Es ist möglich, Mensch, daß eine Gruppe Allegons, die die Berge durchkämmt, mehrere Orte findet, wo Ersatzteile vorrätig sind«.

»Mit der Zeit, vielleicht«, gestand Tol ihm zu. »Aber Sie brauchen diese Teile jetzt, genau wie Sie jemanden brauchen, der etwas damit anfangen kann. Und der, wenn ich sie daran erinnern darf, bin ich.«

Der schwere Kopf hob sich wieder. Sein Blick begegnete dem Tols. »Das ist wahr.« Mit einer resignierenden Geste gab Tux sich geschlagen. »Ich werde dir keine Hindernisse mehr in den Weg legen.«

»Aber Neg sehr wohl.«

»Das ist ein Problem. Ich werde darüber nachdenken.«

»Ach so ist das? Sie werden darüber nachdenken.«

Tux' Augen funkelten. »Hältst du mich für einen unproduktiven Denker, Mensch?«

Tol lächelte dünn. »Nein, das kann man von Ihnen ganz bestimmt nicht behaupten, Gonnegon. Also, zerbrechen Sie sich mal schön den Kopf. Sie haben bis zum Abend Zeit.«

Oben standen die Berregons untätig herum. Alp grüßte Tol erleichtert. »Diese Berregons benötigen neue Anweisungen, Mensch.«

»Diese Berregons sollen sie haben. Aber es ist sinnlos, etwas zu überstürzen. Ich konnte die Teile nicht besorgen.«

Gegen Mittag waren viele Schritte auf der Treppe zu hören. Alle hoben den Kopf und blickten dem kleinen Zug entgegen, der da auf sie zukam: Es war Gonnegon Tux mit vier Allegons, die Tabletts mit dampfenden Speisen trugen. »Mittagspause«, erklärte Gonnegon Tux. »Wir essen miteinander, zur Feier der Arbeit, die hier geleistet wird.«

Die Spannung, der Widerstand der Berregons, die in ihrer Arbeit unterbrochen worden waren, hing spürbar in der Luft. Devot bedienten die Allegons die Anwesenden. Eine Allegon breitete eine grobes Tuch über Tols Knie und stellte vorsichtig einen irdenen Teller darauf. Eine zweite Allegon schöpfte ein nahrhaftes Gericht mit dicker Soße darauf.

Gonnegon Tux wurde als letzter bedient. Er hatte sich auf eine Fräsmaschine gesetzt, die längst ihren Geist aufgegeben hatte. Er baumelte mit den Beinen, und seine Augen leuchteten. »Ich glaube jetzt fest an diese Sache, Mensch«, erklärte er. »Mit diesen kräftigen Arbeitern werden wir Erfolg haben.«

Tol brummelte etwas und widmete sich seinem Essen. »Und Neg?« fragte er nach einer Weile.

»Ah, Neg geht das alles falsch an. Er stapft unruhig vor der Fabrik hin und her, hat nichts gegessen und nicht geschlafen, während wir hier ausgeruht und verköstigt sind. Ich habe mir einen neuen Plan ausgedacht, den du heute abend ausführen wirst, während Neg in der Kälte frieren und hungern wird.«

»Neuer Plan?« erkundigte Tol sich mißtrauisch.

»Ja. Hör ihn dir an! Hinter dieser Steinwand liegt die Straße. Heute nachmittag wird dieser Arbeitstrupp ein Loch produzieren, durch das Mensch schlüpfen kann. Und natürlich wird ein Dreirad davor warten, um Mensch weiterzuhelfen.«

Tol starrte auf die bemooste Wand und zurück auf den Gonnegon, der vor Begeisterung glühte. »Großer Gott, Tux! Wie stellen Sie sich das vor? Wir sind hier im zweiten Stock! Wie weit ist es bis zur Straße hinunter?«

»Ein Seil von ausreichender Stärke und Länge ist ebenfalls bereit.«

Voll Unbehagen stellte Tol sich vor, wie das Seil ihm ins Fleisch schnitt. »Okay, zumindest verlangen Sie also nicht von mir, daß ich hinunterspringe. Doch wie soll's dann weitergehen? Ich steige also auf das Dreirad —

aber der einzige Weg vom Acparkt hinunter führt an Neg vorbei, der das Eingangstor bewacht. Glauben Sie vielleicht, er ist blind?«

»Wie soll er dich sehen, wenn du unter einer Lederplane im Gepäckfach eines Dreirads verborgen bist, das eine Allegon fährt?«

Tol nickte. »Die gleiche Allegon, die gestern abend Dienst leistete?«

»Ich bin doch nicht dumm, Mensch.«

»Nur gerissen. Also gut, ich mache mit. Aber wenn Sie mich noch einmal irgendwie hintergehen wollen, habe ich Ihnen das letzte Mal geholfen. Verstanden?«

Das Gesicht des Gonnegon strahlte triumphierend. »Verstanden, Mensch. Und mach dir keine Sorgen, dieser Plan wird gelingen. Wir sind das Team, das durchhält.«

Tol nickte skeptisch. »Dann brauche ich einen Wagen für die Ersatzteile; denn heute abend wird die Allegon mit ihrem Dreirad mich nicht begleiten.«

»Es ist möglich, Allegon von Dreirad zu trennen.«

»Nein, ich brauche eine Karre, auf der ich viel unterbringen kann. Laß heute nachmittag eine von der Allegon zum Naupark hinüberbringen. Abends kann sie mich dann dort absetzen, woraufhin sie sofort auf ihrem Dreirad hierher zurückkommen wird!«

»Schon so gut wie erledigt.«

Tol leerte seinen Teller und blickte sich um. Erst allmählich wurde er sich der veränderten Atmosphäre bewußt. Die Berregons, die zuvor angespannt und feindselig gewesen waren, saßen lässig auf dem Boden und stippten den letzten Rest der dicken Soße aus ihren Tellern. Tols Blick wanderte von einem Gesicht zum anderen und staunte über die Gutmütigkeit, die er in ihren Zügen las, und über die Aura von Wohlbefinden, die sie plötzlich ausstrahlten. Sein Blick kehrte zu seinem Teller zurück. Diese seltsame Entspannung der Berregons kam zu den verrücktesten Zeiten …

Diese seltsame Entspannung der Berregons kam immer nach dem Essen!

Tol drehte den Kopf. Er blickte den Gonnegon scharf an und bemerkte, daß dieser ihn studiert hatte, während er die Berregons studierte.

Er verstand. Mit entblößten Zähnen knurrte er: »Ja, wirklich gerissen!«

Verwirrt blickte der Gonnegon ihn an. »Ich verstehe nicht.«

»Nicht so wichtig.« Tux war mit seinen Allegons nicht heraufgekommen, um mit seinem Instandsetzungsteam zu speisen, sondern um mit dem Essen für die Gutwilligkeit seiner Arbeiter — und auch Tols — zu sorgen, ehe er ihn zu seinem neuesten Plan — wie er Neg überlisten konnte — überredete.

Hüte dich vor der Schlange!

»Stimmt etwas nicht?« fragte der Gonnegon und bewies seine wache Intelligenz.

»Das kann man wohl sagen. Erwarten Sie nicht, daß ich auch zu Abend mit Ihnen esse.«

»Schmeckt das Essen nicht?«

»O doch, es schmeckt köstlich. Aber ich bin kein Berregon. Sie können mich nicht weichmachen, indem Sie mir den Bauch füllen. Trotzdem verzichte ich, rein aus Prinzip, auf ein Abendessen.«

Das Lächeln des Gonnegon verriet, daß er ihn nicht verstanden hatte. »Ich werde dich natürlich nicht dazu zwingen, Mensch.«

»Das würde ich Ihnen auch nicht raten!«

Als die Berregons sich nach dem Mahl erhoben, hatte Tux schon für das richtige Handwerkszeug gesorgt, und der Angriff auf die bemooste Wand begann. Und keineswegs zu früh, denn sie plagten sich bis zum Spätnachmittag, ehe ein Loch geschaffen war, das groß genug für Tols Schultern und den Rest seines Körpers war.

Tol spähte in der Dämmerung hinaus auf den sich

allmählich verdunkelnden Himmel und betastete die rauhen Seitenwände des Loches, das mit seiner Länge von über einem Meter eher ein Tunnel war. »Die scheinen hier für die Ewigkeit gebaut zu haben«, brummte er finster.

Kaum war es dunkel genug, kam die Allegon mit dem Seil. Alle versammelten sich um die Tunnelöffnung: Allegon, Berregons, Mensch und Gonnegon. »Es ist natürlich nötig, zuerst eine Art Geschirr anzufertigen, um das Gewicht richtig zu verteilen«, erklärte Tux von oben herab. »Die Produktion übernehmen selbstverständlich die Berregons.«

»Und die Befestigung die Allegon?«

»Selbstredend.«

Von den Berregons produziert, von der Allegon befestigt, rieb das Geschirr an mehreren Stellen, während es an anderen zu lose saß. »Ach, ist schon gut«, brummte Tol ungeduldig. »In dieser Dunkelheit ist vielleicht nicht einmal der Boden da.«

»O doch! Ich hoffe sehr, daß er da ist«, sagte der Philosoph Tux schnell. »Wenn nicht ...«

»Ich lasse es Sie von unten wissen«, unterbrach Tol ihn hastig.

Der Boden war sehr wohl da, steinig und eiskalt. Auch eine Allegon war da, um ihm das Geschirr abzunehmen, ihn unter einer schlecht gegerbten Lederplane im Gepäckfach zu verstecken und mit ihm — unangenehm über das unebene Pflaster holpernd, daß es ihn schrecklich durchschüttelte — den Berg hinunter und den nächsten wieder hochzuradeln.

Ich stecke mitten in einer industriellen Revolution, dachte Tol düster, ein Rebell, der vor einem Diktator durch tiefe Dunkelheit flieht. Nur griff die industrielle Revolution hier auf die Vergangenheit zurück.

Als sein Armbandchrono ihm verriet, daß sie mittlerweile zehn Minuten unterwegs waren, hob er die Plane ein Stück und hielt vorsichtig nach Verfolgern Ausschau. Erst als er sicher war, daß sie nicht beschattet wurden, schob er die Plane ganz zur Seite und atmete erleichtert die saubere Luft ein.

Auf dem Nauparkt fanden sie den abgestellten Karren auf einem verlassenen Platz. Tol schickte die Allegon fort. Er lauschte dem Klappern ihres Rades, bis es sich in der Ferne verlor. Jetzt erst klappte er sein Notizbuch auf und studierte Patts Karte im Taschenlampenschein.

Während er die Karre zum Na'aparkt zog, achtete er mit allen Sinnen auf das geringste Geräusch und sonstige Hinweise, die auf Beschattung schließen lassen mochten.

Atemlos, aber ohne unliebsame Begleitung, kam er an dem von Patt eingezeichneten Lagerhaus an und schaute sich keuchend um. Es war ein armseliges kleines schuppenähnliches Gebäude, das sich windschief an die felsige Flanke des Ta'aparkts schmiegte. Uralt war es und sah nicht sehr vielversprechend aus.

Achselzuckend rollte er den Karren durch die knarrende Tür, leuchtete mit der Lampe über den schmutzigen Boden, und die Wände hoch. Was sich ihm hier im Lichtschein eröffnete, paßte nicht zu dem heruntergekommenen Äußeren des Gebäudes. Erstaunt ließ er die Karre am Eingang stehen und ging weiter hinein in das kleine Lagerhaus.

Von innen war es jedoch alles andere als klein. Es reichte noch viel weiter als bis zum äußeren Ende des Bauwerks, tief hinein in den Ta'aparkt selbst, und zwar als breiter, leicht gewundener Tunnel.

Tol leuchtete über die Haufen, die Stapel und die teilweise unter dem Gewicht eingebrochenen Regale mit metallenen Ersatzteilen. Dann ließ er den Lampenschein über die aus dem Fels gehauenen Wände und die Decke wandern.

Interessiert ging er schließlich den Tunnel weiter. Erschrockene Nager brachten sich hastig in Sicherheit.

Der Lampenschein tanzte vor ihm her und kam schließlich nach etwa einer Viertelstunde auf einer hohen Metallwand am Tunnellende zur Ruhe. Ungläubig betrachtete Tol das Metall. Es glänzte fast blendend und wies nicht die geringste Spur von Korrosion auf. Da wußte er, daß es auch ungemein fest war, denn es handelte sich hier zweifellos um das gleiche Metall, das teilweise für die Drehbank verwendet worden war und das er für sich ›Perm‹ genannt hatte. Mit Händen und Licht suchte er nach Fugen oder Nahtstellen, fand jedoch nichts dergleichen. Während seine Gedanken sich überschlugen, ließ Tol die Taschenlampe sinken.

Der Tunnel selbst, sein Boden, die Wände, die Decke waren aus rohem Fels. Warum dann eine Permawand an seinem Ende? Lag etwas dahinter? In einem versiegelten Raum?

Oder hatte man lediglich beabsichtigt gehabt, den ganzen Tunnel mit Perma zu verkleiden?

Ein leises Geräusch aus dem vorderen Tunnelteil riß ihn aus seinem Grübeln. Hastig schaltete er die Taschenlampe aus. Er erstarrte in der Finsternis und verließ sich nun völlig auf seine Ohren.

Das Geräusch wiederholte sich. Zweifellos waren das keine Ratten.

War es die Allegon? Er wirbelte herum und spähte in die Dunkelheit.

Der Schein der Taschenlampe seines Verfolgers blendete ihn. Doch die Stimme, die weich durch die Finsternis drang, beendete schnell seinen Ärger. »Bist du allein gekommen, Mensch?«

»Patt?« fragte er, obwohl er die Stimme mit Sicherheit erkannt hatte.

»Bist du allein?«

»Ja.« Er schirmte die Augen ab und schaltete seine Lampe wieder ein.

Patt trat in den Kreis seines Lichtscheins. Ihr Gesicht und ihre Haltung waren nicht so fest und kühl, wie es ihre Stimme gewesen war. Ein Bluterguß zeichnete einen Querstrich vom linken Auge zum Mundwinkel. Hände und Gesicht waren schmutzbedeckt, und an ihrem Kinn klaffte eine leichte Wunde. Ihr Interesse galt nicht Tol, sondern der Permawand, vor der sie nun beide standen.

»Kannst du diese Tür denn nicht öffnen?« fragte sie schrill.

Tols Blick wanderte über das Metall. »Ich glaube nicht, daß es eine Tür ist.«

Abwesend betastete Patt die Wand und studierte sie mit unruhigen Augen. »Es muß eine Tür sein, Mensch. Ich bin sicher, daß das der Zweiteingang ist.«

»Eingang? — Wozu?«

»Zu dem Berggewölbe. Ich setzte mich auf mein Kraftzweirad, und meine Erinnerung führte mich zum inneren Tal, zur Taltür. Aber sie war verschlossen! Verschlossen, Mensch! Ich konnte nicht hinein!«

»Hör zu, Patt, ich bin mir nicht ganz sicher, worüber du sprichst, aber glaubst du wirklich, daß es eine Tür war? Nicht lediglich eine feste Metallwand?«

»Natürlich bin ich sicher! Ich trat mit meinem Elter durch jene Tür. Glaubst du vielleicht, ich wäre durch eine undurchdringliche Metallwand gekommen?«

»Na ja, als wir uns das letztemal sahen, war es mit deinem Erinnerungsvermögen nicht so weit her.«

»Jetzt jedenfalls gibt es keine Zweifel mehr. Als ich mein Kraftrad zusammengebaut hatte, fand ich den Paß ins Tal, und da war auch die breite Straße, die sich im Grün des Dschungels verlor, genau so, wie ich mich plötzlich wieder erinnerte. Ich folgte der Straße, vorbei an dem schillernden See, dem bewaldeten Hang, dem Felsental und einem Dutzend weiterer hervorstechender Merkmale, die ich im Vorüberfahren wiedererkannte. Dann gelangte ich auf ein breites, gepflastertes Terrain, an dessen Ende sich der Taleingang befand. Als ich damals mit meinem Elter dort war, stand das Tor weit offen. Jetzt ist es geschlossen. Es ist massiv, noch massiver als diese Tür hier. Aber ich versuchte trotzdem, es aufzubekommen. Meine ganze Kraft legte ich in den Versuch.

Ich hatte kein Glück. Doch als ich mich dort im Schatten eines Felsblocks ausruhte, fiel mir dieses Lagerhaus mit seinem Tunnel und der Metallwand ein. Ich machte mir ein Bild meiner Position und kam zu dem Schluß, daß ich mich an der Rückseite des Ta'aparkts befand, und daß deshalb das hier der Vordereingang zum Berggewölbe sein muß. Infolgedessen fuhr ich hierher.« Frustriert hämmerte sie mit den Fäusten an die unnachgiebige Wand.

Tol ließ sich durch den Kopf gehen, was sie alles gesagt hatte. »Hör mal, du bist doch mit deinem Elter auch in dieses Lagerhaus gekommen, nicht wahr?«

»Zweimal.«

»Hat dein Elter jemals diese Wand geöffnet?«

»Nicht, daß ich wüßte.«

»Nun, läßt das dann nicht darauf schließen, daß das hier überhaupt keine Tür ist? Denn statt hier hindurchzugehen, machte dein Elter den ganzen Weg um den Berg herum und durch das Tal. Warum diese Umstände, wenn sich auf dieser Seite des Ta'aparkt eine Tür befände.«

»Mensch, es muß eine Tür geben, und das hier ist sie! Meine Freiheit liegt hinter diesem Metall!« In ihrer Verzweiflung riß sie einen Schraubenschlüssel aus seinem Werkzeuggurt und bearbeitete die Wand damit, ehe sie ihn wütend von sich schmiß. »Wo hast du etwas zum Schneiden? Ich werde durch diese Tür hindurchkommen!«

»Berregon!« sagte Tol beruhigend, während er sich bückte, um seinen Schraubenschlüssel aufzuheben. »Berregon, ich habe nichts bei mir, womit sich dieses Metall schneiden ließe. Aber vielleicht, wenn ich die andere Tür untersuchen könnte …«

Ihre Augen öffneten sich weit, und Hoffnung strahlte über ihre Züge. Doch dann sank sie entmutigt gegen das kalte Metall zurück. »Mensch, es gibt nur ein Kraftzweirad.«

»Wie weit ist es denn bis zu dem anderen Tor?«

»Fast eine Tagesfahrt mit dem Kraftrad — eine Unendlichkeit weit mit dem Dreirad.«

Er nickte, strich mit den Fingern durchs Haar und überlegte sich Alternativen. Ausschlaggebend war das Kraftzweirad, diese Nor'Dyrenische Abart eines irdischen Motorrads. »Ich hätte eine Idee«, sagte er schließlich. »Du machst mir eine Karte zu diesem Taleingang, und während du dich hier einmal richtig ausschläfst, fahre ich mit deinem Zweirad um den Berg herum und sehe mir die Sache an.«

Nun versuchte sie nicht mehr, ihre Müdigkeit zu unterdrücken. »Das klingt vernünftig, Mensch.«

»Das ist es auch. Hast du überhaupt inzwischen geschlafen, seit Laary und ich bei dir waren?«

»In jener Nacht schlief ich, seither nicht mehr.«

»Und hast du etwas gegessen?«

»Es war keine Zeit.«

Tol nickte. »Dann nimmst du dir jetzt Zeit dazu — für beides! Ich suche einen Markt und besorge Proviant für mich und genügend für dich, daß du es ein paar Tage hier aushältst. Wenn auch ich das Taltor drüben nicht öffnen kann, versuchen wir nach meiner Rückkehr hier ein Loch hindurchzubrennen.« Er bemerkte den ungläubigen Blick, den sie auf seine Taschenlampe warf. Lächelnd sagte er: »Ich habe ein kleines Schweißgerät in meinem Werkzeugkasten. Ich habe zwar noch keine Gelegenheit gehabt, es an diesem Metall auszuprobieren, aber ich glaube doch, daß wir es damit schaffen.«

Patt seufzte tief. »Gut, Mensch, ich überlasse einen Tag lang mein Problem dir.«

»Wärst du dafür so lieb, dich nach ein paar Ersatzteilen für mich umzusehen, während ich auf den Markt gehe?«

Sie war es. Als er zurückkam, hatte sie alle gewünschten Teile für die Schleif- und die Bohrmaschine zusammengetragen. Nachdem sie beide gegessen hatten, dachte er über das Problem nach, wie er die Ersatzteile zu Tux schaffen könnte. Schließlich fiel ihm etwas ein. »Ich werde den Karren zum Nauparkt ziehen, wo er abgestellt gewesen war, und kann dann nur hoffen, daß Tux ihn dort suchen lassen wird — und daß Alp und Mpx die Schleifmaschine auch ohne mich fertigstellen können, vielleicht auch die Bohrmaschine. Mit ein bißchen Glück bin ich rechtzeitig wieder hier, um noch vor dem Morgengrauen mit deinem Kraftrad aufbrechen zu können.«

»Du brauchst keinen Schlaf?« fragte sie anzüglich.

»Ich habe die vergangene Nacht gut und lange geschlafen. Wenn es sein muß, mache ich unterwegs ein Nickerchen. Gibt es irgendwelche Raubtiere oder sonst irgendwelche gefährlichen Tiere außerhalb der Wohngegenden?«

»Nein, keine.«

Nichts als einen schillernden See und einen bewaldeten Hang, dachte er sarkastisch. Später fuhr er an beiden vorbei. Ersterer blendete ihn, letzterer erschreckte ihn, während die ungeheuerlich breite Straße, die beides miteinander verband, ihm fast Ehrfurcht einflößte. Er war auf den Highways der Erde spazieren gegangen. Da es dort schon lange keine Privatfahrzeuge mehr gab, waren sie quasi nur noch eine Touristenattraktion. Ja, er war darübergeschritten, -gelaufen, -geschlittert und hatte versucht, sich am Lenkrad eines metallenen Flitzers vorzustellen, wie er so im Sonnenuntergang über das breite Band brauste.

Aber dieser Highway, der in einem Dschungeltal hinter einem vergessenen Bergpaß begann, war etwas anderes. Nichts wies auf seine frühere Benutzung hin.

Hatte man ihn für Fahrzeuge wie das Taxi erbaut? Wenn ja, warum dann hier? Oder für Krafträder? Wenn ja, wohin hatte er geführt? Nur zu diesem mysteriösen Taltor?

Das Kraftrad fraß sanft Kilometer um Kilometer und gewährte seinem strapazierten Gesäß eine willkommene Erholung von dem holprigen Steinpflaster der Zivilisation. Eine Stunde vor Morgengrauen hatte er sich auf die Maschine gesetzt und sich genau an Patts Anweisungen gehalten. Er war durchgeschüttelt und ein paarmal sogar abgeworfen worden. Sein einziger Trost war gewesen, daß er mit dem verdammten Ding vermutlich umgehen können würde, sobald die ersten Leute auf die Straße kamen. Und das konnte er auch — fast.

Am Nachmittag ruhte er sich im Schatten eines Baumes aus und machte sich über seine Verpflegung her. Eine schwache Brise spielte mit seinem Haar. Als er den Rest seines Proviants wieder eingepackt hatte, breitete er seinen Mantel auf dem Boden aus und gönnte sich einen kurzen Schlaf. Seine Neugier, was das für eine Tür hinter dem Ta'aparkt war, weckte ihn jedoch bald.

Am Spätnachmittag erreichte er das Ende des Highways. Er mündete in ein breites gepflastertes Terrain. Jenseits davon sah er an der Flanke des Berges ein Tor. Ja, es war zweifellos ein Tor, das in den Berg führte. Es hing in einem metallenen Rahmen. Blendend spiegelte die untergehende Sonne sich auf seiner Permaoberfläche. Welch eine Arbeit mußte es gewesen sein, eine Öffnung von dieser Höhe und Breite in den Ta'aparkt zu hauen und sie dann mit einer Permatür von diesem Ausmaß zu verschließen. Wenn das Tor schon so groß war, wie gewaltig mußte dann erst die Höhle dahinter sein? Und er überlegte, was sie enthalten mochte.

Er konnte es sich nicht vorstellen. Was gab es auf dieser Welt, das die Aushöhlung des Berges, die Errichtung eines so riesigen Tores und den Bau eines Superhighways durch den Dschungel rechtfertigen konnte? Was könnte es gewesen sein? Und wer hatte sich auf eine solche Herkulesarbeit eingelassen?

Aber wichtiger war die Überlegung, wie dieses Tor sich öffnen ließ; denn dann bekam er vielleicht ohnedies die Antworten auf seine Fragen.

Er fuhr zu dem Tor und fühlte sich winzig vor ihm. Er untersuchte es, schritt es von einer Seite zur anderen ab, versuchte es zu öffnen, aber es gab keinen Millimeter nach.

Er sah sich in der näheren Umgebung nach einem Kontrollmechanismus um, der die Tür aktivieren und hochschwingen lassen würde, aber weder in den Büschen noch zwischen den Steinen und Felsblöcken war dergleichen zu entdecken. Die Tür blieb geschlossen.

Und dann hatte die Nacht sich herabgesenkt. Er leuchtete mit der Taschenlampe auf den Boden vor seinen Füßen und überlegte, was er tun sollte. Schließlich entschieden seine müden Knochen für ihn. Er breitete seinen Mantel wieder aus und kauerte sich gegen die Tür. Nachdem er sein kärgliches Abendessen verzehrt hatte, hüllte er sich in den Mantel, lehnte den Kopf an das Tor und schlief ein.

Unglaubliche Träume wechselten einander ab. Träume voll unvorstellbaren Möglichkeiten. Träume, die, wie er im Traum annahm, durch das Tor aus dem Innern des Berges zu kommen schienen.

13. Kapitel

Die Träume endeten bei Sonnenaufgang. Durchgefroren, steif und unausgeschlafen erwachte Tol. Er stand auf und streckte sich, um die Erinnerungen an die Träume zu verscheuchen, doch vergebens. Trüb wie das Morgengrauen drehte er sich zum Tor um.

Ja, es war noch da. Und war auch zwei Stunden später immer noch unnachgiebig. Was immer auch hinter ihm lag, er konnte es von dieser Seite aus nicht erreichen, nicht mit dem Werkzeug, das er bei sich hatte. Alles, was vorerst durch diese Tür zu ihm gelangte, waren Träume — und volles Verständnis für Patts Erbitterung und Frustration. Es schien keinen Mechanismus, keine Möglichkeit zu geben, dieses Tor vom Tal aus zu öffnen.

Am Vormittag schwang er sich wieder auf das Kraftrad und surrte wie ein gereiztes Insekt über die Dschungelstraße. Gegen Mittag kam er zum Bergpaß, der so hoch lag, daß ihm die Kälte in die Glieder drang. Dann brauste er hinunter zur Küstenebene, ohne auf die ungläubig starrenden Allegons, Berregons und Gonnegons zu achten.

Die Ta'aparkt-Gegend erreichte er erst bei Dunkelheit. Vorsichtig und sich immer wieder wachsam umsehend, schob er die Maschine das letzte Stück des Weges. Als er das Lagerhaus betrat, war kein Licht zu sehen, doch aus der Tiefe des Tunnels drang das Hämmern von Metall auf Metall — monoton und entschlossen. Er lehnte das Kraftrad gegen eine hohe Kiste und folgte dem Schein seiner Taschenlampe zum Ende des Tunnels.

Der Kopf mit dem Stoppelhaar war dunkler, die Hände waren schmutziger, aber Patts Augen strahlten triumphierend. Sie deutete auf das faustgroße Loch, das sie in die Permawand geschlagen hatte. »Ich habe es geschafft, Mensch«, sagte sie zur Begrüßung.

Nach einem Blick auf ihre Ausrüstung mußte Tol zugeben, daß sie jeden Grund hatte, stolz auf ihre Leistung zu sein. Er leuchtete mit der Taschenlampe durch das Loch. Das Licht brach sich an einer rätselhaften Wand, die möglicherweise aus Kisten und Kartons bestand. »Ein weiteres Lagerhaus?« fragte er enttäuscht.

»Ha! Es ist mehr als ein Lagerhaus, das darfst du mir glauben. Und die Wand ist dünn. Sehr hart, aber dünn.«

Tol betastete den Lochrand. »Mit meinem Schweißbrenner müßten wir ziemlich schnell durchkommen.«

»Wo hast du ihn?«

»Zu Hause. Nur drei Gipfel entfernt.« Seine Erschöpfung war unüberhörbar.

»Du hast die Tür im Tal also auch nicht aufbekommen.«

»Nein, keine Chance.«

»Dann ist das hier unser Eingang, Mensch.«

Er nickte müde. Ja, das hier war ihr Eingang. Alles, was er tun mußte, war, seinen Schweißbrenner zu holen. Zu Fuß. Er durfte das Kraftrad nicht nehmen, nicht mit Neg vor seiner Haustür und vermutlich auch noch ein paar von Tux' Leuten.

Er wurde sich wieder der ungeduldigen Berregonaugen bewußt. »Nun, dann mache ich mich wohl besser auf den Weg«, murmelte er resigniert.

»Und ich werde das Loch mit dem Meißel weiter vergrößern«, versprach Patt.

Trübsinnig schlurfte Tol durch die Dunkelheit. Das Lagerhaus war das Ziel gewesen, das ihn auf dem langen Weg vom Tal aufrechtgehalten hatte. Und jetzt war er wieder auf der Straße, ungewaschen, ungekämmt, unausgeruht und entmutigt.

Glücklicherweise wartete niemand vor der Tür seines

Hauses auf ihn, auch nicht vor der Wohnungstür, wohl aber im Bett. Laarica setzte sich auf und wischte sich den Schlaf aus den Augen. »Willkommen zu Hause«, murmelte sie.

Tol blieb schwankend in der Mitte des Schlafzimmers stehen, das ihm durch die lange Abwesenheit fast fremd geworden war. »Wie lange ist Neg denn schon weg?« erkundigte er sich.

Laarica schlüpfte in den Bademantel und strich sich das Haar aus der Stirn. »Er wurde gestern abend sehr krank. Ich mußte eine Arztallegon holen, die ihn heimbrachte. Aber wo warst du eigentlich? Du strotzt selbst nicht gerade vor Gesundheit.«

Stumpf betrachtete Tol sich im Spiegel. Er stellte fest, daß er auch nicht viel besser aussah als Patt. »Ah, das ist eine lange Geschichte.«

»So, wie ich sie gern höre. Ich laß' dir das Bad einlaufen. Du siehst nicht so aus, als wärst du selbst noch dazu imstande.«

Später, nachdem er gebadet und gegessen hatte, in saubere Lederkleidung geschlüpft und mit seiner Berichterstattung fertig war, holte er seinen Werkzeugkasten und überprüfte den Schneidbrenner, ehe er seinen Mantel anzog.

Laarica wartete an der Tür auf ihn. »Schade, daß wir nicht auf Staabilik sind, wo die Eingeborenen Nachtgeschöpfe sind«, sagte sie lächelnd. »Dort könnten wir am hellichten Tag unbemerkt herumschleichen.« Auf Tols fragenden Blick erklärte sie: »O ja, ich komme mit.« Sie griff nach der Tasche, die neben ihr auf dem Boden stand.

Allmählich wurde sein Kopf wieder klarer. Auf halbem Weg den Acparkt hinunter dachte er daran, sie zu fragen, wie sie die vergangenen Tage verbracht hatte.

»Oh, ich habe mir die Haare gewaschen«, antwortete sie leichthin und half ihm, den Kasten abzubremsen.

»Tatsächlich?«

»Und dann gelang es mir, meine Anhörung wegen Negs Anklage zu beschleunigen. Ich gewann.«

»Sehr gut.«

»Na ja. Die Verhandlung verzögert sich natürlich, da Neg krank ist. Sie wird erst angesetzt, sobald er wieder auf den Füßen ist — in zwei Wochen, vielleicht.«

»Wir werden uns inzwischen nicht langweilen.«

»Ganz sicher nicht.«

Den Kasten abwechselnd schiebend und abbremsend, kamen sie schließlich an. Am Ende des Lagerhaustunnels blickte Patt ihnen entgegen. »Du hast den Brenner gebracht, Mensch?«

»Ich habe alles mitgebracht«, versicherte Tol ihr.

Trotzdem dauerte es eine Stunde, ehe sie durch ein Loch in der Permawand steigen konnten. Als erstes kletterte Patt hindurch, gefolgt von Laarica und Tol.

Die Luft dahinter roch abgestanden und muffig. Tol leuchtete mit seiner Taschenlampe herum. Soweit sie sehen konnten, waren Kisten in ordentlichen Reihen aufgestapelt. Einstweilen hatte es nicht den Anschein, als wäre das mehr als ein größeres Lagerhaus.

Laarica lieh sich Tols Taschenlampe aus und ließ den Schein herumwandern. Ihre haselnußbraunen Augen spiegelten den Glanz des Permas, mit dem die gesamte Höhle verkleidet war. »Der 10. April 2082.« Ihre Stimme verlor sich in der dunklen Weite.

Tol nickte. Ein schicksalsträchtiges Datum, vielleicht?

»Wir sind nicht wegen dieser Kisten hierher gekommen«, sagte Patt ungeduldig. Der Schein ihrer Lampe huschte weiter, und sie folgte ihm.

Plötzlich waren sie in helles Licht gebadet. Es fiel wie ein Netz von der Decke, bannte sie in seinen Kreis, beleuchtete sie kalt, erbarmungslos, wie sie es auf Nor'Dyren noch nie erlebt hatten. Kalter Schweiß brach ihnen aus.

Tol durchbrach die Starre als erster und schaute sich suchend nach wem immer auch um, der das Licht eingeschaltet hatte. Doch niemand war zu sehen. Außer ihnen gab es ringsum nur Kistenstapel.

Doch da fiel sein Blick auf den Boden, und er fand die Antwort. »Es ist ein automatisches Lichtsystem«, erklärte er. Auf den Knien tastete er nach den winzigen Sensoren, die in den Permaboden eingebettet waren. »Patt, geh ein Stück weiter. Ich möchte wissen, ob wir überall Beleuchtung haben.«

Gehorsam marschierte Patt in ihren weichen Lederschuhen weiter. Nach wenigen Schritten glühte ein zweiter greller Lichtkreis auf, der beim Weitergehen allmählich erlosch, während ein neuer aufleuchtete. Sie schlängelte sich durch die Stapel hindurch, und immer wieder flammten neue Lichter auf, während andere erloschen.

»Es funktioniert einwandfrei«, murmelte Tol.

»Und das System ist weit höher entwickelt als alles, worauf wir bisher auf Nor'Dyren stießen, findest du nicht auch?« fragte Laarica.

Tol blickte zu den Leuchtkörpern hoch. »So etwas habe ich bisher hier noch nicht gesehen.«

Dem Mittelgang folgend, gingen sie weiter. Dieser erste riesige Raum enthielt ausschließlich Kisten, der zweite Kartons, der dritte ...

»Ich würde es kaum beschreiben können«, gestand Laarica, nachdem sie den beispiellosen Inhalt eingehend betrachtet hatte. »Zweifellos sind es Container, aber dergleichen habe ich noch nie gesehen — sie sind einfach phantastisch!«

Staunend folgte Tol ihr durch die Reihen von riesigen Containern. Doch nicht ihre Größe war es, die sie so ungewöhnlich, so phantastisch machte. Es waren die Farben, das Thema, das Schauspiel, das hier eindringlich in einem dauerhaften Medium auf den breiten Flanken der Container dargestellt wurde, die in der gesamten Länge des riesigen Raums aufgereiht waren. Die Flut der Eindrücke, die ihnen entgegenschlug, überwältigte Tol.

»Das ist keine einfache Volkskunst, Tol«, sagte Laarica. »Das ist vollendete Kunst. Und schau dir diese Koordination zwischen den Einheiten an, diese Sequenz! Jeder Container ist Teil eines grandiosen Designs.«

»Ich weiß«, murmelte Tol. Sie waren um eine Ecke gebogen und kamen vorbei an einem bewaldeten Hang. Sie hatten den Eindruck, daß die Bäume lebten und mit belaubten Armen nach ihnen tasteten. Unwillkürlich beschleunigte Tol den Schritt. Und schon waren sie am felsigen Ufer eines schillernden Sees und mußten ihre Augen gegen sein Blenden schützen. Auf dem folgenden Paß hatten sie geradezu das Gefühl, gegen den dort tobenden Schneesturm ankämpfen zu müssen. »Es ist eine Darstellung des ganzen Wegs vom Tal zur Küste.« Damit ließ er es bewenden. Er hatte ihn soeben erst zweimal hinter sich gebracht, und seine Knochen schmerzten noch davon. Die einzige Verschnaufpause war die von Träumen heimgesuchte Nacht vor dem Tor im Tal gewesen.

Sie bogen um eine weitere Ecke und befanden sich nun auf den Straßen der Stadt. »Tol!« rief Laarica aufgeregt. »Ich kenne dieses Gebäude da. Erst vor ein paar Tagen bin ich daran vorbeigekommen. Es sieht allerdings inzwischen nicht mehr so schön aus wie hier — und die Häuser zu beiden Seiten, ihre herrlichen Wandgemälde sind überputzt!«

Tol bemühte sich, Interesse für ihre Entdeckung zu zeigen und für alle weiteren, aber die Müdigkeit hatte mit schweren Händen nach ihm gegriffen. Seine Schritte wurden immer schleppender.

Wieder bog Laarica um eine Ecke, um noch eine, und blieb immer weiter zurück. Ein Lichtkreis zeigte deutlich an, wo sie war; aber sein Weg wich nun von ihrem ab, und er fühlte sich in seinem eigenen grellen Licht gefangen, dem er unerbittlich folgen mußte, bis er schließlich eine Sackgasse aus Containern vor sich hatte. Er war nicht fähig umzukehren und wurde zum Ende des Gangs gezogen. Hilflos blieb er dort zwischen glühenden Augen, gekräuselten Lippen, seltsam proportionierten Schädeln mit einer Haut von unwahrscheinlicher Beschaffenheit stehen.

Seltsam proportioniert? Er versuchte die Erschöpfung abzustreifen, seinen Kopf klar zu bekommen. Diese Gesichter gehörten nicht hierher, nicht auf diesen Planeten. Sie waren nicht die von Allegons, Berregons oder Gonnegons. Diese Gesichter mit der fremdartigen Vitalität, der flammenden Eindringlichkeit entzogen sich ihm. Er konnte sie nicht klassifizieren.

Er erschrak. Klassifizieren! Er dachte wie ein Gonnegon und versuchte die Substanz eines Traumes zu klassifizieren.

Das war es! Ein Traum! Er war im Stehen eingeschlafen.

Er mußte seinen Füßen befehlen, sich wieder zu bewegen. Und dann trugen sie ihn den Gang zurück, hinaus auf den Hauptgang, wo er Laaricas Lichtkreis folgen konnte. Er seufzte tief, als sie zum Ende dieses Containerraums kamen.

Dann standen sie in der nächsten Halle: Tol sah, daß Laarica genau wie er unter den neuen Eindrücken erstarrte. Er stieß einen leisen Fluch aus, der auch ihre Gefühle ausdrückte.

»Das ist einfach zu viel«, murmelte Laarica schwach.

Auch Patt war benommen stehengeblieben.

»Es ist wohl ein Maschinenpark«, flüsterte Laarica nach einer Weile zögernd.

»Eher ein interplanetarer Zoo«, murmelte Tol. »Wie konnte jemand nur auf diesen grotesken Einfall kommen?« Der Effekt der Monstrositäten, die sich im gnadenlosen Lichtschein überall vom Permaboden erhoben, wurde durch die Tatsache nur noch grotesker, daß es sich bei ihnen um Arbeitsmaschinen handelte: Planierraupen, Krane, Bagger und andere Baumaschinen.

Das war zu erkennen, obwohl man ihnen das Aussehen von Dinosauriern verliehen hatte, von Drachen und Behemoths und anderen Ungeheuern. Furchterregende Schädel blickten auf sie herab — kunstvoll geschmiedetes Metall auf unwahrscheinlichen Hälsen. Spitze lange Fänge und Klauen waren in leuchtenden Farben bemalt. Metallene Federn sträubten sich auf schmalen Flanken und mächtigen Schwingen. Schwere Pranken stemmten sich sprungbereit auf den Permaboden. Und all das zusätzlich zu den eigentlichen Maschinenteilen, die aus den phantastischen Metalleibern ragten.

»Pervers!« brummte Tol, als er über eine Straßenwalze kletterte und erschrocken vor einem klaffenden Rachen zurückwich, der genausowenig funktionell war wie der furchteinflößende Schädel und die gewaltigen Krallen der Maschine. Er kroch unter die Maschine und untersuchte ihre funktionierenden Teile. Alle aus Perma, sauber und glänzend wie am ersten Tag. Aber für ihn waren auch sie ein mechanischer Alptraum und erinnerten ihn an die Schleifmaschine, die seiner in Tux' Fabrik harrte.

Auf dem Rücken liegend, untersuchte er mehrere der Maschinen; doch dann hatte er genug. Die weiteren Monster, an denen sie noch vorbeikamen, beachtete er kaum noch. Er hatte nur den einen Wunsch, sie hinter sich zu bringen.

»Sie müssen mythisch sein«, meinte Laarica, als sie endlich das Ende der Halle erreichten. »Ganz bestimmt hat es nie Lebewesen dieser Art hier gegeben. Patt, was sagte dein Elter über diese Maschinen?«

Patt war blaß unter dem Schmutz. »Mein Elter und ich kamen durch das Tor im Tal. Bis zu diesen Räumen hier drangen wir nicht vor.«

»Dann laß mich eine andere Frage stellen. Sind dir irgendwelche dieser Ungeheuer aus Sagen bekannt, die du in deiner Kindheit gehört hast?«

»Nein«, versicherte Patt ihr heiser. »Nein!«

Aufgewühlt gingen sie weiter. Die nächste Halle enthielt wieder Stapel um Stapel von Kisten, doch ohne künstlerischen Ausdruck, und die folgende in engen Reihen ein Kraftrad neben dem anderen, dicht an dicht. Sie waren verziert wie die Arbeitsmaschinen, stellten jedoch keine furchterregenden Ungeheuer dar, sondern kleinere Tiere, ebenfalls mit hochragenden Köpfen und ausgestreckten Klauen. Auch hier herrschte unbeschreiblicher Farbenwirrwarr.

Jedes einzelne dieser Krafträder war von unbeschreiblicher Faszination. Tol rollte eines aus seiner Halterung. Die bunten Wirbel und Spiralen, die seinen Rahmen bedeckten, schrien geradezu nach hoher Geschwindigkeit. Zögernd rollte Tol es zurück und holte ein anderes.

Es hatte eine andere Aussage. Zirruswölkchen schwebten auf dem veilchenblauen Metall, und Tol glaubte den Wind im Haar und Morgendunst im Gesicht zu spüren.

Fasziniert wandelten sie gemächlich die Reihen entlang, rollten immer wieder ein Rad heraus und betrachteten seine Aussage. Hier war eine Fahrt durch peitschenden Regen; da die Flucht vor einem Raubtier; dort ein Himmelsflug; da ein feuriger Blitz; dort ein kleiner flinker Vogel; hier ...

Hier war etwas anderes. »Es fehlt ihm die Aussage, die Vitalität«, stellte Laarica fest und beugte sich über das häßliche Entlein. »Der innere Funken. Und die Qualität der Farbe ...«

Tol betastete sie. Sie schälte sich unter seiner Berührung und blätterte ab.

»Nein!« rief Patt plötzlich und riß seine Hand weg. »Nein! Dieses Rad ...« Ihre Hand legte sich besitzergreifend um die Lenkstange. Die Stimme versagte ihr. Doch ihr stummes Gesicht sprach für sie. Es sagte ihnen, daß sich etwas verändert hatte — für immer.

Schließlich trat sie von dem Rad zurück und krächzte mühsam. »Das ist das Rad meines Elters.«

Tol starrte sie an, dann das Kraftrad. Unwillkürlich drehte er den Kopf und sah sich nach dem Berregon, nach Patts Elter um. »Hier?« fragte er ungläubig.

»Das ist die Maschine, auf der ich mit meinem Elter durch das Tor im Tal fuhr. Die Maschine, die ich seit der Nacht nicht mehr gesehen habe, da mein Elter mich verließ. Haltet ihr mein Gedächtnis vielleicht für so schlecht?«

Leise fragte Laarica: »Wie lange ist das her, Patt?«

»Ich war damals vier.«

»In der Nacht, als er aufbrach, sagte er da nicht, wohin er wollte?«

»Nein, aber er hatte nicht vor, lange zu bleiben, das sagte er. Als er nicht zurückkam, dachte ich, er hätte einen Unfall gehabt — auf der breiten Straße vielleicht, am bewaldeten Hang. Andere vermuteten, daß mein Elter vom Wahnsinn erfaßt in den Bergen starb. Jetzt weiß ich es. Mein Elter ist hier. Gefangen durch das Tor, das sich hinter ihm geschlossen hat.«

Hilflos lauschten sie dem Echo ihrer Worte in der Halle, in ihren Herzen. »Aber dann sind achtzehn Jahre vergangen, neunzehn!« gab Laarica zu bedenken.

»So viele!«

»Dann kann er nicht mehr am Leben sein, Patt. Nicht nach dieser langen Zeit. Nicht eingesperrt in diesen Hallen!«

»Habe ich gesagt, daß er noch lebt?«

»Nein. Aber wer hat das Tor hinter ihm verschlossen? Und warum?«

»Die Gonnegons erkannten zunächst die Freiheit meines Elters an. Wer anders als sie könnte sie ihm nehmen?«

»Neunzehn Jahre«, sagte Tol heiser. Die Expedition, die als Abenteuer begonnen hatte, war nun zum Horror geworden. Verrat hing in der Luft. Der Tod stand zwischen ihnen: ein Phantom, das seine Geisterarme ausstreckte.

Entschlossen riß Laarica sich zusammen. »Hört zu! Bei der Größe dieses Höhlenkomplexes ist es angebracht, daß wir uns drei dieser Krafträder ausborgen und einen Überblick gewinnen. Wir können eine grobe Karte anfertigen und uns den Einzelheiten später widmen. Aber zuerst kehren wir ins Lagerhaus zurück. Ich besorge Proviant für einen ausgedehnten Ausflug, mittlerweile seht ihr zu, daß ihr das Loch irgendwie zudeckt. Wenn ich Decken auftreiben kann, schlafen wir erst einmal ein paar Stunden, dann sind wir morgen ausgeruht und in besserer Verfassung für unsere Expedition.«

»Keine schlechte Idee, unter den Umständen«, stimmte Tol erschöpft zu.

»Eines ist da allerdings nicht bedacht«, dämpfte Laarica die Begeisterung. »Wer weiß, ob nach all dieser Zeit überhaupt noch einige der Krafträder funktionieren?«

»Das läßt sich beheben«, versicherte Patt ihr überzeugt. Aber die Entdeckung der Maschine ihres Vaters hatte sie mitgenommen. Ihre Hände zitterten, als sie die Batterie aus ihrer Taschenlampe zog, um die Zündung zu aktivieren, die ihrerseits das vakuumverpackte Energierad in Gang setzte.

Eine halbe Stunde später waren sie motorisiert. Patt saß auf der Maschine ihres Elters, Laarica auf einem rosa Regentropfen, und Tol kauerte auf einem rätselhaften Tier mit aufgemalten Metallfedern.

Sie erreichten das Loch zum Lagerhaus und kletterten hindurch. Der dunkle Tunnel war eine willkommene Zuflucht für ihre überreizten Nerven. Nachdem Patt und Tol eine Trennwand aus aufeinandergehäuften Kisten vor der aufgeschweißten Wand aufgebaut hatten, gönnten sie sich eine Verschnaufpause. Der Boden war rauh und kalt.

Wahrhaftig nicht der richtige Ort für ein Nickerchen.

Zwischendurch: [redacted] Laarica plant die Expedition: Proviant für den Ausflug wird gebraucht... Was werden die Abenteurer im Lagerhaus finden? [redacted] Wir dagegen sind vor manchen Überraschungen sicher: Wir wissen genau, was wir für die Expedition auf den Buchseiten brauchen. Eine kleine Mahlzeit für zwischendurch natürlich – die... [redacted]

Tol streckte sich lediglich aus, um seinen Muskeln eine kurze Ruhe zu gönnen. Doch als Laarica und Patt ihn zwei Stunden später auf eine dicke Decke rollten und ihn mit einer zweiten zudeckten, wurde er sich ihrer Fürsorge überhaupt nicht bewußt. Er schlief tief und fest.

Später drangen gedämpfte Stimmen an sein Ohr — Patts und Laaricas. Er wälzte sich herum in ihre Richtung.

Die Stimmen kamen aus der Permahöhle.

Und er war hier einfach im Tunnel zurückgelassen worden! Panik ergriff ihn. Er strampelte die Decke von sich und taumelte hinter die Kistenwand, um durch das Loch zu blicken. Die erste Halle war dunkel, in der zweiten brannte Licht. Er spitzte die Ohren, lauschte angestrengt. Die Lautstärke war gleichbleibend, die Stimmen entfernten sich nicht.

Sie ließen ihn also nicht hier allein.

Etwas ruhiger blickte er auf seine Uhr. 10.37. Es gab kein Fenster hier, das ihm verraten hätte, ob es Vormittag oder Abend war. Achselzuckend rollte er die Dekken zusammen und wickelte Lederschnüre darum. Ob es nun Abend oder Vormittag war, für ihn begann jedenfalls jetzt der Tag. Und hinter der Wand wartete sein Kraftrad mit gefletschten Zähnen in dem erstaunlichen Gesicht. Tol befestigte die Decken hinter dem Sitz.

Laarica blickte nur kurz in seine Richtung, als er in die zweite Halle schnurrte. Tol beachtete sie überhaupt nicht, sondern starrte fasziniert auf das Kleidungsstück, das aus der Schachtel, die sie gerade geöffnet hatte, und durch ihre Hände glitt: eine lebende Kaskade von Farben. Laaricas Finger liebkosten die seidenen Falten, die verschlungenen Aureolen des Musters. Mit geweiteten Augen hielt sie es in Armlänge von sich und schüttelte es aus. Seidene Arme griffen verspielt nach ihren und fielen hilflos zurück.

Bedauernd faltete sie es zusammen und legte es zur

Seite und holte ein anderes aus der Schachtel, das in einer Farbe leuchtete, die mehr als nur Farbe war. Mit geneigtem Kopf musterte sie es. »Es ist eine andere Größe, Patt. Probier es doch an.«

Das Gewand war wunderschön. Seidenweich strich es über den stoppelhaarigen Kopf; und als das Gesicht hervortauchte, verlieh es den Zügen einen Ausdruck, wie Tol ihn nie zuvor gesehen hatte. Der Zauber war fein und unaufdringlich. Die Kunstfertigkeit dieses Gewandes hob Züge hervor, die bisher unbemerkt geblieben waren — fremdartige Wesenszüge, Wesenszüge, die ein Mensch nicht beschreiben konnte.

Tol starrte Patt an, konnte den Blick nicht von ihr wenden.

Unwirsch zog Patt das Kleidungsstück wieder über den Kopf und warf es Laarica zu. »Es ist zu lang«, sagte sie brüsk.

Die Halle wirkte gleich dunkler. Auch Laaricas Augen wirkten dunkler, als der Zauber dieser Gewänder so plötzlich gebrochen wurde. »Wir haben schon etwa ein Dutzend Schachteln geöffnet«, sagte sie. »Es sind offenbar alles Modelle, es gibt keine zwei gleichen.«

»Alle neu?« erkundigte sich Tol.

»O nein. Viele sehen so aus, als ob sie schon getragen worden wären, aber es ist nur an minimalen Kleinigkeiten zu erkennen. Der Stoff ist erstaunlich haltbar, man sieht ihm sein Alter nicht an.« Ihr Blick wanderte zurück zu den zusammengelegten Gewändern, zu den wartenden Schachteln. Sie runzelte die Stirn. »Diese Gewänder sind vielleicht schon Hunderte von Jahren alt, weißt du?«

Unruhig ging Tol durch die Reihen gestapelter Kartons und schließlich zurück zu den Zweirädern. »Habt ihr schon gefrühstückt?«

»Gefrüh ... O ja, ehe wir hereinkamen.«

»Es stört euch also nicht, wenn ich zuerst was esse?«

Ihre Antwort war ein abwesendes Murmeln. Achselzuckend wandte er sich seinem Proviant zu.

Er war satt und hatte die Ledertaschen wieder an Patts Rad geschnallt, als er sich umdrehte, genau in dem Augenblick, da ein Gewand über Laaricas Kopf gezogen wurde, ein seegrüner Wasserfall, der himmelblau wurde, als sie sich umdrehte, um es vorzuführen. Sie? Jemand Vertrauter. Ah ja, eine Laarica, die er gut kannte, aber mit Qualitäten in den so schmal gewordenen Wangen, im Braun ihrer Augen, die er bisher nicht einmal geahnt hatte. Qualitäten, die er nie an ihr gesucht hätte. Nun waren sie offenbar, hervorgebracht durch das Gewand, das sich wie kräuselndes Wasser um sie schmiegte, wie ein seidener See. Sie streckte die Arme aus, um das Gewand voll schwingen zu lassen. »Nun?«

Er brachte keinen Laut hervor, sein Sprechzentrum schien gelähmt.

Sie forschte in seinen Augen, versuchte den Zauber zu verstehen, der ihn bannte, doch sie konnte es nicht. Schillernd schmiegte das Kleid sich an sie und entfaltete sich wogend.

Abrupt ließ sie es an sich hinuntergleiten. Stirnrunzelnd, bedrückt stieg sie aus ihm heraus und legte es zurück in die Schachtel.

Protest quoll in Tols Kehle auf, doch er schluckte ihn, denn er hatte sich bereits entschieden. Sobald sie sich der nächsten Schachtel zuwandte, würde er sich dieses Gewand holen und es zwischen den Decken auf seinem Rad verstauen. Und so würde er ein Gewand stehlen, einen unbeschreiblichen Augenblick und noch etwas, das einmalig und zeitlos war. Etwas, das immer und immer wiederkehren konnte.

Patt war weitergegangen und rief etwas über die Schulter. Abwesend folgte Laarica ihr. Und Tol nahm heimlich das Wunder an sich.

Als er die beiden einholte, zog Patt Kleidungsstücke

aus einer Schachtel und hielt sie zur Begutachtung hoch. »Ich habe nie Leder gesehen, das an der Oberseite so wie dieses aussieht. Schaut euch diese Maserung an!«

Tol war kein Lederfachmann. Er betastete das Kleidungsstück, das sie ihm zugeworfen hatte. Es war geschmeidig und samtig. »Ein bißchen wie Wildleder«, meinte er. Aber weicher, schmeichelnder.

Laarica studierte es ebenfalls. »Es ist kein *Adenga pal?*«

Patts Augen flammten. »Natürlich ist es *Adenga pal.* Es gibt keine anderen Tiere hier, die so ein Leder liefern. Aber es ist so weich, so geschmeidig. Es ist ...« Ungeduldig warf sie es zur Seite und widmete sich wieder der Schachtel.

Sie brachte ein Kleidungsstück aus glattem, gepunktetem Leder zum Vorschein. Auf den ersten Blick schienen die Tupfen dem Zufall entsprungen zu sein. Doch auf den zweiten wurde ein fesselndes Muster offenbar. Ihre Augen bewegten sich über die weiche braune Oberfläche und suchten einen visuellen Abschluß, doch vergebens. Selbst wenn sie die gesamte Oberfläche sorgfältig studierten, blieb ein verlockendes Versprechen nach mehr — das sie sehen müßten, wenn sie ihre Augen nur darauf einstellen könnten.

Ohne den Blick davon zu wenden, hielt Patt das Kleidungsstück vor Tol. Die Arme waren zu lang, die Schultern zu schmal. Ungeduldig warf sie es zur Seite und suchte weiter.

Sie war erst zufrieden, als sie alle neu ausstaffiert waren. Tol trug eine dunkle Lederweste, die sich schwerelos an Schultern und Rücken schmiegte. Patt hatte für sich eine passende getupfte Jacke gefunden und eine dichtgenoppte Hose. Und Laarica hatte über ihren dunklen Tagesanzug ein gedecktfarbenes Mieder gezogen, das sie eng schnürte. Sie betrachteten einander und nahmen die Veränderung wahr. Die Lederkleidung übte nicht die Faszination der Gewänder aus, sondern verlieh ihnen die autoritäre Macht eines vergangenen Zeitalters und neue Energie.

Sie gingen zurück zu ihren Rädern und fuhren zu der Halle mit den Bildcontainern.

Laarica blieb zwischen den Containern stehen, die eine Strecke des breiten Tal-Highways darstellte. »Wißt ihr was?« sagte sie. »Ich glaube, wir folgen dieser Straße in der falschen Richtung. See und Paß kennen wir ja bereits. Warum nehmen wir nicht die andere Richtung?«

»Und kehren um?« fragte Tol zweifelnd.

»Die Richtung zum Tal. Es muß doch am Ende der Straße abgebildet sein.«

Patt und Tol blickten einander an. »Warum haben wir nicht eher daran gedacht?«

»Weil wir überhaupt nicht gedacht haben. Wir fuhren nur geradeaus.«

»Na, dann laßt uns jetzt in die andere Richtung fahren.«

Ihre Fahrt dauerte nur Minuten, aber sie hatten dennoch das Gefühl, daß sie viele Meilen zurücklegten.

Sie erreichten das Tor im Tal ...

... und es stand offen!

Tol stieg ab und trat näher. Erst da wurde ihm klar, daß es nur eine Zeichnung auf einem Container war, nicht eine echte Öffnung. Auf der Abbildung stand eine einsame Gestalt im Schatten des Tors. Tol schritt um die wuchtigen Container herum und rannte geradewegs gegen eine Permawand. Verärgert kehrte er um und schaute sich hinter den anderen Containern um.

Ohne Erfolg. So sehr sie sich auch umsahen, nirgendwo war das Innere der Höhle abgebildet, überall nur die Gegend, und die hatte Tol vor zwei Tagen zur Genüge studiert.

»Patt«, sagte Laarica enttäuscht, »kannst du uns nicht beschreiben, was im Innern ist? Was direkt hinter dem Tor liegt?«

Patt blickte auf die abgebildete schattenhafte Gestalt und überlegte. »Gleich hinter dem Tor ist eine Eingangshalle, von der man in die erste Halle der Fremdweltler kommt.« Auf beider Reaktion achtend, huschte ihr Blick von Laarica zu Tol.

»Fremdweltler? In der Höhle?« fragte Laarica ungläubig.

»Statuen von Fremdweltlern«, berichtigte Patt. »Skulpturen, lebensgroße Abbildung in Gewändern, wie wir sie gerade gesehen haben, und in Lederkleidung, wie wir sie jetzt tragen.«

»Ein Museum? Eine Ausstellungshalle? Aber diese Höhle dürfte vor gut zweihundert Jahren ausgestattet worden sein, mindestens hundert Jahre, ehe Nor'Dyren Verbindung zum Zivilisationsbund hatte. Wieso denkst du, daß es sich um Fremdweltler handelt, Patt?«

Patt schob das Kinn vor. »Die Gesichter der Statuen gleichen weder Allegons noch Berregons oder Gonnegons.«

»Patt, ich habe auf meinem Flug hierher die Geschichte der Kontaktaufnahme gelesen. Erst vor achtundneunzig Jahren schickte der Zivilisationsbund einen Diploscout hierher.«

Patt warf den Kopf hoch. »Frau! Ich habe die Statuen gesehen! Etwa du?«

Wortlos wandte Laarica sich der schattenhaften Gestalt hinter dem Tor auf der Abbildung zu. Doch außer dem humanoiden Körperbau war nichts zu erkennen.

»Wurde Nor'Dyren nicht ursprünglich von den Ausgestoßenen eines galaktischen Reiches besiedelt?« fragte Tol.

Laarica nickte abwesend. »O ja, zumindest das scheint festzustehen. Aber das Reich zerfiel, und die Raumfahrt geriet für etwa achtzehn Jahrhunderte in Vergessenheit. Auf jeden Fall waren die Ausgestoßenen von den drei Spezies, die auch heute noch hier leben: Allegons, Berregons und Gonnegons. Soviel ich weiß, wurden nie Hinweise auf eine vierte gefunden oder etwas über sie erwähnt. Patt, hatten diese Fremdweltler einen Namen?«

»Mein Elter nannte sie Quattagons.«

»Und dein Elter sagte dir, daß es Fremdweltler sind?«

»Mein Elter? Frau, mein Elter sagte mir, es seien Quattagons.«

»Aber dieses Wort ist ohne Zweifel Nor'Dyrenischen Ursprungs, Patt, es bedeutet in etwa ›Vertreter des Wandels‹, genau wie Allegon ›Vertreter der Hilfsbereitschaft‹ heißt, und Gonnegon ›Vertreter der Gedanken‹. Hat dein Elter sie nie anders genannt?«

Patt überlegte. »Nein, nie.«

»Sprach er je als Fremdweltler von ihnen?«

»Ich kann mich nicht erinnern«, gestand Patt. »Sie sahen aber ganz und gar nicht wie Allegons, Berregons oder Gonnegons aus, deshalb müssen es Fremdweltler sein.«

Laarica schüttelte den Kopf. »Nein, das genügt nicht.« Sie seufzte und drückte flüchtig die Hände an die Schläfen. »Ich glaube, ich brauche eine Pause, um darüber nachzudenken. Glaubt ihr, es ist Zeit für das Mittagessen?«

Tol blickte auf seinen Armbandchrono. »Es fehlt nicht viel bis Mittag — oder Mitternacht. Ich sehe mich einstweilen weiter um. Ich habe ja gerade erst gegessen.«

Er verließ sie und versuchte die Sackgasse wiederzufinden, auf die er bei ihrem ersten Ausflug gestoßen war. Er entsann sich der Gesichter dort, die weder Allegons noch Berregons oder Gonnegons gehört hatten und die er in seiner Erschöpfung für eine Ausgeburt seiner Traumphantasie gehalten hatte.

Doch so sehr er auch herumirrte, er fand sie nicht — vielleicht waren sie wirklich nur seinem Traum entsprungen? Er gab es schließlich auf und verließ die Containerhalle. Er eilte durch die Baumaschinenmonster. Hinter der Motorradhalle war eine weitere Halle mit Phantasieungeheuern.

Dahinter war wieder eine Halle mit Kisten, aus denen ein vertrauter Geruch aufstieg. Tol stieg ab. Der Geruch war unverkennbar, er war auf ihn in der Berregon-Bibliothek gestoßen. Ohne lange zu überlegen, brach er die nächstbeste Kiste auf.

Er nahm ein paar der Bücher heraus. Sie sahen ähnlich aus wie die weichgebundenen Werke, die in unordentlichen Stapeln auf Gonnegon Tux' Schreibtisch herumlagen. Schlaff hingen sie in Tols Hand, während er durch die Seiten blätterte. Die Schrift war Nor'Dyrenisch, leider hatte er sie auf dem Flug nicht gelernt. Er studierte sie stirnrunzelnd, konnte ihr jedoch keinen Sinn entlocken. Verärgert schob er die weichen Bücher in die Kiste zurück und brach die nächste auf.

Und die nächste.

Erst die vierte barg Bücher anderer Art. Ihre Seiten waren aus dünnem Plastik, und die Schrift war nicht gedruckt, sondern gestanzt. Tol fuhr mit den Fingern über die Seiten und versuchte die Botschaft durch die Fingerspitzen aufzunehmen.

Doch das gelang ihm genausowenig. Offenbar war er auch für das taktile Nor'Dyrenisch nicht empfänglich.

In der fünften Kiste war wieder eine andere Art von Büchern. Ledereinbände enthielten leuchtend illustrierte Stoffseiten. Der Druck ging in den eindringlichen Farben und Mustern fast verloren. Bezaubert setzte Tol sich auf die nächste Kiste. Bedächtig blätterte er durch das Buch und nahm — was? — auf.

»Was hast du denn da?« fragte Laarica etwa eine halbe Stunde später.

Tol erschrak so, daß er aufsprang und das Buch auf den Boden rutschte. »Ich ... ein Buch — glaube ich«, antwortete er verwirrt.

Laarica hob es auf und blätterte es ebenfalls durch. Auch sie erlag seinem Zauber.

Patts Blick fiel erstaunt auf die beiden. »Willst du nicht weitermachen, Mensch?«

Tol blickte sie irritiert an. Es wurde ihm bewußt, daß er verträumt und untätig herumsaß. »Ich war mit dieser Kiste noch nicht fertig«, entschuldigte er sich vage.

Ihr Blick verriet ihre Unzufriedenheit mit seiner Antwort. Sie stapfte weiter.

Laarica riß ihn aus seiner Verzauberung. »Das ist eindeutig in Nor'Dyrenisch geschrieben«, sagte sie. »Aber zweifellos nicht das Nor'Dyrenisch, das ich gelernt habe.«

Tol fand langsam in die Wirklichkeit zurück. »Eine andere Sprache?«

»O nein! Es gibt nur eine Nor'Dyrenische Sprache. Aber die Ausdrucksweise dieser Zeit«, sie deutete auf das Buch, »war viel farbiger, mitreißender und aufschlußreicher als die jetzige. Es gibt Worte und Begriffe, die mir bisher nicht untergekommen sind, einen wahren Schatz an Nuancen und Ausdrücken, die unglaublich vielsagend sind. Es ist mir unmöglich, die Bedeutung durch flüchtiges Durchlesen zu verstehen. Die Gedankengänge der damaligen Zeit waren weit komplexer und subtiler als bei den Nor'Dyrenern der Gegenwart.«

Tol betrachtete die Seiten eines Buches. Das geschriebene Nor'Dyrenisch sagte ihm überhaupt nichts, wohl aber das Gesamtbild. Die Farben sprachen zu den Augen, die optischen Nerven zu den Gehirnzellen, die Neuronen zu ... was? Der Seele?

Und die Seele verstand, doch sie leitete das Aufgenommene nicht an den Verstand weiter. Unsicher legte Tol das Buch in die Kiste zurück und sah sich nach etwas Neuem um.

»Na also!« triumphierte Patt plötzlich. »Seht her, hier sind meine Fremdweltler!« Patt deutete auf einen länglichen Band, der auf Stoff gedruckt war. »Diese Gesichter, na, sind sie Allegon? Berregon? Gonnegon?« Stolz legte sie das Buch aufgeblättert auf eine Kiste. Tol starrte wie betäubt darauf. Hier waren die Gesichter seines Traums, die Gesichter auf dem Container in der Sackgasse. Sie wirkten herrisch oder vermittelten finster eine bestimmte Bedeutung. Die Augen erzwangen uneingeschränkte Aufmerksamkeit. Die Münder schienen im Begriff, sich zu öffnen.

Nein, das waren ganz bestimmt keine Allegons, Berregons oder Gonnegons. Genausowenig ließen sie sich in irgendwelche anderen Kategorien einstufen. Sie waren nicht homogen, ein jedes war verschieden von den anderen, nicht in der Spezies, sondern im Gesamteindruck, im individuellen Ausdruck. Sie ließen sich höchstens als Nichtallegon klassifizieren, als Nichtberregon, als Nichtgonnegon, als Nichtirgendjemand, der Tol bisher untergekommen war.

Laarica blätterte das Buch aufmerksam durch und betrachtete sie. »Gibt es noch mehr davon?«

»Ja. Willst du eines, Frau?«

»Ja«, antwortete Laarica abwesend.

Patt schleppte einen ganzen Armvoll ähnlicher Bücher herbei. Laarica nahm eines dieser Werke und setzte sich damit mit überkreuzten Beinen auf den Boden. Seiten, Gesichter, Glyphen glitten durch ihre Finger. Absolute Konzentration sprach aus ihren Zügen.

»Was hältst du davon?« erkundigte sich Tol nach einigen Minuten, als ihr Schweigen ihm zu lange dauerte. Er hockte sich neben ihr nieder.

»Es ist ein Gedenkband«, sagte sie, als sie auch die letzte Seite studiert und das Buch zugeschlagen hatte. »Es geht auf die Werte der Abgebildeten ein. Aber auch hier komme ich nicht über die Sprachschranke hinweg. Ich konnte nicht mehr als einen allgemeinen Überblick gewinnen, denn ich vermochte lediglich die Eigennamen und ein paar einfache Verben und Substantive zu entziffern. Die gehobene Sprache, in der das meiste gehalten ist, habe ich nicht gelernt.«

»Außer den Eigennamen hast du nicht herausbekommen, um wen es sich handelt?«

Laarica seufzte und schlug den Band noch einmal auf der ersten Seite auf. »Leider nicht. Der Band enthält keine Biographie. Aber ganz sicher gehören diese Wesen nicht zu den drei Hauptspezies dieser Welt.«

»Vielleicht gab es ursprünglich hier *vier* Rassen. Und diese hier, diese ... ›Quattagons‹ starben aus.«

Laarica nickte. »Das muß in Betracht gezogen werden. Doch wenn es so ist, warum wurde dann alles hier weggesperrt? Sie müssen die kreative Rasse gewesen sein, wenn das alles hier tatsächlich von ihnen stammt, und dessen bin ich eigentlich ziemlich sicher. Also weshalb, wenn sie wirklich ausstarben, wurde all das hier unzugänglich aufbewahrt, während die Gesellschaft draußen erstarrte? Und warum starb diese aus? Alles hier deutet auf eine ungeheure Vitalität hin. Ist dir etwas anderes aufgefallen?«

Tol schüttelte den Kopf. »Vielleicht stoßen wir noch auf etwas«, meinte er zweifelnd.

»Ich weiß nicht recht«, murmelte Laarica.

Ihr Ton ließ ihn aufhorchen. »Möchtest du etwas essen?«

Sie lächelte schwach. »Nein, nur schlafen, ich habe es gestern vergessen. Machen wir Feierabend?«

»Feierabend würde ich es wohl nicht nennen«, antwortete Tol lächelnd. »Nach meiner Uhr ist es zwei. Habt ihr denn gar nicht geschlafen, du und Patt, ehe ihr wieder durch das Loch gestiegen seid?«

»Nein.« Sie lachte. »Wir haben nur dich auf die Dekke gerollt und eingewickelt, dann sind wir gleich wieder in die Höhle zurück. Du hast ja selbst auch nicht viel mehr als zwei Stunden geschlafen.«

»Jetzt wird mir alles klar.«

»Ich verstehe dich nicht.«

»Ich hatte mich ständig gewundert, weshalb es mir wie mitten in der Nacht vorkam. Was meinst du? Machen wir uns ein bißchen mehr Platz oder schlafen wir im Gang?«

Sie entschieden sich für mehr Platz. Nachdem sie die Kisten zur Seite gerückt hatten, breiteten sie ihre Dekken auf dem Boden aus. Kurz darauf lag Tol auf dem Rücken, die Hände hinter dem Nacken verschränkt. In Stunden gemessen, war es ein kurzer Tag gewesen, aber wenn man bedachte, was sie alles erlebt hatten, ein langer. Er drehte sich zur Seite, um nach seinen Begleiterinnen zu sehen. Beide schliefen.

Nur Tol fand keinen Schlaf, denn etwas störte ihn. Es hatte nichts mit der vierten Spezies zu tun, auch nicht mit den wundersamen Gewändern, den Ledersachen, den Büchern, den eindringlichen Gesichtern. Nein, es war lediglich das Licht, das seinen grellen Schein auf die drei Entdecker warf. »Wie, zum Teufel, können wir es ausschalten?« fragte er mürrisch.

Er erhielt keine Antwort, weder von seinen Begleiterinnen noch von der Decke noch von der riesigen Höhle ringsum.

14. Kapitel

Obwohl er als letzter eingeschlafen war, wachte Tol als erster auf. Er studierte zuerst seine Uhr, dann sein körperliches Wohlbefinden, und kam zu dem Schluß, daß es nicht vier Uhr früh, sondern vier Uhr nachmittags war. Er befeuchtete sich das Gesicht mit Wasser, dann schob er leise sein Rad in die nächste Halle.

Hier sah er sich Dingen gegenüber, mit denen er durchaus vertraut war. Das erste, auf das sein Blick fiel, war ein Heißwasserbereiter — aber was für einer! Stirnrunzelnd näherte er sich ihm. Wuchtig saß das Ding auf dem Boden — mit grellen Farben bemalt! Zugegeben, das Muster war originell und auffällig, aber war das ein Muster für einen Boiler?

Auf einer ganzen Reihe von Boilern? Angewidert ging Tol an ihnen entlang. Sein berufliches Interesse an ihnen war erloschen. Ehe er eine dieser Ungeheuerlichkeiten bei sich installierte, würde er erst eine dicke Schicht Farbe darüberpinseln. Da wurde ihm plötzlich der Grund für die Deckfarben bewußt, auf die er wiederholt bei Haushaltsgeräten gestoßen war. Er war demnach nicht der einzige, dem die derart ins Auge fallenden Muster auf die Nerven gingen.

Beruhigt ging er weiter, kam von Heißwasserbereitern für den Hausgebrauch zu immer größeren für die Industrie, und von ihnen zu anderen Geräten, sowohl für den Haushalt als auch für kommerziellen Gebrauch. Doch allmählich gewöhnte er sich an diese seltsame Verschönerung von Gebrauchsartikeln. Einmal schaute er sich sogar einen Herd näher an und empfand unwillkürlich Bewunderung für das Geschick, mit dem das Bratrohr zu einem Drachenschlund verwandelt worden war. Eine Weile später blieb er neben einem Heißluftkamin stehen und staunte über die flatternden Blätter entlang der Rohre, die das Ding in einen Baum im Frühling verwandelten.

In der nächsten Halle war Geschirr aller Art ausgestellt. Gleich neben dem Eingang, auf einem mit rosa Muscheln eingelegten Steintisch, stand schweres schwarzes Steingut. Dahinter, auf einem Tisch aus glänzendem Metall, sah er Teller in einer Farbe ...

Wie gebannt schritt Tol darauf zu und betrachtete jeden einzelnen leuchtenden Teller. Er mußte zugeben, daß sie von einer Farbe waren, wie er sie noch nie zuvor gesehen hatte, eine Farbe, die er jedoch auch jetzt nicht wirklich sah, sondern die sich irgendwie seinem Gehirn aufdrängte und den Eindruck einer Farbe erweckte, die ...

Aha! Das war das Geschirr, von dem Klnl gesprochen hatte. Das Geschirr, auf dem köstliche Speisen mit beeindruckendem Ritual serviert worden waren. Fasziniert schritt Tol die langen Tischreihen entlang und bemühte sich, die Wirkung zu analysieren, die dieses Geschirr auf ihn hatte. Er spürte beispielsweise ein verlangendes Prickeln auf seinem Gaumen — nach den Speisen, die eigentlich auf diesen Tellern und Tabletts serviert werden müßten? Und irgend etwas veranlaßte ihn, jedesmal die Hand wieder zurückziehen, wenn er sie ausstreckte, um das feine porzellanartige Material zu betasten. War es ein idiotischer Instinkt, der ihn vor diesem Sakrileg warnte?

Er wich erschrocken zurück. O nein, es war nicht das Geschirr selbst, das diese Wirkung auf ihn hatte, es war Geschirr, weiter nichts. Es waren Klnls Geschichten, die zu diesem Effekt führten.

Trotzdem, das Ganze war irgendwie beunruhigend, und es war bestimmt besser, das Geschirr später mit den anderen zu bewundern, wenn seine Phantasie nicht mehr mit ihm durchging. Er wandte sich ab und ging zurück zu den anderen.

Widerwillig richteten Patt und Laarica sich auf, als das Klappern der Töpfe sie weckte. Mürrisch setzten die drei sich zum Frühstück. Laarica drückte schließlich laut aus, was sie alle fühlten. »Ich glaube, wir alle brauchten ein heißes Bad oder sowas.«

Tol brummte: »Oder sowas.«

»Was hast du weiter vorn entdeckt?« erkundigte sich Laarica.

Tol zog die Brauen zusammen. »Es ist mir lieber, ihr seht es euch selbst an und sagt mir, was ihr davon haltet.«

Als sie das Geschirr erreichten, stellte sich heraus, daß Patt Tols merkwürdiges Gefühl teilte. Die Hände hinter dem Rücken zu Fäusten geballt, schritt sie die Reihen ab, und ihr Gesicht war zur Maske erstarrt. Nur Laarica ließ sich nicht beeindrucken. Sie wählte erst ein Stück aus, dann ein zweites und drittes, strich sanft mit den Fingerspitzen darüber, hielt es gegen das Licht und stellte es vorsichtig zurück.

Tol zuckte jedesmal erschrocken zusammen, wenn sie einen Teller hob. »Spürst du denn nichts?« fragte er sie.

»O doch, so allerlei. Es ist … ah … irgendeine Art von Entweihung, dieses Geschirr ohne eine vorherige rituelle Reinigung zu benützen. Aber ich sage mir, daß ich ein Artefakt nicht entweihe, wenn ich es mit dem nötigen Respekt behandle.«

»Aber du … du verspürst nicht das Verlangen, etwas ganz Besonderes davon essen zu wollen?«

»O doch. Ich glaube, das könnte durchaus zur Frustration werden. Ich fürchte nur, wir haben nichts dabei, das würdig wäre, von diesem Geschirr gespeist zu werden.«

»*Grigna-po* vielleicht?«

Laarica überlegte. »Nein. Möglicherweise fänden wir etwas in einem Kochbuch in den Bücherkisten.«

»Oder einem Speisenautomaten.«

»Nein, der würde bestimmt nicht mehr das Geeignete zu bieten haben.«

»Wir müssen weiter!« erinnerte Patt sie scharf. »Das hier ist nicht die Halle der Statuen!«

Sie pflichteten ihr bei und fuhren ohne sich etwas anzusehen durch mindestens zehn weitere Hallen.

Schließlich kamen sie zu einem Raum, offenbar ohne Fotozellen; denn kein Licht schaltete sich ein. Mit kreischender Bremse hielt Patt an, und Tol und Laarica folgten ihrem Beispiel. Tol kniff die Augen halb zusammen und spähte in die Düsternis. Ehe er noch eine Erklärung für das Nichtfunktionieren des Lichtsystems fand, erlosch das Licht in der Halle, aus der sie gekommen waren, und sie standen in absoluter Finsternis. Fluchend fummelte Tol nach seiner Taschenlampe und leuchtete zur Decke hoch. Kein Wunder, daß kein Licht brannte: es gab hier keine Lampen.

Nacheinander flammten auch Patts und Laaricas Taschenlampen auf. »Weißt du, was das ist?« wandte Laarica sich an Patt.

»Ja, die Toten werden darin zur Ruhe gebettet.«

Erschrocken richtete Tol den Lichtschein auf die Reihen von taillenhohen Tonkrügen auf dem Permaboden. »Ist das ein Friedhof?« flüsterte er.

»So was Ähnliches«, antwortete Laarica. »Die Leichen werden in Leder gehüllt und in luftdicht versiegelte Tonkrüge gegeben. Das ist die traditionelle Nor'Dyrenische Art der Bestattung.«

Tol leuchtete umher, um vielleicht etwas zu finden, das Laaricas Behauptung widerlegte. Der Strahl fiel über Patts angespannte Züge. »Vielleicht sind sie leer«, sagte er beruhigend.

Patts Kopf schwenkte herum. Sie blickte gerade in den Taschenlampenschein. »Warum dann die Schuhe, Mensch?«

Tol senkte entmutigt die Lampe. »Du meinst, das gehört auch dazu, die Schuhe?«

»Es ist Sitte.«

Auf jedem Krug war ein Paar Schuhe in den Deckel eingebettet.

Unbehaglich folgte Tol Patt, die ihr Rad schob.

»Sieh her, Mensch, diese Krüge hier sind ohne Schuhe. Sie warten noch darauf, gefüllt zu werden.«

»Warte, Patt. Dieser hier ...« Laarica deutete auf die zweite Reihe.

Der Schein ihrer Lampen traf sich auf einem violetten Krug. Auf dem Deckel lag nicht ein Paar Schuhe, sondern eine mit einem Lederband zusammengehaltene Schriftrolle. Einen Moment lang ruhten aller Augen wie gebannt auf dieser Schriftrolle. Laarica war es, die danach griff und sie öffnete. Schweigen lastete auf den beiden anderen, während ihr Blick über das Blatt Papier wanderte.

»Was ist es?« fragte Patt schließlich.

Laarica ließ das Papier los, und es rollte sich wieder zusammen. »Eine Botschaft für dich, Patt.«

Patt griff nach der Rolle und öffnete sie.

»Ihr Elter«, erklärte Laarica Tol und deutete auf den Tonkrug. »Er hatte das Pech, in der Höhle zu sein, als ein Erdbeben das Tor im Tal schloß.«

Tol benetzte die Lippen. »Du ... du meinst, ihr Elter ist in der Urne?«

»Ja. Er zog das Ersticken dem Verhungern vor.«

Tol versuchte die Bilder zu verdrängen, die ihre Worte ihm aufdrängten: der Berregon allein in den weiten Hallen, hoffnungslos gefangen, überall nach einem Ausgang suchend, seinen kargen Proviant einteilend, bis nichts mehr übrig war.

Patt steckte die Rolle ein. »Ihr seht also. Eine Botschaft. Mein Elter wußte, daß ich einen Weg hier herein finden würde. Mein Elter wußte, ich würde nie daran glauben, daß er wahnsinnig geworden ist oder mich einfach verlassen hat.«

Tol starrte sie an, sah das hektische Flackern in ihren

Augen. Ihm wurde klar, daß die Entdeckung des violetten Kruges sie nicht niedergeschmettert, nicht entmutigt hatte. Im Gegenteil, es gab ihr offenbar neue Kraft. »Wollen wir ihn einfach hier lassen?«

»Wo sollten wir ihn sonst hinbringen? Hier ist die passende Ruhestätte für ihn. Es fehlt nur noch eines.« Sie schlüpfte aus ihren Schuhen und stellte sie auf den violetten Deckel. »Seid ihr bereit?« Sie drehte sich um.

»Das ist alles? Du stellst deine Schuhe statt seiner dorthin und gehst einfach?«

»Was sollte ich sonst tun, außer den Anweisungen meines Elters zu folgen, Mensch? Er möchte, daß ich die ganze Höhle erforsche, um zu lernen, was zu lernen ist. Wenn ich sie dann verlasse, kann ich meine Freiheit von den Gonnegons fordern. Wie mein Elter es getan hat.«

»Nun, wenn das sein letzter Wunsch war ...«

»Das war er!«

Zögernd folgte Tol ihr. Er verstand nicht, weshalb Patt ihrer Trauer nicht nachgab. Eine halbe Stunde später erkundigte er sich: »Wie weit ist es denn noch?«

»Nicht mehr weit, Mensch.«

»Wir dürften jetzt so ziemlich durch den Berg hindurch sein«, schätzte Laarica.

Tol versuchte, sich darüber zu freuen, aber er konnte es nicht.

Und dann hatten sie die Halle der Statuen auch schon erreicht. Überall standen stumme Reihen von Quattagons aus Stein, aus Stahl, aus Kunststoff, aus Perma und aus Ton. In Lebensgröße blickten sie ihnen entgegen, und trotz ihrer starren Hüllen strahlten sie unerklärliche Lebenskraft aus.

Tol suchte sich benommen einen Weg durch diese stille Halle und kämpfte um sein seelisches Gleichgewicht. Zweidimensionale Quattagons auf den Seiten des Gedenkbandes waren schon einschüchternd genug gewesen, aber dreidimensionale von Lebensgröße waren überwältigend, verlangten mehr von dem Beschauer, als ein Mensch geben konnte. Und sie verlangten es stumm, geheimnisvoll und kompromißlos.

Vor einem Quattagon aus dunklem Stein in aquamarinfarbigem Gewand blieb Tol kurz stehen. Von Statur war dieser Quattagon nicht imposanter als ein Berregon. Und der Erscheinung nach kaum autokratischer als ein Gonnegon. Aber hier war mehr, als Größe und Struktur andeuteten. Selbst von diesem steinernen Abbild gingen Macht aus und eine so starke Vitalität, daß Tol mit dem beängstigenden Gefühl weiterging, der Stein selbst lebte.

Nur vage war er sich Patts und Laaricas bewußt, die sich ihre eigenen Wege zwischen den Statuen suchten. Seine Augen wanderten von Skulptur zu Skulptur, und bei jedem Gesicht wich er aufs neue vor dem Ausdruck zurück, der ihm etwas aufzwingen wollte. Er blieb am Fuß eines Qattagons stehen, der sich auf einem hohen Piedestal erhob, mit einem Fuß ganz am Rand. Ein unproportional langer Arm war befehlend ausgestreckt. Das drahtige Haar um ein breites Gesicht war zu einer Art Heiligenschein aufgestellt. Obwohl das Metall, aus dem er gegossen war, hell glänzte, schien in seinen Augen ein dunkler Sturm zu toben.

Tol starrte zu dem Metallgesicht hoch. Immer stärker wurde ihm bewußt, wie klein und unbedeutend er doch war. Die Quattagons standen seit zwei Jahrhunderten oder länger hier. Das war ihr Ort! Er stand auf ihrem Boden! Und sie verlangten seinen Gehorsam, seine Ehrfurcht vor ihnen, seine volle Aufmerksamkeit — und seine Seele!

Glücklicherweise gab es einen Weg, sich zu retten. Hastig schwang er sich auf sein Motorrad und brauste mit quietschenden Reifen davon.

Patt und Laarica schlossen sich ihm an. »Ich glaube, wir müssen diese Sammlung in kleineren Dosen zu uns nehmen«, meinte Laarica.

»Die nächste Halle ist ganz anders«, beruhigte Patt sie.

Sie war es auch. Aus der Halle der Statuen kamen sie in die Halle der Gemälde. Lange Ausstellungstrennwände teilten den Raum auf. Vom Thema her war jede dieser Wände verschieden behängt. Das hier ist schon mehr wie die Ausstellung von CalMega«, sagte Tol erleichtert.

»Mit einem Unterschied, Tol.«

»Ja. Die Bilder wurden nicht von Mechanikern während der Kaffeepause gemalt.«

Die erste Serie war harmlos, eine Reihe von Abstraktionen. Die zweite Serie rüttelte jedoch an ihrem gerade erst wiedergefundenen Seelenfrieden. Kahle schwarze Berge schändeten einen wehrlosen Himmel. Eine gierige Brandung verschlang die Küste. Der finstere Wald griff die Hänge eines sterbenden Berges an, seine Stämme und tentakelgleichen Wurzeln zerbröckelten den Stein zu Staub. Und der schillernde See verbrannte den Morgenhimmel, daß er in armseligen Bächlein wie Schmelzwasser über die Leinwand floß.

»Glücklicherweise ist es nur zweidimensional, Tollan.«

»Puh! Nicht vorzustellen, wie es dreidimensional wirken würde!«

Die nächste Abteilung war so majestätisch, wie die vorherige makaber gewesen war. Hier waren die gleichen Berge, derselbe Himmel, Ozean, Wald und See. Doch hier fielen sie nicht wie Raubtiere übereinander her. Hier priesen sie einander in wundersamem optischen Crescendo — eine orchestrale Verherrlichung der Schöpfung.

Besänftigt schritten sie weiter zu einer dritten Abbildung der gleichen Gegenden. Doch diesmal weigerten sich Berge, Ozean, Wald und See, als Vertraute angesehen zu werden. Hier wirkten sie zurückgezogen, von unbegreiflichen Geheimnissen umwoben.

Verwirrt betrachteten sie die vierte Serie, die fünfte, die sechste — jede war anders. »Diese Burschen konnten sich offenbar auf nichts einigen«, brummte Tol bei der siebten.

»Zweifellos hatte jeder Künstler eine andere Weltsicht«, pflichtete Laarica ihm bei.

Schließlich kamen sie zu Bilderserien, die die Stadt darstellten. Auch hier die Wiederholung des gleichen Motivs aus verschiedenen Sichtweisen. Man konnte die Stadt realistisch sehen, poetisch, düster, vernichtend. Aber erst die vierte Serie brachte sie dem Wahnsinn nahe. Auf einem Bild nach dem anderen klammerten Allegons, Gonnegons und Berregons sich an den Rand der Welt und kauerten hilflos vor den Bauwerken, die sich von den Bergflanken erhoben und sie mit unsichtbaren Kräften bedrohten. Nur die Quattagons schienen keine Angst vor dieser wilden Architektur zu haben. Nur die Quattagons schritten unbeeindruckt durch die Straßen.

Erleichtert wandten sie sich der Serie mit ländlicher Gegend zu. Hier weideten *Adenga pal* auf saftigen Wiesen. Land und Himmel harmonierten. Auf den Berghängen blühten Frühlingsblumen. Doch selbst diese Bilder weckten keine ungeteilte Begeisterung im Betrachter. Die liebliche Landschaft lockte mit süßer Stimme, lud ein, teilzuhaben an diesem zauberhaften Frühling — und Tols Füße klebten am kalten Metallboden. Die Natur rief, versprach Frohsinn und Seelenfrieden, doch über ihm war nicht die warme Sonne, sondern ein automatisches Lichtsystem, ein Produkt der Zivilisation. Eine linde Brise schien die Blumen zu umschmeicheln, doch die Wangen des Betrachters blieben unberührt.

Aus dieser Abteilung kamen sie zu einer schier endlosen Wand, an der dicht an dicht Porträts und Familienbilder hingen.

Benommen schüttelte Tol den Kopf. Zu viele Gesichter, zu viele Augen, die seine Aufmerksamkeit zu fordern schienen.

Er schritt die Wand zweimal ab, ehe er es fertigbrachte, sich auf ein einzelnes Bild zu konzentrieren. Es hing in Kniehöhe. Also kniete er sich davor hin und sah sich vier Erwachsenen gegenüber — Allegon, Berregon, Gonnegon, Quattagon — und vier Schößlingen: Berregon, Gonnegon und zwei Quattagons. Beide Quattagons waren Säuglinge in den Armen der Allegon, doch sie waren der Mittelpunkt des Bildes. Die Intensität ihrer Anwesenheit wies des jüngeren Gonnegon arroganten Befehl, ihm Aufmerksamkeit zu zollen, in Schranken. Die Bitterkeit im Gesicht des jüngeren Gonnegon war nicht zu übersehen.

Tol richtete sich auf und betrachtete ein zweites und drittes Bild. Als er beim Weitergehen auf Laarica stieß, sagte er zu ihr: »Ich habe vier Familien ohne eine Allegon gezählt, sieben ohne einen Berregon, und ein ganzes Dutzend ohne einen Gonnegon. Doch fast fünfzig Prozent hatten zumindest einen Quattagon, entweder einen Erwachsenen oder ein Kind, viele beides. Also wissen wir jetzt, daß die Familienstruktur nicht immer so starr war wie jetzt.«

Laarica musterte ihn nachdenklich. »Und wir wissen jetzt auch, weshalb es in vielen der älteren Wohnungen ein viertes Schlafzimmer gab.«

»Für den Quattagon?«

Sie nickte. »Ist dir die Formalität der Anordnung aufgefallen, Tol? Die Erwachsenen stehen immer nebeneinander, und vor jedem ist das Kind seiner eigenen Spezies.«

Tols Blick huschte über die Wand. »Nein, nein, Laary. Dort steht beispielsweise ein Quattagonkind vor einer Allegon und einem Berregon.«

»Richtig.« Laarica ging auf dieses Bild zu. »Die Ausnahme zur Regel ist immer der Quattagon. Obgleich zu dieser Familie ein erwachsener Quattagon gehört, steht das Quattagonkind in der Mitte zwischen Allegon und Berregon. Dafür fehlt der Gonnegon.« Sie trat an ein weiteres Bild. »Hier gibt es keinen erwachsenen Quattagon, wohl aber ein Quattagonkind, und es steht zwischen den Erwachsenen, dem Gonnegon und Berregon. Ich habe auf der ganzen Wand nachgesehen, Tol. Ohne Ausnahme steht das Quattagonkind vor den Erwachsenen der beiden anderen Spezies, selbst wenn ein Erwachsener seiner eigenen Spezies anwesend ist.«

Tols Blick wanderte über die Wand, und er sah, daß sie recht hatte.

»Scheint das nicht darauf hinzudeuten, Tol, daß das Quattagon-Kind in keinem Fall der leibliche Sprößling des Quattagon-Erwachsenen ist?«

Tol starrte sie an und bemühte sich, seine Gedanken zu ordnen. »Soll das heißen ...«

»Ich glaube, diese Familienbilder deuten darauf hin, daß die drei Spezies — Allegon, Berregon und Gonnegon — untereinander fortpflanzungsfähig waren oder sind. Ich glaube, jeder Quattagon war ein Mischling, die Leibesfrucht aus der Vereinigung von Angehörigen zweier verschiedener Spezies. Und ich glaube, daß die Quattagons selbst keine Kinder zeugen konnten. Das schließe ich aus der Tatsache, daß kein hier abgebildeter Quattagon einen Sprößling vor sich stehen hat.«

Tol kaute an seiner Lippe. »Du meinst, es ist so ähnlich wie bei Esel, Pferd und Maultier?«

»Ein guter Vergleich. Pferd und Esel sind von der gleichen Gattung, aber verschiedener Spezies. Aus der Vereinigung von Esel und Pferd entspringt das Maultier. Das Maultier selbst kann sich jedoch nicht fortpflanzen.«

Tol nickte nachdenklich. »Deshalb schienen auch so viele der Statuen irgendwie vertraut zu sein. In manchen konnte ich tatsächlich zwei der anderen Spezies erkennen: Allegon und Berregon, oder Gonnegon und Berregon.«

»Das brachte mich ja ursprünglich darauf«, erklärte Laarica. »Doch offenbar steckte in den Quattagons mehr als nur die gemischten Wesenszüge ihrer zwei Elternrassen. Es gab zweifellos solche, die weder von dem einen noch dem anderen Elternteil ererbt worden sein konnten. Die Quattagons waren weit mehr als die Summe beider. Und ich glaube, wir können ruhig davon ausgehen, daß die Quattagons lediglich im Sinn der Fortpflanzung steril waren. Ansonsten waren sie in höchstem Maße produktiv, ja geradezu überwältigend kreativ. Nach allem, was wir bisher in der Höhle gesehen haben, waren sie die Triebkraft hinter der gesellschaftlichen und künstlerischen Evolution auf diesem Planeten.«

»Bis sie ausstarben«, erinnerte Tol sie.

»Aber wie war das überhaupt möglich, Tol? Sie waren schließlich das Ergebnis der geschlechtlichen Verbindung zwischen den Spezies, und die drei Elternspezies leben und sind gesund; also müßten auch die Quattagons leben und gesund sein«, gab Laarica zu bedenken.

Tol dachte darüber nach. »Vielleicht verursachte irgend etwas einen Rückgang der Zeugungsmöglichkeit zwischen den Spezies? Sagtest du nicht, daß es ursprünglich nur drei Rassen hier gab? Vielleicht wurden sie mit der Zeit intersteril?«

Laarica tippte mit den Fingernägeln auf ihre Zähne. »Die Schriften des Zivilisationsbundes erwähnen nur drei Rassen. Aber ich bin noch auf keine authentischen Nor'Dyrenischen Aufzeichnungen über den Schiffbruch gestoßen. Also muß in Betracht gezogen werden, daß die Darstellung des Zivilisationsbundes nicht von tatsächlichen geschichtlichen Quellen ausgeht. Wer weiß, vielleicht stützt er sich lediglich auf Aussagen der Gonnegons. Und da ist noch etwas, Tol. Dieses Archiv läßt nicht auf einen allmählichen Rückgang der Quattagon-Spezies schließen. Wenn die einzige kreative Rasse sich im Lauf der Zeit als immer weniger lebensfähig erwiesen hätte, wären all diese Schätze bestimmt in einem öffentlichen Museum untergebracht worden, wo die anderen drei Spezies sie hätten bewundern und daraus lernen können. Statt dessen aber wurde alles hier in diesen Berg geschafft und unter Verschluß genommen mitsamt den Quattagons.«

»Du glaubst doch nicht etwa, daß die Quattagons lebend in die Tonkrüge gesperrt wurden?«

»Ich weiß nicht mehr, was ich denken soll«, antwortete sie grimmig. »Patt, hast du je auch nur von einem einzigen lebenden Quattagon in der heutigen Gesellschaft gehört? Oder auch nur ein Gerücht über sie?«

»Frau, außerhalb dieser Höhle habe ich nie von Quattagons gehört; und ich kenne auch keinen Nor'Dyrener, der sie je erwähnte.«

»Du bist nie auf einen Hinweis auf eine verlorene Rasse gestoßen?«

Mit hartem Gesicht antwortete Patt: »Nicht einmal von Klnl.«

Laarica runzelte die Stirn. »Weißt du, wenn ich mich nicht irre, deutet Klnls vierbuchstabiger Name — und deiner ebenfalls — darauf hin, daß irgendwann, vielleicht vor Generationen, ein Quattagon zu euren Familien gehörte und sein Initial euren Namen hinzugefügt wurde. Hast du je etwas von der Möglichkeit der Fruchtbarkeit zwischen den Rassen gehört?«

»Nicht, ehe ihr es erwähnt habt.«

»Das allein ist schon merkwürdig«, sagte Tol. »Wären die Quattagons auf natürliche Weise ausgestorben, müßte man doch meinen, die anderen Spezies wüßten zumindest, daß es einmal Fruchtbarkeit zwischen ihnen gab.«

»Außer ... Wißt ihr, mir kommt es so vor, als zielten viele der Beschränkungen der heutigen Gesellschaft geradezu auf die Verhinderung intimer Beziehungen zwischen den Spezies«, sagte Laarica. »Beispielsweise die

Heiminternierung der Hinterbliebenen aus unvollständigen Dreits. Ich bin jedenfalls noch auf keinen vernünftigen Grund dafür gestoßen. Nicht einmal die Gonnegons wissen, weshalb es so sein muß. Aber betrachtet es einmal aus dieser Perspektive. Angenommen, eine Familie wird gegründet, und ihre Angehörigen halten die von der Gesellschaft vorgeschriebenen Rollen in Beziehung zueinander ein. Dann stirbt einer der Erwachsenen. Sofort verliert die Dreit ihre Stabilität der Rollenfunktion. In einer Krisensituation müssen die Rollen neu verteilt werden. Die beiden überlebenden Erwachsenen müssen für sie unvertraute Verpflichtungen mitübernehmen.

Im Lauf der Zeit könnte sich das Verhältnis der beiden zueinander leicht von der vorgeschriebenen Förmlichkeit zu einer persönlicheren Beziehung wandeln. Und wenn die traditionelle Form erst einmal gebrochen ist, wäre es durchaus möglich, daß es zu Intimitäten kommt und schließlich zu einem Quattagonschößling.«

»Jaaa«, pflichtete Tol ihr nachdenklich bei.

»Und dann ist da noch die getrennte Unterbringung von unverdreiten Erwachsenen wie Patt. Patt ist ganz sicherlich reif genug, allein und unabhängig zu leben und eigene Entscheidungen zu treffen. Doch gestattete man es ihr, würde sie vielleicht über ihre gesellschaftlich vorgesehene Rolle hinauswachsen. Sie könnte anfangen, als Individuum zu funktionieren, ihren eigenen Geschmack entwickeln. Sie käme möglicherweise sogar auf die Idee, sich Freunde außerhalb seiner eigenen Spezies zu suchen. Schließlich sind zwei Drittel der Gleichaltrigen von anderen Rassen.«

»Und das könnte zur Zeugung eines Quattagons führen«, stimmte Tol ihr zu. »Was du damit andeuten willst, ist also nicht, daß die Quattagons ausstarben, sondern daß die Gesellschaftsform so angeordnet und erzwungen wurde, daß keine Quattagons mehr geboren wurden.«

»Du hast es erfaßt. Ich vermute, daß die Gesellschaftsstruktur planmäßig verändert wurde, um Quattagons unmöglich zu machen. Dann wurden alle Spuren der Quattagons ausgelöscht. Artefakte, Kunstwerke, Literatur und alles andere Schriftliche, persönliches Eigentum, alles wurde hierhergeschafft; und ich bin überzeugt, daß ursprünglich beabsichtigt gewesen war, das Tor im Tal zu versiegeln. Möglicherweise sind hier sogar die zensierten Seiten aus den Büchern zu finden.«

»Auch die Architektur wurde getarnt — die Friese und Wandmalereien überputzt«, fügte Tol hinzu. »Selbst die Verzierungen an den Haushaltsgeräten und Maschinen übermalt.«

Laarica nickte. »Sogar die Sprache veränderte man. Das jetzige Nor'Dyrenisch benutzt keine persönlichen Fürwörter: Die Nor'Dyrener sprechen von sich und anderen in der dritten Person, als Allegon, Berregon und Gonnegon. Besonders die Fürwörter, die auf das Geschlecht hinweisen, sind absolut tabu, obgleich sie in der früheren Literatur regelmäßig gebraucht wurden.«

Tol zog die Brauen zusammen. »Du meinst, die Sprache wurde verändert, damit die Leute sich und andere nicht mehr als Mann oder Frau sahen, sondern lediglich als Allegon oder Gonnegon oder Berregon.«

»Das ist jedenfalls meine Hypothese. Und hier ist noch etwas: Indem alle Quattagon-Artefakte entfernt wurden, verschwanden auch alle Spuren, die auf die Quattagons hinwiesen, und dadurch reduzierten sich auch die Sinnesreize. Die heutige Kleidung ist primitiv und schmucklos. Die Haushaltsausstattung streng und nüchtern. Das Essen ist zwar nahrhaft, aber kein Gaumenkitzel. Tatsächlich gibt es so gut wie gar nichts, das den Durchschnittsbürger auf irgendeine Weise begeistern könnte. Und ich glaube nicht, daß das lediglich vom Versagen der Automation herrührt. Ich glaube, es wurde ein dreiseitiger Angriff auf Interrassensexualität gestartet. Erstens wurde das Gesellschaftsgefüge verändert, um Kontakt zwischen den Spezies, außer auf absolut förmlicher Grundlage, zu verhindern. Zweitens wurde der Bürger als Einzelwesen wirkungsvoll davon abgehalten, sich als Individuum mit sexueller Identität zu sehen; das ging sogar soweit, daß man ihn entmutigte, sich überhaupt als Individuum zu betrachten. Und drittens wurden die Sinnesreize so drastisch reduziert, daß die Möglichkeit unwillkürlichen Erwachens sexueller Anziehung auf den Nullpunkt sank.

Wenn eine Kampagne wie diese auf der Erde gestartet würde, wäre es unmöglich, daß sie zu dem gewünschten Erfolg führte, denn der Geschlechtstrieb dort ist von völlig anderer Art. Er ist wirklich ein *Trieb.* Aber hier — nun, wir haben das Resultat ja gesehen.«

Tol resümierte. »Du glaubst also, daß die Quattagons mit voller Absicht ausgerottet wurden, als Ganzes, wenn auch nicht einzeln. Aber da bleibt immer noch das große Warum!«

Laarica zuckte die Achseln. »Ich möchte mich hier nicht auf irgendwelche Theorien versteifen. Patt, hast du eine Ahnung?«

Patts Hände verkrampften sich um die Lenkstange. »Nur eine vage Erinnerung. Ich glaube, die Antwort liegt voraus.«

»Dann wollen wir sie suchen.«

Sie fuhren durch eine zweite Statuenhalle und eine dritte. Dann erreichten sie die letzte Halle — die Eingangshalle, wenn sie durch das Tor im Tal gekommen wären. Es war ein hohes, spitz in den Berg gehauenes Gewölbe.

Doch es war nicht die Größe dieser Halle, die sie überwältigte, es war die unerwartete Konfrontation mit allem, was Quattagon war: in einer chaotischen bildhaften Erklärung an den Permawänden, eine eindringliche, fordernde Darstellung. Tol war wie betäubt. Geblendet von dem, was die Quattagons mit den hohen Metallwänden und der gewaltigen Innenseite des Tores gemacht hatten. Obgleich Stille in dieser Halle herrschte, schien sich doch ein gewaltiges Geschrei zu erheben, das in sein Gehirn schlug. Hilfesuchend drehte er sich um, doch wohin er auch blickte, begegnete er dem unausweichlichen Blick von Quattagonaugen. Gliedmaßen waren ineinander verschlungen.

»Wa-as soll das sein?« krächzte Tol, seiner Stimme kaum noch mächtig.

Leise antwortete Laarica. »Es … ich weiß es nicht. Chaos. Mir wird die Aussage nicht klar.«

»Es ist zu viel«, entschied Patt für sie. »Dort drüben ist das, was zu hören wir gekommen sind. Die Stimme der Quattagons.«

Nur mit Mühe konnte Tol den Blick von den Wänden reißen. Zu ihrer Rechten war ein Alkoven mit blauem Vorhang, zu ihrer Linken einer mit violettem.

»Der dort!« Patt deutete auf den violett verhangenen Alkoven.

Sie stiegen von ihren Motorrädern. Nur widerstrebend schien der schwere violette Vorhang sich von ihnen öffnen zu lassen. Tols instinktive Reaktion, als sie im Alkoven standen, war, sich hastig zurückzuziehen.

Das Licht machte es. Es jagte ihm Panik ein. In seinem tiefen Violett drang es mit bedrohlicher Intensität in seinen Geist. Immer drückender wurde es, immer tiefer stieß es vor, verursachte schier unerträglichen Schmerz. Patt und Laarica standen halb neben, halb hinter ihm. Die eine stupste ihn sanft, die andere ungeduldig. »Dort drüben ist es«, sagte die Berregon.

Eine Barriere, soviel konnte er erkennen, keine Wand. Ein Gebilde, etwas, das in diese intensive Farbe getaucht war. Etwas … Vorsichtig ging er darauf zu. Das violette Licht war trügerisch. Was ausgesehen hatte, als befände es sich weit außerhalb seiner Reichweite, war nur Zentimeter entfernt, beinahe vor seiner Nase. Er wich erschrocken zurück, prallte auf Patt und Laarica.

Ehe er sich entschuldigen konnte, erlosch das violette

Licht. Den Bruchteil einer Sekunde — zu schnell, es zu registrieren — standen sie im Dunkeln. Dann wies ein tiefes Scharlachrot ihnen den Weg und beleuchtete das Hindernis.

Tol blinzelte. Das Scharlachrot erhellte sich zu Sonnengelb. Er erkannte, wonach er getastet hatte. Es war ein weiterer Quattagon, in Perma gegossen, gebieterisch und überlebensgroß. Tols Blick wanderte über die hohe Stirn, das mächtige Kinn und hinab zu den breiten Schultern und kräftigen Armen, zu der erstaunlich schmalen Hand, die auf dem Deckel eines tönernen Bestattungskruges ruhte. Erschrocken wich er ein drittesmal zurück, doch diesmal, ohne gegen seine Begleiterinnen zu stoßen.

»Er scheint von Gonnegon und Berregon abzustammen«, wisperte Laarica.

Die feinen Metallippen bewegten sich nicht. Die glänzenden Augen blickten über ihre Köpfe hinweg in die Ferne. Aber als hätte sie auf eine Stimme gewartet, begann die Statue aus der Tiefe ihres Körpers heraus zu sprechen.

»Ja, es sind die Gonnegons, die die Rasse der Genies in diesen Krug sperrten und ihn versiegelten«, sagte die Statue mit einer Stimme, so samtig wie der violette Vorhang. »Der Gonnegons unstillbarer Neid und ewige Eifersucht sind dafür verantwortlich. Denn während wir mit den schöpferischen und gewaltigen Kräften über die Welt schreiten und sie erhellen, ist den Gonnegons das verweigert, was sie sich mehr als alles wünschen: die alleinige Herrschaft, die absolute Autokratie. Wir wissen, daß ihr die Geschichte von Lar kennt, den Berregon zeugte und Allegon gebar, und der lebend versiegelt wurde, um seinen unzeitigen Tod in der Urne zu finden. Das war Lars — der erste Große unserer Rasse — Willkommen auf dieser Welt. Und so werden die Quattagons jetzt verabschiedet. Wie am Anfang, so am Ende, die Geschichte wiederholt sich. Die Gonnegons haben gesehen, wessen Quattagons fähig sind: der Macht und Herrlichkeit! Und die Gonnegons fürchten sich, denn sie verstehen die Werte der Quattagons nicht. Die Gonnegons sind engstirnig und kleinmütig. Sie rechnen und befehlen und studieren, während die Quattagons lediglich etwas in die Hand zu nehmen brauchen — Faser und Fell, Metall und Stein —, und schon entsteht etwas Neues, Künstlerisches.«

Die samtige Stimme erhob sich, vibrierte in dem kleinen Alkoven. »Und jetzt ist es nicht mehr nur einer, der versiegelt wird. Nun sind es alle. Und diesmal sind es nicht allein die Gonnegons, die dieses Schicksal besiegeln. In den vergangenen Jahren glückte es den Gonnegons, die Macht über die Gedanken der Allegons und Berregons zu erlangen, die bisher, seit alter Zeit, auf die Quattagons hörten. Jetzt beugen diese beiden Unterrassen sich nicht mehr vor den Quattagons. Nun eilen sie, um dem Ruf der Gonnegons zu folgen. Sie gestatten, daß die Gonnegons für sie denken, und sie tun, was diese ihnen befehlen. Und nun sollen die Quattagons aus der Gesellschaft dieser drei ausgeschlossen werden. Die neuen Gesetze bestimmen, daß Quattagon aus Herz und Schoß Nor'Dyrens verbannt wird. Und wenn diese Höhle erst versiegelt ist, werden die Quattagons auch aus dem Gedächtnis gelöscht.«

Die Stimme machte eine Pause, ehe sie die Aufmerksamkeit wieder an sich riß. »Eine Gnade?« fragte sie aufwühlend. »So nennen die Gonnegons es. Nachsicht, Kompromiß, daß die Rasse der Genies noch diese Hallen in den Berg bauen und sie mit Artefakten füllen darf.« Eine gutturale Silbe drückte des Quattagon höchstpersönliche Meinung darüber aus. »Nicht Milde ist es. Die Gonnegons machten dieses Zugeständnis nur, um die Quattagons während ihrer letzten Jahrzehnte hier zu beschäftigen. Denn die Gonnegons wußten, wären die Quattagons nicht hier, fern der Stadt, emsig tätig mit der kühnen Schöpfung einer abschließenden Übersicht, würden sie den Städten und der ganzen Welt ihren Stempel noch weiter aufprägen. O ja, Gonnegon denkt, Gonnegon studiert, Gonnegon kennt sich aus.

Und wir? Nein, wir nahmen diese Henkersmahlzeit nicht naiv entgegen. Wir wußten, indem wir unsere letzten Dekaden damit verbrachten, dieses Archiv zu errichten, vergaben wir unsere Chance zu tun, was die Gonnegons befürchteten. Doch wir bedachten folgendes: In den Städten, ja auf der ganzen Welt werden die Gonnegons später jegliche Spur von uns, jeden Hinweis auf uns auslöschen. Doch hier, darauf gaben sie uns ihren heiligen Eid, werden sie nichts entweihen, nichts an dem ändern, was wir hinterlassen. Was wir hier erschaffen, ist für die Ewigkeit.

Und hier ist der letzte und dringendste Grund, ihr Lieben, die ihr dies hört: die Gewißheit unseres Triumphes. Bald schon werden die gewaltigen Kräfte aller Generationen von Quattagons hier versiegelt sein. Der Letzte unserer Art wird sterben und in den wartenden Krug gesteckt werden, und danach wird auch das gewaltige Tor versiegelt werden. Und nach einiger Zeit wird die Abrechnung kommen. Denn *alle* werden hier sein an diesem abgeschlossenen Ort, ihr Geist und ihre Materie. In dieser explosiven Konzentration unseres Wesens, im unsterblichen Medium unserer Lebenskraft, wird ein dynamischer Prozeß in Gang gesetzt. In der Luft dieser Höhle werden die Quattagons sich wieder erheben, neugeboren aus der geistigen Essenz, die hier in der Luft liegt. Ohne Mutter, ohne Vater werden die Quattagons ins Leben zurückkehren.

An jenem Tag werden die Quattagons als mächtige Legion auf ihren unbesiegbaren Maschinentieren sich über die Welt stürzen. Unser Aufschrei wird das Taltor zerbersten lassen. Wehrlos wird die Welt sich uns stellen müssen. Wir werden über sie hinwegbrausen. Die Gonnegons werden machtlos gegen uns sein, denn wir werden mehr sein, als wir jetzt sind. Wir werden nicht mehr aus verwundbarem Fleisch sein, sondern geschützter Geist, den unser Lebenswille neu geboren hat. Ja, so wird es kommen!«

Die Prophezeiung des Quattagons hallte noch lange, nachdem die Statue verstummt war, in ihnen nach. Fröstelnd verließen sie den Alkoven. Unwillkürlich wich Tol unter dem neuerlichen Ansturm der Quattagonaugen an den Wänden zurück.

»Jetzt zu diesem.« Patt deutete auf den blauverhangenen Alkoven.

Tol zögerte. »Berregon, ich habe noch nicht die Kraft für eine weitere Gegenüberstellung. Bitte gedulde dich.« Es war nicht sein Widerstreben vor der Stimme eines weiteren Quattagon, das ihn zurückhielt, sondern die nagende Angst, daß irgendwo in diesen weiten Hallen ein Quattagon tatsächlich in der Luft materialisieren könnte, während er im zweiten Alkoven in der Falle saß. Und wenn Laarica und Patt und er schließlich aus dem Alkoven traten, würden sie das siegessichere Gebrüll der motorisierten Legionen hören ...

Laarica runzelte die Stirn. Offenbar ahnte sie, was ihn bewegte, spürte es vielleicht sogar selbst. Doch als Anthropologin weigerte sie sich, sich abhalten zu lassen. Also trat sie an den blauen Vorhang und schlug ihn zur Seite. Als sie in den Alkoven schaute, entspannten sich ihre Züge. »Das hier ist etwas ganz anderes, Tol. Ganz, ganz anders!«

Zaudernd schloß er sich ihr an. Doch auch er sah sofort erleichtert den Unterschied. Hier gab es kein drükkendes Licht, keine Dramatik, nur einen Gonnegon, der ohne große Kunstfertigkeit aus dunklem Stein gehauen in der Mitte des Alkovens stand, in Augenhöhe mit ihnen und starren steinernen Ausdrucks.

Laarica betrachtete die Skulptur näher. »Das sieht mir wirklich nicht nach Quattagonarbeit aus.«

Die Gonnegonstimme kam nicht aus der steinernen

Brust, sondern aus einem Lautsprecher an der Wand des Alkovens. »Nachfolger, Oberster Richter Taa heißt Sie in dieser Ecke der Quattagonhöhle willkommen. Nur dieser kleine Alkoven wurde für die Zwecke der Gonnegons bereitgestellt. Ein heiliger Eid besiegelte, daß der Frieden der Höhle sonst nirgendwo gestört werden darf. Nachfolger, dieser Eid muß von Ihnen genauso eingehalten werden, wie er es von mir wurde. Verlassen Sie diesen Ort unberührt.

Ich spreche zu Ihnen aus der Zeit, da das Tor im Tal versiegelt werden sollte. Acht Dekaden sind vergangen, seit die Quattagons als unerwünscht erklärt wurden. Jetzt ist der letzte dieser Sturmvögel gestorben und in seiner Urne versiegelt worden. Doch auf Befehl dieses Gonnegon bleibt das Tor offen.

Nachfolger, ändern Sie nichts daran. Der Aberglaube ist stark unter den Untervölkern. Sie haben vom Schwur der Quattagon gehört, wieder zum Leben aufzuerstehen, sobald dieses Tor hier verschlossen und die Essenz ihres Seins hier konzentriert ist. Selbst nach acht Jahrzehnten ist dieser Aberglaube noch wach. Versiegelte dieser Gonnegon das Tor heute, würden morgen Massen von Allegons und Berregons in den Wald pilgern. Sie würden Lager aufschlagen und Wache halten. Fanatiker würden sich in Scharen zusammenfinden. Ermutigen Sie sie nicht. Schließen Sie die Quattagons nicht endgültig ein.

Bedenken Sie auch diesen zweiten Grund: Dieser Gonnegon ist nicht mehr jung. In ein paar Jahren wird sein Amt auf einen anderen übergehen. Dieser Nachfolger, der in der Zeit der Unruhe gelebt hat, wird verstehen, weshalb wir den beiden Unterrassen und uns selbst gewisse Beschränkungen auferlegt haben. Der Nachfolger dieses Gonnegon wird aus eigener Erinnerung gewarnt sein und die Gründe kennen, weshalb es keine Quattagons aus den drei Elternrassen mehr geben darf.

Doch der Nachfolger dieses Gonnegon wird selbst einen Nachfolger haben, und dieser ebenfalls und so weiter durch die Generationen hindurch. Und diese späteren Nachfolger im Amt des Obersten Richters werden keine Erinnerung an die Quattagons haben, denn wenn unsere Erlasse die gewünschte Wirkung erzielen, wird die dritte Generation nicht die geringste Erinnerung an die Quattagons mehr haben. Deshalb werden die Gründe für die Beschränkungen in den Beziehungen zwischen den drei Rassen nicht mehr verständlich sein. Es wird zu Fragen kommen, zu Zweifeln, vielleicht sogar zur Auflehnung.

Um diese Zweifel zu beseitigen, wird die Bestallungsurkunde jeden neuen Obersten Richter anweisen, vor seinem Amtsantritt hierherzukommen, um zu erfahren, wer die Quattagons waren. Wenn dieser neue Oberste Richter sich hier umgesehen und das Wesen der Quattagons kennengelernt hat, wird er meine folgenden Worte voll verstehen. Der Nachfolger wird mit der absoluten Überzeugung in die Gesellschaft zurückkehren, daß es unabdingbar ist, die Erlasse aufs Wort zu befolgen. Deshalb wird seine Führerschaft auch anerkannt werden und er keine Schwierigkeiten während seiner Amtsperiode haben.

Also, lassen Sie dieses Tor offenstehen, meine Nachfolger.

Hören Sie jetzt die Anklageerhebung dieses Gonnegon gegen die Rasse, die hier in den Steinkrügen versiegelt ist.

Vor gar nicht so vielen Jahrhunderten, bald nach dem Anfang unserer Zeit auf dieser Welt, erschienen Quattagons zwischen uns, ins Leben gerufen durch die drei Rassen, die Sie auch heute noch kennen. Viel brachten die Quattagons mit sich: Intensität, Erfindungsgabe, schöpferische Leistung, Genialität. Doch nichts davon war ungeteilter Segen. Alle diese Eigenschaften können ausarten — und die Quattagons ließen sie entarten.

Für die Quattagons bedeuteten Ordnung und Fortschritt der Gesellschaft nichts. Sie folgten ihrem eigenen Stern und zertrampelten alles auf ihrem Weg. Um ihre perversen Ziele zu erreichen, opferten sie jede Tradition, jeden sittlichen und sonstigen Wert. Chaos folgte ihnen auf Schritt und Tritt als gewaltige Flut, die alle zu verschlingen drohte.

Doch wenn es sich allein um die Quattagons gehandelt hätte, wäre es für die Gonnegons nicht nötig gewesen, solch strikte Maßnahmen zu ergreifen. Nur jeder achte auf dieser Welt war ein Quattagon. In diesem Maßstab hätten weniger drastische Mittel genügt.

Leider genügte es den Quattagons nicht, ihren unverständlichen Zielen allein nachzujagen. Von Anfang an lockten die Quattagons die Unterrassen vom rechten Weg. Quattagons blickten Allegons mit gebieterischen Augen an, und die Allegons schmolzen zu ihren Füßen hin. Quattagons stießen ihre schrillen Schreie aus und wiegelten Berregons gegen Berregons auf, gegen Gonnegons, ja gegen die Schöpfung selbst. Wiederholt stahlen Quattagons Allegons von der Rasse des logischen Denkens und beanspruchten die Allegons für sich. Unaufhörlich putschten Quattagons Berregons zur Gewalttätigkeit auf.

Glücklicherweise waren die Bemühungen der Quattagons nie ganz erfolgreich. Darum hat auch die Rasse der Denker überlebt. Die Quattagons stolzierten in ihren zauberhaften Gewändern umher und in ihrer die Blicke anziehenden Lederkleidung. Mit ihren überwältigenden Bauwerken dominierten sie die Städte. Quattagons stachelten Allegons gegen Allegons auf, Berregons gegen Berregons. Quattagons versprachen materielle Güter und Ekstase. Doch nicht mehr. Die Quattagons haben sich ihren Untergang selbst zuzuschreiben.

Diese Anklagen wegen Verführung von Unschuldigen und wegen Aufwiegelung sind noch die geringsten, meine Nachfolger. Betrachten Sie die Augen in dieser Höhle, und Sie werden den Wahnsinn erkennen, der in ihnen brennt. Das sind die Augen jener, die zum mystischen Irrsinn des Todeskrugkults aufriefen. Fast von Anfang an überredeten sie Jugendliche aller Spezies, sich lebend versiegeln zu lassen, um die Lebenskraft zu konzentrieren und die Fesseln des Todes zu sprengen. Jedes Jahr ließen Tausende sich lebend in Krügen versiegeln, doch sie sprengten keinen einzigen. Trotzdem fanden sich immer wieder neue Jugendliche, die von den Quattagons, den wahnsinnigen Beherrschern der Seelen, entflammt wurden.

Es gab noch weitere Arten von Wahnsinn — Wahnsinn, den die Gonnegons vom Antlitz der Städte radierten, Wahnsinn, den Sie hier in den Kisten und Kartons und Containern finden werden und den die Quattagons als ihre besten Leistungen auswählten, als zu wertvoll, um vernichtet zu werden.

Manches werden Sie hier nicht finden, jenes, dessen die Quattagons sich selbst schämten, wie die brutalen blutigen Kämpfe, die Quattagons zwischen den Berregons arrangierten, Kämpfe bis zum Tod, aus denen der Sieger mit nicht mehr als dem Sieg selbst hervorging. Oder wie die Gilde der Assassinen, die die Quattagons auf die Straßen der Städte schickten. Oder wie die Verführung von Allegons, statt normalen Dienst zu leisten, der Wildnis zu dienen — den Steinen und Bäumen —, bis die herumirrenden Allegons den Hungertod starben.

Sehen Sie sich gründlich in dieser Höhle um. Wenn Sie wieder herauskommen, werden Sie verstehen, wie notwendig die Beschränkungen sind, die die Generation dieses Gonnegon erzwang. Seit vielen Jahrhunderten erkannten die Gonnegons die Gefahr der Quattagons. Nun endlich ist ihrem Gären, ihrer Chaotik ein Ende gemacht. Jetzt erst beginnt die Zeit des Seelenfriedens, der Sicherheit und der Ordnung. Jetzt erst kann unsere Gesellschaft sich im Rahmen der Vernunft und unser Leben sich in vorhersehbaren Bahnen stetig zum Bessern entwickeln.

Sehen Sie sich um, meine Nachfolger! Erkennen Sie die Aussage der Quattagons: Chaos, Zwang, Wahnsinn. Denken Sie darüber nach! Dann werden Sie fest entschlossen in die Stadt zurückkehren, das, was die Gonnegons für diese Welt geschaffen haben, nie wieder aufzugeben.«

Die Stimme des schon seit so langer Zeit toten Gonnegon verstummte. Nachdenklich verließen sie den Alkoven und blieben dicht beisammen in der Eingangshalle stehen, während die Luft um sie von dem stummen Gebrüll widerhallte, das die Quattagons in die hohen Permawände geprägt hatten.

Jetzt erst wagte Tol den Blick über diese Wände schweifen zu lassen. Er sah alles, was in den Quattagons gesteckt hatte: Intensität, Perversion, Genie, Wahnsinn. Er drehte sich um und betrachtete die drei Krafträder genauer, die sie sich ausgeliehen hatten. Laaricas war von fast unwahrscheinlicher Schönheit. Aber seines? Obgleich er jetzt schon so lange darauf saß, war er mit seinem Äußeren noch nie klar gekommen. Nun, da er darüber nachdachte, erschien es ihm, als fiele alles, was er in den Höhlenhallen gesehen hatte, unter zwei Kategorien: aufwühlend schön und bezaubernd, oder zutiefst verwirrend und am Innersten rüttelnd — faszinierend oder überwältigend.

Es gefiel ihm nicht, sich auf die Seite der Gonnegons zu schlagen. Aber wie hätte er empfunden zur Zeit der Quattagons? Hätten sie ihn mit ihrer offenbar unwiderstehlichen Anziehungskraft hilflos in ihrem Netz gefangen? Oder hätte er sie in sittlicher Empörung verabscheut?

Er kannte die Antwort darauf nicht. Eine neutrale Einstellung hätte es für ihn bestimmt nicht gegeben. Er wäre entweder ihr Vasall oder ihr erbitterter Feind gewesen. »Es waren also die Quattagons gewesen, die die Fabriken errichtet haben. Aber nachdem es sie nicht mehr gab — wißt ihr, hätten die Berregons imstande sein müssen, sie zu warten.«

»Eine Zeitlang, ja«, pflichtete Laarica ihm bei. »Wahrscheinlich haben die Gonnegons sogar die Funktionen analysiert und Instandhaltungsanleitungen aufgesetzt.«

»Aber ein Wartungs- und Reparaturhandbuch allein genügt eben nicht«, gab Tol zu bedenken. »Bei weitem nicht. Manchmal läßt ein Fehler sich nur rein gefühlsmäßig finden. Die Quattagons haben vermutlich nicht nur erfunden und errichtet, sondern auch repariert.«

»Ist es nicht ironisch?« sagte Laarica grübelnd. »Die beiden dominierenden Rassen ergänzten sich im Grund genommen großartig. Die Quattagons waren die Wegbereiter, die Umstürzler, und die Gonnegons folgten ihnen, brachten Ordnung in ihr Chaos und machten sich zunutze, was die ersteren erschufen, zähmten die Geister, die sie heraufbeschworen hatten. Doch während beide ihre Funktion erfüllten — die Quattagons führten den Wandel herbei, und die Gonnegons schufen Ordnung —, kämpften sie ohne Unterlaß erbittert um die Vorherrschaft. Die Quattagons wollten der Welt ihre kreative Vision, wie das Leben sein konnte, aufzwingen; und die Gonnegons ihre Ordnung und ihre eigene konservative Art des Rationalismus.

So lange sie sich in etwa einander die Waage hielten, gab es Fortschritt. Doch schließlich, nach Dutzenden von Jahrhunderten, erlangten die Gonnegons die Oberhand und konnten die Quattagons eliminieren. Was sie jedoch nicht bedachten, oder vielmehr nicht erkannten, war die Tatsache, daß es die Quattagons waren, die ihrer Evolution den Schwung gaben, die die Entwicklung antrieben. Sie machten sich daran, die Kräfte des Chaos auszuschalten, und es endete damit, daß sie die einzige zur Weiterentwicklung führende Triebkraft abschafften.

Und da sie Gonnegons waren und allzu gründlich,

leisteten sie eine so perfekte Arbeit, daß jetzt nicht einmal die Gonnegons mehr etwas von der früheren Existenz der Quattagons wissen.«

Patt sagte nachdenklich. »Einer der Gonnegons weiß es. Mein Elter ging zu diesem einen, um seine Freiheit zu bekommen.«

Laarica nickte. »Der jeweilige Oberste Richter. Das also ist unser nächster Schritt: Wir müssen zusehen, daß wir beim Obersten Richter vorgelassen werden und ihn dazu bringen, Tol vor Negs Zugriff zu bewahren.«

»Und mich vor dem Heim.«

Tol schaute beide an. »Ihr meint, wir sollten ihm drohen zu erzählen, was wir erfahren haben?«

Laarica nickte. »Die Möglichkeit der Fruchtbarkeit zwischen den Rassen ist der Schlüssel, den wir gesucht haben, Tol. Doch zuerst müssen wir die ethische Seite des Problems betrachten. Trotz all ihrer Abartigkeiten waren die Quattagons zweifellos eine ungeheuerlich kreative Rasse. Sind wir bereit, deine Freiheit damit zu bezahlen, daß die Quattagons für immer tot und vergessen bleiben? Haben wir das Recht dazu?«

Patt schnaubte abfällig. »Eine tote Rasse hat kein Recht!«

Laarica lächelte dünn. »Vielleicht stimmt das, Patt. Aber wir müssen auch die gegebene Situation in Betracht ziehen. Wir alle kennen die Erstarrung der Nor'Dyrenischen Gesellschaft. Wir alle machten unsere Erfahrungen mit der Dominanz der Gonnegons, und wir alle verdammten sie. Sind wir jetzt bereit, die Höhle stumm zu verlassen und die Gonnegons mit unserem Schweigen zu unterstützen?«

Tol rieb sich unsicher die Stirn. Was er hier von den Quattagons gesehen hatte, hatte ihn abgeschreckt. Aber was er draußen gesehen hatte, hatte ihn ebenfalls abgeschreckt. »Gibt es eine richtige Wahl?« gab er zu bedenken. »Ich meine, was immer wir tun, wird verkehrt sein. Wenn wir unser Wissen verbreiten, habe ich immer noch Negs Prozeß auf dem Hals. Wenn wir uns entschließen, nicht zu sprechen ...«

Laarica zuckte die Achseln. »Wir müssen uns ein paar Tage Zeit nehmen, um uns alles durch den Kopf gehen zu lassen und uns den nächsten Schritt zu überlegen. Haben wir als Fremdweltler, du und ich, Tol, denn ein Recht, uns auf die eine oder andere Weise in die Evolution dieser Gesellschaft einzumischen? Auch wenn uns das gegenwärtige Stadium als eine Periode der Stagnation erscheint, ist sie doch Teil des Gesamtevolutionsprozesses auf Nor'Dyren. Haben wir ein Recht, die eine oder die andere Alternative zu nutzen? Haben wir ein größeres Recht, die drei Spezies auf das Potential einer vierten aufmerksam zu machen, als darauf, dir durch unser Schweigen die Freiheit von den Gonnegons zu erkaufen?«

Tol drückte die Hände an die Schläfen. »Hör zu, vielleicht — vielleicht — sollten wir einfach von hier verschwinden und alles vergessen. Soll Negs Prozeß seinen normalen Gang nehmen.«

»Und du würdest ohne Widerspruch eine Allegon werden?« fragte Patt scharf. »Dieser Berregon wird keinesfalls schweigen!«

»Was hast du vor?«

»Ich werde tun, was ich immer zu tun beabsichtigt habe. Ich werde mit diesem einen Schlüsselgonnegon sprechen und mir von ihm die Freiheit versichern lassen.«

»Aber verstehst du denn nicht, Patt? Du bist Nor'Dyrener. Du hast ein Recht, deine Rolle in der gesellschaftlichen Evolution zu spielen. Nur für Tol und mich ist es nicht so einfach. Wir sind nicht von hier. Wir sind Außenseiter.«

Patt hielt stolz den Kopf erhoben. »Dann liegt die Entscheidung bei euch.«

Bei ihnen. Tols Kopf war plötzlich so schwer. Er suchte etwas, wogegen er ihn lehnen konnte. Sein Blick fiel auf das Tor, und mit einemmal übermannte ihn ein tiefes Verlangen, es offen zu sehen, hinauszufahren in die grüne Dschungelfreiheit des Tales, den durchdringenden Augen der Quattagons zu entfliehen, ihrer drückenden Atmosphäre.

Doch selbst dieser ungeheuer starke Wunsch wirkte keine Wunder. Das Tor blieb geschlossen, die breite Straße dehnte sich nicht vor ihm aus.

Stumm setzten sie sich wieder auf ihre Motorräder. Und während sie zurück durch die Höhle fuhren, drückte die Zukunft schwer auf sie. Die Wände schrien. Es gab keinen Frieden. Die Alternativen tobten in Tols Kopf, und der drohte zu zerspringen.

15. Kapitel

Eine Woche später wurden sie am frühen Morgen zum Obersten Richter geführt. Kaum hatten sie sein Amtszimmer erreicht, kaum war Tols Blick seinen feuchten Augen begegnet, die ihn von unten musterten — der Oberste Richter saß verwirrenderweise hinter seinem Tisch in einer Bodenvertiefung —, bereute er bereits den Kurs der Verhandlungen, auf den sie sich geeinigt hatten.

Der Oberste Richter war die wahrhaftige Verkörperung der Gonnegons: von der hohen gewölbten Stirn zu den sich kräuselnden Wimpernkränzen, von den schmalen Händen, die für kein schwereres Instrument als einen Schreibstift gedacht waren, zu der Brust, die breit genug war, eine Stimme hervorzubringen, die die ganze Welt zu befehligen imstande war. Und aus den tiefen feuchten Augen, die sie musterten, ging hervor, daß er ihnen das Recht absprach, auch nur auf dem Stein dieses Bodens und dem Fels seiner Welt zu stehen.

Unbeeindruckt erwiderte Laarica seinen düsteren Blick und ergriff die Initiative. »Sie wissen, weshalb wir hier sind, Euer Gnaden.«

Überraschenderweise klang die Stimme des Obersten Richters piepsig. »Dieser Richter wurde informiert, daß Gonnegon Johns, Mensch Bailey und ein nichtgenannter dritter die Quattagonhöhle besucht haben.

Diesem Richter ist auch bewußt, daß die Quattagonhöhle auf nichtbekannte Weise vor einigen Jahren versiegelt wurde. Deshalb erwartet dieser Richter eine Klarstellung dieser Behauptung.«

Laarica war nicht einzuschüchtern. »Das Tor zur Quattagonhöhle wurde vor neunzehn Jahren durch ein Erdbeben geschlossen. Aber jetzt gibt es einen weiteren Eingang. Tollan Bailey, ein bestimmter junger Berregon und ich schufen ihn. Ich spreche auch im Auftrag dieser beiden anderen hier.«

Die gleichmütige Miene des Gonnegon wirkte kurz aufgewühlt. »So. Es gab bereits einmal einen ähnlichen Vorfall: ein Eindringen in die Quattagonhöhle, daraufhin eine Drohung in diesen Räumlichkeiten und schließlich ein Zugeständnis. Ist es diesmal das gleiche?«

»Erachtet der Oberste Richter das als ehrenrührig?«

»Klären Sie mich über den Ehrbegriff eines Fremdwelters auf«, verlangte der Richter.

»Klären Sie mich über den Ehrbegriff eines Nor'Dyreners auf«, ersuchte Laarica ihrerseits.

Das Gesicht des Gonnegon verdüsterte sich mißmutig. »Die Ehre eines Nor'Dyreners ist ausführlich im *Ersten Buch der Ethik* erläutert. Lesen Sie es dort.«

»Ich habe es bereits gelesen, Euer Gnaden. Ich bin jedoch der Ansicht, daß dieses erste Buch der Ethik zu einem anderen Zweck verfaßt wurde, als Ehrbegriffe zu erklären. Nach meiner Meinung ist dieses Werk die Anweisung der totalen und andauernden Unterdrückung der Quattagons. Deshalb finde ich, daß dieses Werk absolut nichts mit Ehre zu tun hat, wie meine Rasse diesen Begriff kennt.«

Die Lippen des Gonnegon verzogen sich. »Worte. Soll diese Unterredung sich mit dem Thema der Ehre befassen oder der weiteren Unterdrückung der vierten Rasse?«

Laarica schob das Kinn uor. »Euer Gnaden. Tollan Bailey und ich sind nicht hier, um gemeinsame Sache in der weiteren Unterdrückung der Quattagons mit Ihnen zu machen, genausowenig sind wir entschlossen, unser Wissen an die große Glocke zu hängen. Wir sind gekommen, um Ihnen in aller Form die volle Verantwortung für die Zukunft Ihrer Völker zurückzugeben. Dafür erbitten wir, verständlicherweise, ein paar Zugeständnisse.«

»So!« kommentierte der Gonnegon beißend. »Dieses Gespräch unterscheidet sich vom letzten nur in der Wortwahl. Nennen Sie die geforderten Zugeständnisse.«

»Gut. Das erste ist, natürlich, lebenslange Freiheit für den jungen Berregon Patt, Sprößling des Berregons, der diese andere Unterredung mit Ihnen führte.«

»Vermerkt. Fahren Sie fort.«

»Die zweite Bedingung ist nicht, daß Tollan Bailey des Prozesses von Gonnegon Neg enthoben wird, sondern daß Sie persönlich den Vorsitz der Verhandlung übernehmen und die schriftlichen Gutachten von Ärzten unserer Rasse anerkennen — die zweifellos mehr von menschlicher Physiologie verstehen als irgendein Nor'Dyrener —, die aussagen, daß kein irdisches Gericht Tollan Bailey für Handlungen verantwortlich machen könnte, die er, wie hier der Fall war, im Delirium begangen hat.« Sie legte die Gutachten auf den Tisch des Gonnegon. »Von diesem Zugeständnis erhoffen wir eine beschleunigte und absolut gerechte Erledigung dieses Falles.

Das dritte Zugeständnis betrifft meine eigenen beruflichen Interessen. Ich bin Anthropologin und befasse mich mit fremden Kulturen. Mehrere Jahrhunderte blühte hier eine ungewöhnliche, interessante Zivilisation. Ich ersuche um Erlaubnis, längere Zeit Nachforschungen in den Quattagonarchiven anstellen und darüber schreiben und meine Abfassungen auf anderen Welten veröffentlichen zu dürfen. Hier werde ich nichts veröffentlichen, außer ich werde von offizieller Stelle darum gebeten.«

Der schwere Kopf neigte sich. »Vermerkt. Diese Angelegenheiten werden in diesen Räumlichkeiten in Erwägung gezogen werden.«

»Ich bin noch nicht zu Ende. Ich ersuche um ein weiteres Zugeständnis.«

Gereizt blickte der Gonnegon auf. »Dann fahren Sie

fort. Dieser Richter muß unbedingt seinen Zeitplan einhalten.«

»Das ist mir klar. Gerade dieses letzte Zugeständnis verlangt sehr viel von Ihnen, Euer Gnaden. Ich ersuche Sie, das Leben und nicht nur den Lebensstandard von heute auf diesem Planeten mit dem vor siebenundzwanzig Jahren zu vergleichen, als Sie dieses Amt antraten. Als nächstes ersuche ich Sie, das Leben zu der Zeit mit dem während Ihrer Kindheit zu vergleichen. Haben Sie das getan, bitte ich Sie, sich zu überlegen, wie das Leben siebenundzwanzig Jahre später sein wird, wenn Ihr Nachfolger sich dem Ende seiner Amtsperiode nähert.« Laarica blickte den Gonnegon eindringlich an und gestattete nicht, daß sein Blick sich ihr entzog.

Er lehnte sich auf seinem Stuhl vor. Bitterkeit sprach aus seinen Zügen. »Glaubt Gonnegon Johns, dieser Gonnegon habe diese Vergleiche nicht schon oft gezogen?«

»Oh? Selbst den mit der Zukunft?«

»Ist es nicht die Verantwortung dieses Richters, die weiteren, sowohl durch die Umstände als auch durch gewollten Eingriff entstehenden Änderungen im sozialen Gefüge zu studieren? Versteht Gonnegon Johns nicht einmal soviel von der Funktion des Obersten Richters?«

Laarica hob eine Braue. »Ich bin wohlvertraut mit der theoretischen Funktion des Obersten Richters. Doch nach allem, was ich auf Nor'Dyren gesehen habe, hatte ich nicht das Gefühl, daß dieser seiner Verantwortung voll gerecht wurde.«

»Dann bestätigt dieser Gonnegon, daß dieser Richter ihr voll gerecht wird.« Die Stimme klang gereizt.

»Und Gonnegon Oberster Richter ist mit dem, was er festgestellt hat, zufrieden?« bohrte Laarica weiter. »Als ich das Quattagonarchiv durchstreifte, hatte ich das Gefühl, daß die Quattagons sehr viel zu einem besseren

Lebensstandard auf Nor'Dyren beitrugen. Gewiß schufen sie Chaos und Verwirrung, doch auch sehr viel Gutes kam von ihnen. Ich fand nirgendwo hier einen Hinweis, daß der Oberste Richter die Situation auch aus dieser Sicht betrachtet hat. Hat der Oberste Richter sich im Archiv umgesehen?«

Der Gonnegon senkte den Kopf, um Laaricas Blick auszuweichen. »Bei seiner Amtseinführung vor siebenundzwanzig Jahren wanderte dieser Gonnegon durch das Archiv. Vor neun Jahren beabsichtigte dieser Oberste Richter sich noch einmal, gründlicher, dort umzusehen, doch das Tor war verschlossen. Dieser Gonnegon fand keine Möglichkeit, auf andere Weise in die Höhle zu gelangen.«

»Ich verstehe. Weshalb wollten Euer Gnaden sich gründlicher umsehen?«

Mit scharfer Stimme antwortete der Oberste Richter: »Weil dieser Gonnegon das Leben hier vor einem halben Jahrhundert mit dem zur Zeit seiner Amtseinführung und mit dem vor neun Jahren verglichen hat.«

»Und Sie haben zwar diese Überlegungen angestellt, doch nichts, absolut nichts getan?«

Der Gonnegon preßte die dünnen Lippen zusammen. »Dieser Oberste Richter hat weiter Vergleiche gezogen und überlegt.«

»Das war alles? Das hielten Sie für ausreichend? Sie haben selbst miterlebt, daß der Lebensstandard von Jahr zu Jahr gesunken ist. Die unzulängliche Ernährung führt zu Entwicklungsstörungen bei den Kindern, und Ihre Alten sterben verfrüht aufgrund von Härten, die vermieden werden könnten. Die Allegons leisten Dienste, die fast über ihre Kräfte gehen. Die Berregons arbeiten sich zu Tode, nur um das Allernotwendigste zu produzieren. Und die Gonnegons werden immer mehr Sklaventreiber und immer weniger Führer mit rationalem Verstand. Und Sie fahren fort, nur Überlegungen anzustellen, Richter?«

Er hob den Kopf und sagte trotzig: »So ist es.«

»Aber warum? Es muß doch einen Grund geben!«

Der Gonnegon überlegte lang, ehe er antwortete: »Früher, Gonnegon Johns, gab es die Quattagons, Geschöpfe des Dualismus: Segen und Fluch zugleich. Sie waren sowohl die Quelle der Erfindungen als auch der Zwietracht. Die Quattagons erschufen und zerstörten. Sie führten und inspirierten, feuerten an und wiegelten auf. Die Quattagons stimulierten und irritierten. Ungeheure Energie ging von ihnen auf die Gesellschaft über. Doch jetzt gibt es keine Quattagons mehr.

Betrachten Sie diese Gesellschaft als einen Teich. Einst gab es Wetteifer und Kampf in diesem Teich. Zwei Arten rangen um die Oberherrschaft. Von ihnen entströmten gewaltige Energien in den Teich. Doch schließlich siegte die eine, und die Schlacht war zu Ende. Einige Jahrzehnte lang war der Teich noch aufgewühlt. Weitere Jahrzehnte kräuselte seine Oberfläche sich noch. Jetzt jedoch ist es ruhig in diesem Teich, die Oberfläche ist glatt und beginnt sich zu trüben. Der Teich stagniert. Die Gesellschaft stagniert. Dieser Gonnegon stagniert.«

Selbst Laarica staunte über die Härte des Selbsturteils des Gonnegon. »Und Sie — obwohl Sie wissen, daß es Stagnation ist — dulden diese Stagnierung einfach?«

»Hat ein Teich die Energie, sich von selbst zu bewegen?«

»Oberster Richter, ich möchte Sie erinnern, daß sie *Sie kein* Teich sind.«

Der Gonnegon hob die Schultern, ließ sie wieder fallen. »Gonnegon Johns, ich erinnere Sie an die Tatsachen, an die Realität. Gonnegon reagiert auf Reize. Ohne Reize stagniert Gonnegon. Sie sind Beobachter von Beruf. Sie haben es selbst gesehen. Zweifeln Sie daran?«

Laarica runzelte die Stirn. »Na gut, Gonnegon. Ich

habe es bemerkt. Und nun habe *ich* für den Reiz gesorgt. Werden Sie darauf reagieren? Oder ziehen Sie sich wieder in Ihren Tümpel zurück und lassen das Wasser sich über Ihrem Kopf glätten? Ich werde nicht fortfahren, Sie zu reizen, denn ich halte das nicht für meine Funktion.«

Die Finger des Gonnegon krochen ziellos über die Tischplatte. »Gonnegon, Sie waren nicht der einzige Unruhestifter in den letzten Wochen. Dort ist noch einer.« Sein Blick wanderte zu Tol und blieb nachdenklich auf ihm ruhen.

Tol erstarrte.

»Tol hat das Wasser gekräuselt«, pflichtete Laarica ihm bei. »Und wenn Sie ihn Negs Dreit zuteilen, wird er es mehr als nur kräuseln.«

»Ich werde es von Grund auf aufwühlen«, versprach Tol düster.

»Aber Sie haben kein Recht, uns, ob nun den einen oder den anderen, als Energiequelle für Ihren Teich zu benutzen. Die Energie liegt in Ihnen selbst, in Form von Quattagon. Oh, ich will Sie nicht auffordern, die Höhle für alle zu öffnen und ein Produktionssoll an Quattagons für die weiblichen Angehörigen ihrer drei Spezies aufzustellen. Aber ich rate Ihnen mit allem Respekt, ohne großes Aufsehen einige der Gesetze zu revidieren, die zur Unterdrückung der Quattagons führten, und der Natur ihren Lauf zu lassen.

Bedenken Sie auch folgendes: Als es das letztemal Quattagons gab, war ihre Energie auf diese kleine Welt beschränkt. Das Ergebnis war zu überwältigend. Jetzt haben Sie jedoch den Zivilisationsbund, der gern bereit sein wird, einen Teil dieser Energie von hier abzuleiten. Die Quattagons können im großen Plan des Universums eine geschätzte und gesuchte Gesellschaftsgruppe werden. Und Nor'Dyren könnte die kreative Vitalität der Quattagons gegen einen höheren Lebensstandard für die gesamte Gesellschaft eintauschen.«

Der Gonnegon schien zu schrumpfen, in sich selbst zu versinken. Mit gebrechlicher Hand schüttelte er die Muschelglocke auf seinem Tisch. »Gut. Dieser Gonnegon wird über die gewünschten Zugeständnisse und alles Sonstige gründlich nachdenken.«

Laarica neigte zur förmlichen Verabschiedung den Kopf. »Wann dürfen wir wiederkommen?«

Des Gonnegon Lippen zuckten. Trocken sagte er: »In all den vielen Jahren hat dieser Gonnegon gelernt, in kürzester Zeit gründlich nachzudenken. Also, in einer Stunde.«

Die eine Stunde nutzte Laarica, sich in der kleinen Gerichtsbibliothek umzusehen, die sie an der dem Meer zugewandten Seite des Gebäudes entdeckt hatte. Tol schritt mittlerweile nervös in den steinernen Korridoren hin und her. Gewiß, er respektierte Laaricas Entscheidung, die Sache so zu handhaben, wie sie es getan hatte. Und sein Fall bedurfte auch gewiß nicht mehr als objektiver Betrachtung. Trotzdem würde er sich jetzt wohler und sicherer fühlen, wenn sie nur ein bißchen mehr Druck ausgeübt hätte.

Die Stunde verging unendlich langsam für ihn. Doch schließlich wurden sie alle in das Amtszimmer des Obersten Richters gerufen, das nun auch als Gerichtssaal diente: Laarica, Tol, Neg und die jungen Negs. Die Beklommenheit, die sie alle in diesem Raum empfanden, schien sie anfangs eng zusammenzudrängen.

Der Oberste Richter saß zusammengeschrumpft in seiner Bodensenke. Er ließ sie eine Weile warten, ehe er die piepsige Stimme erhob.

»Es stehen heute mehrere Punkte an. Dieser Gonnegon beginnt mit dem, der einen Nichtanwesenden betrifft; den Berregon Patt, Schößling von Berregon Uatr. Als Gegenleistung für etwas, das bereits besprochen wurde, wird diesem Berregon Befreiung von jeglicher Aufsicht und Überwachung, von Heim und Dreit auf Lebenszeit gewährt. Berregon Patt wird zu einem noch zu bestimmenden Zeitpunkt vor diesen Obersten Richter geladen werden, um diese Befreiung formell zu erhalten.

Zweitens verleiht dieser Gonnegon Laarica Johns, von nun an Quattagon Johns, das Recht, nach Belieben Nachforschungen in dem besprochenen Archiv anzustellen und ihre Abfassungen darüber außerhalb dieser Welt zu veröffentlichen. Das ist eine Gegenleistung für ebenfalls bereits erwähnte Rücksicht.

Drittens wendet dieser Gonnegon sich nun Gonnegon Negs Prozeß gegen den Menschen Bailey zu. Dieser Punkt beschäftigte den Obersten Richter während der vergangenen Stunde am meisten. Die folgende Entscheidung wurde getroffen: Es wird keine formelle Auflösung des Negdreits geben. Die Negsprößlinge dürfen bis zu ihrer Volljährigkeit in ihrem Zuhause bleiben.«

Tol glaubte, in den Boden zu sinken.

»Mensch Bailey«, fuhr die piepsige Stimme gleichmütig fort, »wird dem Negdreit nicht zugesprochen werden. Statt dessen erhält Mensch Bailey die Erlaubnis, hier auf Nor'Dyren zu leben, wie immer Mensch Bailey es will und solange Mensch Bailey es will. Wenn Mensch Bailey auf dieser Welt zu bleiben wünscht, nachdem die Besuchserlaubnis abgelaufen ist, wird Mensch Bailey den Status Quattagon und alle Privilegien eines Bürgers erhalten. Mensch Bailey hat keinerlei Verpflichtungen gegenüber Gonnegon Neg.«

Es traf Neg wie ein Schlag. Sein asymmetrisches Gesicht wurde zuerst bleich, dann färbte es sich in plötzlicher Wut tiefrot. »Gonnegon Richter, Neg protestiert! Diese Entscheidung bricht alle Präzedenzien. Was Gonnegon Richter vorschlägt, ist gegen Ehre und Gesetz. Ein unausgeglichener Haushalt ...«

»... ist tragbar und ab sofort vom Gesetz zugelassen!« erklärte der Oberste Richter mit scharfer Stimme. »Gonnegon Neg muß verstehen, daß Gonnegon Neg nicht zur unausgeglichenen Dreit verpflichtet ist. Wenn so gewünscht, kann Gonnegon Neg die Dreit auflösen und die Sprößlinge in die Heime schicken.

Dieser Gonnegon ist jedoch der Ansicht, daß das keinen nützlichen Zweck erfüllen würde. Deshalb wird Neg hiermit gestattet, die gegenwärtige Heimallegon in Negs Haushalt zu behalten oder eine andere Allegon in die Dreit zu holen, um den Haushalt wieder auszugleichen.«

Negs Wimpernkränze zuckten erbost. »Undenkbar! Es gab eine wahre Dreit, die Mensch ausgelöscht hat! Eine zweite kann es nicht geben!«

»Das ist allein Neg überlassen«, erklärte der Oberste Richter trocken. »Neg hat hiermit die Erlaubnis, seine häusliche Sphäre so zu gestalten, wie Neg es für den Neghaushalt am günstigsten hält. Das ist die endgültige Entscheidung.«

Neg ballte die knochigen Hände. Er würgte an einem bitteren Protest. »*Gonnegon Richter ...*«

»Der Fall ist damit abgeschlossen!« Der Oberste Richter schlug scharf auf die Tischplatte. »Es gab noch einen letzten Punkt zwischen Quattagon Johns und dem Obersten Richter. Quattagon Johns wird bereits bemerkt haben, daß dieser Gonnegon die ersten Schritte unternommen hat.« Die wässerigen Augen blickten Laarica herausfordernd an, als erwartete der Richter Widerspruch.

Laarica nickte. »Ich bemerke, daß der Oberste Richter die letzte Bedingung erfüllt.«

»Gut. Dieser Richter stellt nun noch ein Verlangen an Quattagon: ein Ersuchen, daß Quattagon Johns dem Obersten Richter jeden Monat schriftlich oder persönlich Bericht erstattet, was Quattagon an dem zu erforschenden Ort ermittelt hat. Quattagon Johns?«

»Sie werden Ihren monatlichen Bericht erhalten, Euer Ehren.«

Die feuchten Augen wanderten eindringlich von Gesicht zu Gesicht. Dann schlossen sie sich, und als sie sich wieder öffneten, galt die Aufmerksamkeit des Obersten Richters anderen Dingen.

Die Gerichtsallegon führte sie aus dem Amtszimmer. Im Foyer machte Neg sich daran, sich giftig aufzublasen, doch dann, als hätte man ihm eine Nadel eingestochen, zischte lediglich Luft aus seinen Lippen. In verbittertem Rückzug führte er seine Familie aus dem Gerichtsgebäude.

Laarica schüttelte mitleidig den Kopf. »Er hat zwar seinen Fall gewonnen, aber anders, als er es sich vorgestellt hatte.«

Tol blickte der kleinen Familie nach. »Schlimm für ihn, wenn er sich nicht umstellen kann. Wenn ich mich nicht an den Augenblick erinnerte, da ich schon glaubte, ich müßte seine Frau sein, würde ich jetzt ein bißchen mehr Mitgefühl für ihn empfinden.«

Laarica lächelte verständnisvoll. »Kein angenehmer Moment, nicht wahr?«

Der Vertreter des Zivilisationsbundes erwartete sie vor dem Eingang. »Ich sehe, daß Sie Ihren Fall gewonnen haben«, sagte er und deutete auf die ohne Tol nach Hause kehrende Familie Neg.

»Oh, es kam zu einem sehr ungewöhnlichen Entscheid«, sagte Laarica bescheiden. »Zu einem Kompromiß besonderer Art. Tol wurde Neg nicht zugeteilt, aber Negs Haushalt muß auch nicht aufgelöst werden.«

Der Beauftragte des Zivilisationsbundes gratulierte den beiden Menschen mit feierlicher Miene. »Ich nehme an, Sie werden sofort zu Ihrem Planeten zurückfliegen wollen, Miss Johns. Eine Nachricht kam heute morgen für Sie an, die ich Ihnen jedoch nicht vor der Verhandlung aushändigen wollte, um Sie nicht zum unrechten Zeitpunkt zu beunruhigen.«

Mit erhobenen Brauen griff Laarica nach der Botschaft und las sie. Sie verzog die Lippen. »Mutter leidet unter wiederholten Migräneanfällen, und Vater sieht gar nicht gut aus. Nichts wirklich Bedrohliches, aber sie würden sich natürlich schnell besser fühlen, wenn ich nach Hause zurückkäme usw.«

Sie faltete die Botschaft zusammen und wandte sich an den Vertreter des Zivilisationsbundes. »Nein, danke, Sie brauchen keinen Heimflug für mich zu buchen. Diesmal kann mein Bruder sich der Sache annehmen.«

Die bekümmerte Miene des Beauftragten wurde zu einer fragenden, als er sich Tol zuwandte. »Werden Sie den Rest der ursprünglich vorgesehenen vier Monate hierbleiben, Mr. Bailey?«

Tol runzelte die Stirn. »Ich ... hören Sie, könnte ich mein privates Bankguthaben von der Erde hierher überweisen lassen?«

»Das ist natürlich möglich, aber darf ich Sie daran erinnern, Mr. Bailey, daß Geld hier keinen Kaufwert hat? Es gibt hier kein formelles Zahlungsmittel.«

»Das weiß ich, ich möchte hier ja auch nichts kaufen. Ich dachte nur, ich könnte das nötige Werkzeug und was an Gerätschaften für Tux' Fabrik erforderlich und hier nicht erhältlich ist, von anderen Welten importieren. Vielleicht könnte ich das Zeug auch direkt von der Erde bestellen und den Kaufpreis von meinem Konto abbuchen lassen.«

»Das wäre das Vernünftigste«, sagte der Beauftragte. »Doch bis eine Erdfirma hierher liefern kann, ist Ihre Zeit hier abgelaufen.«

Tol schüttelte den Kopf. »Ich werde meine Mission hier auf unbegrenzte Zeit weiterführen. Der Oberste Richter hat diesen Vorschlag gemacht und mir die Erlaubnis gegeben.«

»Sie haben also nicht die Absicht, zur Erde zurückzukehren?« fragte der Beauftragte interessiert.

Tol blickte über die Welt, die er gewählt hatte: Die Berge waren dunkel, der Himmel blaß, der Verkehr auf dem Steinpflaster nicht der Rede wert. Und droben auf dem Acparkt gab es eine ganze Fabrik voll nichtfunktionierender Maschinen.

»Nein«, bestätigte er. »Ich werde hierbleiben.«

Laaricas Hand griff nach Tols und drückte sie. »Ich habe es mir gleich gedacht, daß du nicht von hier wegwillst, solange noch alles in der Luft hängt.«

»Hm? Und ich habe gedacht, es wäre jetzt alles geklärt.«

»O nein, Tollan. Das war doch nur der Anfang!«

»Der Anfang? Wovon?«

»Von einer neuen Ära, natürlich. Wenn der Oberste Richter den Kurs weiterverfolgt, den er mit seiner heutigen Entscheidung eingeleitet hat, müßten die Entwicklungen der nächsten Jahrzehnte höchst interessant und umwälzend werden. Doch selbst wenn das heute nur eine flüchtige Abweichung von seiner traditionell konservativen Haltung war — nun, auch dann dürften die Ergebnisse sich als bemerkenswert erweisen. Meinst du nicht auch?«

»Ich ...« Voll Unbehagen erinnerte Tol sich der Drohung der Quattagons, wieder aufzuerstehen: »Vielleicht hast du recht, Laary. Aber zumindest kann es zu unseren Lebzeiten nicht allzu weit gehen.«

Das dämpfte Laaricas Begeisterung nicht. »Du hast natürlich recht, aber ich bin sicher, daß wir wenigstens einen allgemeinen neuen Trend erleben werden. Und wenn wir sehen, daß die gesellschaftliche Evolution zu einer Kurve nach oben ansetzt, nun, dann wissen wir, daß wir dazu beigetragen haben.«

Tol musterte ihr Gesicht und erkannte, daß ihre Argumente gegenüber dem Obersten Richter absolut zwingend für sie gewesen waren. Er zuckte die Achseln. »Nun, wenn die Quattagons wieder auftauchen, wollen wir hoffen, daß sie nicht auf die Idee kommen, hier Gewerkschaften zu errichten und Einstellungen und Arbeit zu beschränken.«

»Aber Tol!« rief sie lachend. »Das hört sich ja ganz

wie ein Gonnegon an. Wenn du mit Hilfe der Berregons die Maschinen hier wieder zum Laufen bringst, bist du für diese Art von Fortschritt verantwortlich.«

Was er bei Laarica nicht fertiggebracht hatte, schaffte sie jetzt bei ihm: Sie dämpfte seine Freude, ja schlimmer noch, er hatte einen Druck im Magen, wie von schlimmen Vorahnungen. Wie immer hatte sie recht. Das Leben war reiner Hohn. Jetzt wurde also seine Arbeit zum zweischneidigen Schwert. Die eine Schneide konnte allen auf dieser Welt helfen: Patt, Laarica, Tux, sogar Neg. Doch die andere mochte ihn und seine Nachfahren zu einem Platz in einem Wartekämmerchen führen, wie er es bei CalMega gehabt hatte.

Unwillkürlich ballte er die Fäuste. Er konnte nur auf eine Weise gegen dieses mulmige Gefühl ankommen. Nur indem er sich ganz in eine Arbeit vertiefte, konnte er diese quälenden Vorahnungen verdrängen. »Ich habe nachgedacht«, murmelte er schließlich verlegen. »Es macht dir doch nichts aus, wenn ich auf dem Heimweg kurz in die Fabrik reinschaue?«

Laarica verstand, wie es in ihm aussah. Sie konnte in ihm lesen wie in einem Buch. »Natürlich nicht, Tol. Ein paar Stunden Arbeit führen nicht gleich zur Umwälzung.«

Er knirschte mit den Zähnen. Ein paar Stunden Arbeit jetzt mochten ihm vielleicht später fehlen.

»Ich hoffe aber, daß du zum Abendessen heimkommst und mir danach beim Packen für meine Expedition in die Höhle hilfst.«

Wie dem auch war, er brauchte die paar Stunden Arbeit jetzt nötiger als mit zweiundsiebzig. Und wer konnte das schon wissen, bis dahin gab es vielleicht auch hier bereits die Zwangspensionierung. »Ich werde rechtzeitig heimkommen«, brummte er ungnädig.

Er ließ sie auf dem Steinpflaster stehen, den Beauftragten des Zivilisationsbundes und die Anthropologin mit den haselnußbraunen Augen. Als er den unteren

Hang des Acparkts erreicht hatte, trat er heftig in die Pedale. Er achtete nicht auf den strahlend blauen Vormittag. Doch noch während er erregt den Berg hochradelte, wurde ihm klar, daß sich die Schatten schnell verdrängen ließen, wenn er erst einmal sein Werkzeug in der Hand hielt und sein kleines Arbeitsteam eingeteilt hatte.

Für ein paar Stunden zumindest würden ihn keine bösen Vorahnungen plagen. Und so lange er zu leben hatte, würde er hier Arbeit genug finden.